LENKA
HORŇÁKOVÁ-CIVADE

Das weiße Feld

Roman

Aus dem Französischen von
Hanna van Laak

Blessing

Originaltitel: *Giboulées de Soleil*
Originalverlag: Alma Éditeur, Paris

MIX
Papier aus verantwortungsvollen Quellen
FSC® C014496

Verlagsgruppe Random House FSC® N001967

1. Auflage, 2017

Umschlaggestaltung: Geviert Grafik & Typografie, München
Satz: Leingärtner, Nabburg
Druck und Einband: GGP Media GmbH, Pößneck
Printed in Germany
ISBN: 978-3-89667-582-8

www.blessing-verlag.de

Für Éllée und Alexandre
Für Jean-Louis

Buch I

MAGDALENA

1

Meine Mutter wusste es als Erste.

Tief in mir ahnte ich es auch, wollte es jedoch nicht wahrhaben. An einem Sonntag beobachtete sie mich, während ich meinen Koffer packte. Ich hatte wohl eine umständliche Bewegung gemacht, eine andere Haltung angenommen als gewöhnlich, mich sonderbar gekrümmt. Da stieß meine Mutter einen Entsetzensschrei aus und riss mir den Koffer aus den Händen. Wie ein Stier vor dem Angriff postierte sie sich vor mir und befahl mir: »Zieh dich aus!«

Ich gehorchte. Jedoch zu langsam für ihren Geschmack.

Sie zerriss beinahe meinen Rock, während sie an ihm zerrte, zog meine Strumpfhose herunter. Meinen Slip ebenfalls.

Sie legte eine Hand unten an meinen Rücken und die andere auf meinen Bauch und drückte dann. Nicht fest. Sie tastete, ihre Hand bewegte sich sanft, wie eine Welle. Sie konzentrierte sich einen kurzen Moment lang. Und dann befahl sie mir:

»Leg dich hin.« Und nach einer Weile noch einmal: »Leg dich hin, hab ich gesagt!«

Als ich mich immer noch nicht vom Fleck rührte, half sie nach und schubste mich mit der Hand gegen meine Brust nach hinten, so dass mir nichts anderes übrig blieb, als ihr Folge zu leisten und mich hinzulegen. Schweiß trat mir auf die Stirn, und ich hörte mein Herz schneller schlagen.

Sie wischte sich die Hände an einem Tuch ab, das sie um die Taille gebunden hatte. Und dann untersuchte sie mich, so wie sie es schon mit unzähligen Frauen vor mir gemacht hatte.

Ich biss auf die Zähne. Ich presste die Schenkel zusammen, ich zwang ihre Hand hinaus und bedeckte dann mit meinen Händen meinen Bauch, der schließlich mir, mir allein gehörte.

»Ungefähr im März wird es soweit sein. So ein Irrsinn.«

Für mich war es unmöglich zu entscheiden, ob diese Bemerkung auf mich gemünzt war, auf das ungeborene Kind oder einfach auf das Leben im Allgemeinen. Wie auch immer: Es war genau das eingetreten, was sie mehr als alles andere fürchtete: Ihre Tochter war schwanger mit einem unehelichen Kind.

Meine Mutter atmete schnell, ihr Gesicht war weiß, ihre Züge wie mit der Axt gemeißelt, der Mund ein schmaler Strich. Jeder Versuch, sie zu beschwichtigen, schien mir aussichtslos. Aufrecht und starr trat sie zwei Schritte zurück.

»Und?«, fragte sie.

Instinktiv schlang ich die Arme um meine Knie, die ich bis zum Bauch hochgezogen hatte. Zusammengekrümmt ertrug ich ihren bohrenden Blick besser.

»Ich werde es behalten.«

Zu meiner Überraschung wirkte sie erleichtert. Ich glaube, sie war es wirklich.

Bestärkte mein Entschluss sie in ihrer eigenen Entscheidung, die sie zwanzig Jahre zuvor getroffen hatte? Zum ersten Mal kam es mir so vor, als würden unsere beiden Leben sich überlagern, eines auf dem Hintergrund des anderen stattfinden und nicht eines nach dem anderen. Im Grunde meiner Seele hatte ich soeben die Antworten auf all jene Fragen erhalten, die ich ihr nie zu stellen gewagt hatte. Sie hätten mich verletzt, schon ihr bloßer Nachhall in meinem Kopf war schmerzhaft; sie hätten mir schrecklich wehtun können, wenn sie laut ausgesprochen worden wären.

»Es ist ein Kind der Liebe!«

»Das kannst du gerne glauben, wenn du willst, aber außer dir wird es niemanden interessieren. Dessen kannst du dir sicher sein, »erwiderte sie. »Für den Rest der Welt wird dieses Kind einfach ein weiterer Bastard sein.«

Ein Bastard.

Wie ich.

Ihre Miene verhärtete sich erneut. Man hätte glauben können, dass ich diesen Moment der Gnade, des beinahe Verstehens zwischen uns nur geträumt hatte. Aber nein, ich hatte nicht geträumt. Momente der Gnade sind so, flüchtig und ungreifbar. Man muss an sie glauben und an ihre Existenz, die so kurz währt, dass sie im ganzen Körper einen bitteren Nachgeschmack hinterlässt. Eben dieses Gefühl, dieses Nachtrauern ist der Beweis für ihre Existenz.

Ein Hauch von Schuldbewusstsein flog über das Gesicht meiner Mutter. Schuldig weshalb? Weil sie sich hatte überrumpeln lassen, eine Schwäche gezeigt hatte, eine Zärtlichkeit, ein Mitgefühl, eine Ahnung von Liebe? Oder weil sie mich nicht vor meinem eigenen Körper hatte schützen können, vor diesem Verlangen, das sie kannte? Wohl eher Letzteres. Angesichts ihrer Lust, mir in meinem Bauch wehzutun, war ich war mir dessen sicher.

Und was nun?

Ich werde in ihre Fußstapfen treten, ich werde zu meinem Fehler stehen, so wie sie zu ihrem gestanden hatte.

2

Alles hatte vor langer Zeit begonnen. Mit einem Schrei.

»Hören Sie auf! Hören Sie endlich auf, dieser Kuh nachzulaufen! Sie wird noch auf der Stelle Butter produzieren!« Selten habe ich so laut geschrien.

Der Mann schwankte und stolperte immer wieder. Zögernd setzte er einen Fuß vor den anderen. Er überlegte, als müsste er erst nachdenken, bevor er sich in Bewegung setzen konnte.

Die Kuh hatte in respektvollem Abstand vor ihm haltgemacht. Sie stand ihm gegenüber und neigte ihm neugierig den Kopf entgegen. In dieser Haltung kann ein solches Tier bedrohlich wirken, zumindest auf einen Mann, der sich mit Kühen überhaupt nicht auskennt. Das traf ganz offensichtlich auf ihn zu. Ich fragte mich, was er als Nächstes tun würde. Menschen, die sich in Gefahr glauben, sind immer unberechenbar. Er könnte einen Satz nach vorne machen, sich im Kreis drehen oder stundenlang wie festgewachsen stehen bleiben.

Also schrie ich jetzt noch lauter als zuvor: »Hören Sie auf, sie zu reizen!«, während ich auf ihn zulief.

Er fuhr hoch und drehte sich um sich selbst, bevor er abrupt innehielt. Jetzt erkannte ich ihn. Aber zuerst musste ich mich um die Kuh kümmern. Mit den Fingern packte ich den Saum meines zerknitterten Rocks, zog ihn in seiner ganzen Breite wie einen Fächer auseinander und postierte mich zwischen dem Mann und der Kuh. Sie hob den Kopf, meine Stimme beruhigte sie. Es war die junge Kuh, deren Fell ein glänzendes und weiches Braun hatte, eine meiner Lieblingskühe.

»Komm her, meine Kleine, hü, hü! Ganz ruhig, so ist es gut, geh zu deinen Freundinnen, hü, hü!«

Die Schöne mit dem braunen Fell veränderte ihre Stellung und schritt gemächlich zu den anderen am Bach unten hinab. Recht so.

Und in diesem Moment fiel mir auf, dass der Mann Kuhaugen hatte. Nie zuvor hatte ich solche Augen gesehen, schon gar nicht bei einem Mann. Rund und blau … was für eine Farbe, dieses helle Blau.

»Ich laufe niemandem hinterher, sie verfolgt mich«, sagte er, während er lächelnd sein Hemd glatt zog. »Es ist lange her, dass ich zum letzten Mal zu Hause war«, fuhr er fort und blickte dabei der Herde nach, die sich entfernte. »Arbeiten Sie für uns?«

Es war das erste Mal in meinem Leben, dass man mich siezte. Zuerst dachte ich, dass jemand hinter mir stand, und hätte mich beinahe umgedreht. Aber da waren nur die Kühe, das wusste ich genau.

Natürlich arbeitete ich in diesem Haus, dem größten und reichsten im ganzen Dorf. Mit seiner Mühle und seiner Keksfabrik war es mit Abstand das schönste Gehöft in der Gegend. Es lag außerhalb der Ortschaft. Normalerweise befinden sich die Bauernhöfe in der Mitte des Tals, aber dieser befand sich oberhalb davon. Die Gebäude bildeten ein Geviert, das schöne holzgeschnitzte Tor schloss den Hof ab, dem Tor gegenüber befand sich das Haupthaus und an den Seiten die Ställe und Schuppen. Vierseithöfe waren in dieser Gegend eine Seltenheit, die meisten waren L-förmig angelegt. Die Mühle lag weiter unten am Bach.

Man hatte mich hierhergeschickt, weit weg von meinem Zuhause, von meiner noch kleinen Schwerster, damit ich meinen Lebensunterhalt verdiene. »Du wirst im Trockenen schlafen, ausreichend zu essen bekommen, dich waschen können, und man wird dich nicht schlagen.« So hatte Aloïs mein zukünftiges Leben zusammengefasst, als er mich fortschickte, zum Teil, um mich zu trösten, vor allem aber, damit ich mich damit abfand, dass ich Marie, meine Mutter und seine Frau, verlassen musste. Es war seine Entscheidung gewesen, mich in einem anderen Ort arbeiten zu lassen. Dennoch bin ich auch nach dem Tod von Aloïs auf diesem großen Gehöft oberhalb des Tals geblieben. Inzwischen, nach fast vier Jahren, hatte ich hier auch etwas zu sagen. Ich kümmerte mich um die Kühe und die Hühner und half in der Küche.

Die Kühe sammelten sich weiter unten auf der Wiese, wo am Rand des Ulmen- und Pappelwäldchens ein Bach floss. Dort fanden sie Schatten und Kühle, und das Gras war an dieser Stelle noch einigermaßen grün.

Ich betrachtete sie und dachte bei mir, dass ich diese Kühe liebte: Zwar gehörten sie mir nicht, dennoch nannte ich sie gern »meine Kühe«. Ich hütete und molk sie, manchmal half ich ihnen bei der Geburt. Ich streichelte sie, tätschelte freundlich ihre Flanken, ihren Rücken, ihren Hintern. Sie mögen die Berührung von Menschen. Und ich sprach auch mit ihnen. Sie erkannten die Stimmen, vor allem meine, dann die des Gutsherrn. Es war kein Wunder, dass die Jüngste Angst vor dieser unbekannten Stimme hatte. Es war die Stimme vom Sohn des Gutsherrn, und es war wirklich das erste Mal, seitdem ich hier arbeitete, dass ich ihn leibhaftig zu sehen bekam. Er lebte in der Stadt. In Wien. Er hätte auch in Brno wohnen können, das war viel näher, oder in Prag, unserer Hauptstadt. Aber nein, er lebte auf der anderen Seite der Grenze, in Wien, im Ausland. Auch wenn Wien alles andere als weit entfernt ist.

Ich musterte ihn heimlich, während ich mich vergewisserte, dass mit den Tieren alles in Ordnung war.

Der junge Mann mit den Kuhaugen trug einen Stadtanzug, ein weißes Hemd, eine schwarze Hose mit scharfen Bügelfalten und um die Taille einen Gürtel mit einer hübschen silbernen Schnalle. Und seine Lederschuhe waren fein und makellos poliert. Mitten auf dem Land wirkten sie ein wenig wie das Haar in der Suppe, wie Aloïs sagen würde, aber sie standen ihm einfach ausgezeichnet.

Gern wäre ich näher an ihn herangetreten, um zu sehen, ob die Stadt Spuren in ihm hinterlassen, ihm ihren Stempel aufgedrückt hatte. Ich vermutete, dass sie vielleicht Fragmente von sich in ihm deponiert, ihren Geruch an seine maßgeschneiderte Kleidung geheftet hatte. Diese Vorstellung verschaffte mir die Illusion, ich selbst könnte auch wieder dorthin zurückkehren, wenn ich mich ihm nur nähern würde.

Aber das wiederum traute ich mich nicht.

Manche Leute hier sagten: »In Wien zu leben, was für eine komische Idee!« Niemals hätten sie, so beteuerten sie, mit einem solch schönen Haus, einem so schönen Hof ihren Sohn zum Studieren fortgeschickt. Der Sohn des Bauern täte besser daran zu lernen, wie man das Gut bewirtschaftet, das war es, was sie dachten. Aber wenn man sah, wie hilflos er hinter den Kühen herlief, dann hatten Feldmann und seine Frau gut daran getan, ihn studieren zu lassen. Wie kopflos er vor- und zurückrannte! Ja, er hatte tatsächlich Angst vor meinen Kühen. Und dann seine Hände, so fein, so weiß! Er hätte weder die Maschinen der Keksfabrik seines Vaters noch die landwirtschaftlichen Geräte am Laufen halten können.

Er fragte mich nach meinem Namen. Er sprach mit dem reizenden Akzent der Großstadt. Man kann sich schon wegen weniger in einen Mann verlieben. Ich wusste, dass er Josef hieß. Den Namen seiner Schwester kannte ich nicht, alle Welt nannte sie nur Fräulein.

»Magdalena«, antworte ich schließlich.

»Magdalena, Mada, Madina. Sie lächeln, Magdalena, also glauben Sie mir nicht. Aber ich versichere Ihnen, dass die Kühe mir nachlaufen«, sagte er gut gelaunt.

Natürlich glaubte ich ihm nicht. Das waren friedliche Tiere, die niemanden verfolgten. Ich wusste mehr über die Kühe als er, und ich wusste auch mehr über ihn als er über mich. Schließlich wurde auf dem Hof ständig über ihn und seine Schwester geredet. Herr Feldmann junior hier und Fräulein Feldmann da. Wir alle waren im Bilde, wie wunderbar sie waren und wie sehr sie ihrer Mutter fehlten. Er dagegen hörte nie ein Wort über mich, wenn seine Mutter ihn in Wien besuchte. Man spricht mit seinen Kindern nicht über seine Hausangestellten, höchstens um sich über sie zu beklagen. Wenn er mich noch gar nicht kannte, so bedeutete das also auch, dass ich keine Probleme machte.

Auf dem großen Büfett in der Küche standen viele Fotografien. Auf den meisten waren die Kinder der Familie von frühester Kindheit bis heute zu sehen. Die neuesten sind sehr schön, in Farbe. Ich staube sie regelmäßig ab.

Zwei Geschöpfe, die einander ähneln und doch so verschieden sind. Josef hat blondes Haar von der Farbe reifen Weizens, er ist, ja, wirklich, größer als sein Vater. Seine Schwester ist ihrer Mutter wie aus dem Gesicht geschnitten. Ihr schwarzes Haar glänzt wie das Federkleid von Raben. Ihre Haut schimmert ganz weiß. Sie ist schlank, hochgewachsen und biegsam. Nur an ihrer Augenfarbe errät man, dass sie und Josef Zwillinge sind. Auch das Fräulein hat diesen erstaunlichen blauen Blick. Einen gemeinen Blick.

Er hat Kuhaugen, sie einen gemeinen Blick. Bei ihrem Blau läuft es einem kalt den Rücken herunter, während er den Sommerhimmel in den Augen hat.

Das sind sie also, die Kinder meiner Dienstherren, die schönsten im Dorf, aus der reichsten Familie in der Gegend. Sie werden auch die gebildetsten sein, denn sie studieren in Wien.

Jan, der schon viel länger als ich auf dem Hof arbeitete, hatte mir erzählt, dass die Kinder während des Kriegs in sehr jungen Jahren in ein Internat in der Schweiz geschickt worden waren. Von dort waren sie direkt zum Studieren nach Wien gezogen. Die Eltern besuchten sie regelmäßig, meistens reiste die Gutsherrin allein nach Wien. Sie nutzte die Gelegenheit, ihre seltsame Krankheit behandeln zu lassen, eine Art Wahnsinn. Jan zufolge war es nichts Gefährliches, nur etwas lästig. Die Gutsherrin war sehr mager, fast durchsichtig, ihre Haut war so hell, dass man dachte, die Sonne könnte sie verbrennen und austrocknen. Wenn sie mir die Anweisungen für den Tag oder die Woche erteilte, packte sie mich manchmal an der Schulter oder am Arm, damit ich ihr aufmerksam zuhörte. Es überraschte mich immer wieder, wie fest Frau Feldmann zupackte und welche Kraft sich in dieser zerbrechlichen Frau verbarg. Mehr als einmal hatte es mehrere Tage gedauert, bis die violetten Abdrücke, die ihre Finger auf meinem Unterarm hinterlassen hatten, wieder verblasst waren. Sie befahl nicht, sie säuselte ihre Forderungen so leise, dass ich mich zu ihr neigen musste, um ihre Worte zu verstehen. Jedes Mal, wenn ich mit ihr sprach, hatte ich das Gefühl, in eine Verschwörung verstrickt zu sein. Nur in Ausnahmefällen sah man sie im Freien und dann auch nur auf dem Hof. Als hätte sie Angst vor dem Tageslicht, vor der Sonne, vor den Menschen. Man erzählt sich hier, dass sie aus Wien stammte. Jedenfalls war sie nicht für das Landleben geschaffen. Wenn sie erschöpft war und im Dämmerlicht des großen Wohnraums mit den kleinen Fenstern auf einem Sessel saß, sprach sie in einem sehr sanften Deutsch mit sich selbst und lächelte dabei. Von Zeit zu Zeit summte sie vor dem Einschlafen Kinderlieder in einer unverständlichen Sprache, die ein wenig dem Deutschen ähnelte.

Die Schatten wurden länger, es war die beste Zeit des Tages, die Luft wurde endlich kühler. Der Bach war fast ausgetrocknet, weil es wochenlang nicht geregnet hatte, man musste die Tiere weiter flussaufwärts treiben. Morgens standen wir vor Tagesanbruch auf, abends kamen wir erst bei Einbruch der Dunkelheit zurück.

An diesem Tag kehrten wir später als üblich zurück. Die Hufe klapperten im Hof: »Hü, hü, hü!« Ich gab den Kühen einen Klaps auf den Hintern, bevor sie durch das Tor gingen. Ich würde sie die ganze Nacht von meiner Kammer aus hören, die auf den Stall hinausgeht, und am nächsten Morgen würde ich sie wiedersehen. In diesem Jahr wurde das Heu knapp, weil es so lange trocken war. Wenn es vor Ende Juni nicht noch regnen und das Gras wachsen würde, stünde uns ein sehr schlimmer Winter bevor. Das wenige Futter, das noch vom Vorjahr übrig war, lag in der Scheune auf der anderen Seite der Weizenfelder. Der Gutsherr machte sich Sorgen.

Dennoch wurde am Abend gefeiert. Der ganze Hof war hell erleuchtet, alle eilten geschäftig hin und her. Die Köchin war seit zwei Tagen mit den Vorbereitungen befasst. Die Koffer der Studenten standen mitten auf dem Hof, noch genau dort, wo der Bahnhofschauffeur sie abgeladen hatte. Dieser Kerl, der immer mit der Zigarette im Maul vor dem Bahnhof herumlungerte, war nicht besonders gewissenhaft. Er war noch nicht ganz trocken hinter den Ohren, hielt sich jedoch für einen großen Herren, weil er seinen eigenen Wagen fuhr. Im Übrigen verlangte er, dass man ihn Herrn Stanislas nannte statt einfach Stan. Er behauptete, das mache einen seriöseren Eindruck auf die Kunden.

Auch daher zog ich es vor, den Bus zu nehmen. Zwischen meinem Dorf und dem, in dem ich arbeitete, lagen etwa vierzig Kilometer. Die Straße war schmal und kurvenreich und folgte mal in größerer, mal in geringerer Entfernung der Grenze zu Österreich.

Unter der Woche gab es eine direkte Verbindung zwischen den beiden Ortschaften. Am Sonntag musste man ungefähr auf halber Strecke am Bahnhof in der Stadt umsteigen. Dort musste ich eine Stunde auf den nächsten Bus warten, und so bot mir Stan jedes Mal an, mich zum Hof zu fahren. Ich lehnte meist ab, denn eine Busfahrt ist viel billiger. Stan oder besser Herr Stanislas sagte, er würde mich umsonst fahren, aber ich wollte nicht in seiner Schuld stehen. Obwohl es mir schon gefallen hätte, mich im Auto chauffieren zu lassen.

Am Abend vor dem Fest mussten die Koffer der Studenten in den ersten Stock gebracht werden. Da Jan den Brunnen noch nicht fertig geschrubbt hatte, erledigte ich das. Mit seinem lädierten Bein hätte er sowieso schlecht Gepäck schleppen können. Die Treppe, die zu den Zimmern führte, war zu eng und zu steil. Jan wurde zwar bei Kriegsbeginn verwundet, aber das machte ihn noch lange nicht zum Helden. Tatsächlich hatte nämlich der Feldhüter Marek auf ihn geschossen, als er gerade im Jagdrevier des Schlosses wilderte. Ein dummer Unfall. Das Schloss wurde immer noch vom selben Kerl bewacht und stand inzwischen leer. Es war in Staatsbesitz übergegangen. Wahrscheinlich lagerte die Genossenschaft dort das Stroh und die Ernte. Es wurde sofort nach dem Krieg verstaatlicht, infolge der Präsidenten-Dekrete von 1945. Diese berühmten 145 Dekrete, die Edvard Beneš erließ, der im Dezember 1943 einen Verbrüderungsvertrag mit Josef Stalin geschlossen hatte, regelten die Verstaatlichung der Minen, der Banken und der großen Industriebetriebe mit über fünfhundert Beschäftigen. Am Ende haben die Beneš-Dekrete auch den reichen deutschen Grafen, den Schlossherrn, und seine Familie – und am Ende alle Deutschen – vom tschechoslowakischen Territorium vertrieben. Ihre Pässe wurden annulliert. Der Graf hatte sich ohnehin nur selten auf dem Schloss blicken lassen, wie es scheint. Der Hof dagegen, auf dem ich arbeitete, war, auch wenn er der größte in diesem Dorf war, doch zu klein, um verstaatlicht zu werden; der Gutsherr blieb also Tscheche, auch wenn er einen deutschen Namen hatte: Feldmann

Es war Jan, der mir das alles erzählte. Er wurde hier geboren, wuchs hier auf und wusste eine Menge über die Leute und die Gegend. Wegen des Gewehrschusses und der Verletzung war er nicht wütend. Immerhin konnte er dadurch eine Rente als Kriegsheld beziehen, sodass er sich sogar mit dem Feldhüter, der ihn angeschossen hatte, anfreundete. Außerdem zahlte ihn Feldmann für das wenige, was er tat, sehr gut. Er war nicht faul, das nicht, er nutzte seine Energie, um die ganze Nacht im Dorf zu trinken oder am Samstagabend zu tanzen. Aber keiner verstand es so gut wie er, sich vor der Arbeit zu drücken.

Um bei der Wahrheit zu bleiben: Jan ging nur an zwei Abenden in der Woche aus, um die anderen zu treffen und an den politischen Versammlungen im Gemeindehaus teilzunehmen – eine sehr hochtrabende Bezeichnung für das große Hinterzimmer des Gasthofs. Seitdem man an der Rückseite des Gebäudes eine weitere Tür geöffnet hatte, kamen alle auf ihre Kosten. Inzwischen nahmen auch die Frauen, die früher nur an Feiertagen und zu anderen Ausnahmeanlässen wie Taufen, Hochzeiten und Beerdigungen den Gasthof betraten, an den Versammlungen teil, und manchmal tranken sie zur großen Freude des Wirts eine Limonade. Die Männer, die zuerst Vorbehalte dagegen hatten, dass die Frauen ins Gasthaus gingen, waren bald glücklich darüber. Das ersparte ihnen die Auseinandersetzungen nach der Heimkehr, zumal die Frauen bald auch Geschmack am Bier und am Schnaps fanden. Was für ein seltsamer Frieden im Dorf herrschte, seitdem diese Versammlungen begonnen hatten …

Fast alle schwärmten davon, wie herzlich und gesellig es dort zuginge. Für mich hingegen waren die gefühlvollsten Versammlungen, an denen man teilnehmen konnte, Beerdigungen. Seit dem Kriegsende waren sie noch anheimelnder und schöner geworden. Während des Krieges sind zu viele Menschen fern von daheim einsam gestorben.

Zu Beginn strömten noch die Tränen der Trauer über die Gesichter, die Taschentücher füllten sich laut und ungeniert. Bei Begräbnissen schnäuzt man sich ganz unbekümmert, um dem Verstorbenen seinen Respekt zu erweisen. Am Ende des Abends waren die Tränen, sofern sie flossen, Tränen des Lachens oder der Erleichterung. Jeder freute sich, dass er noch nicht an der Reihe war, amüsierte sich ausgelassen und wollte einen schönen Abend verbringen, indem er den Toten ehrte, das Leben feierte und hoffte, eines Tages eine ebenso schöne Beerdigung zu bekommen.

Eine der schönsten Beerdigungen der letzten Jahre war die von Aloïs, dem Mann meiner Mutter. Ein echtes Fest. Umso mehr, als er mit ihr die einzige Kneipe in unserer kleinen Ortschaft führte. Also kamen an diesem Tag nahezu alle Dorfbewohner. Man muss dazu sagen, dass Aloïs gleich im ersten Herbst nach dem Krieg starb, an einem der ersten Jagdtage. Damals waren die Männer völlig aus dem Häuschen, weil sie ihre Waffen aus den Verstecken holen und wieder in den Wäldern Hirsche schießen konnten.

Man hatte befürchtet, dass die ersten Jagden als Vorwand genutzt werden könnten, um alte Rechnungen aus vergangenen Jahren zu begleichen, man war auf verirrte und tödliche Schüsse gefasst. Doch der einzige Tote in diesem Herbst war Aloïs, der vor seinem Haus nach einer Mahlzeit starb, die so opulent war, wie man es schon lange nicht mehr erlebt hatte. Der Gasthof platzte aus allen Nähten, das ganze Dorf drängte sich dort zusammen, um das erste Wildgulasch der Saison zu verspeisen. Meine Mutter hatte es am Vortag zubereitet und dreimal aufgewärmt. Wie jeder weiß, schmeckt Gulasch am besten, wenn man es aufgewärmt hat. Das Bier floss in Strömen, man hatte zwei Mädchen zusätzlich als Bedienungen einstellen müssen.

An diesem Tag durften keine Hunde den Gastraum betreten, eine Anweisung meiner Mutter, damit sie ihr beim Servieren nicht in die Quere kamen. Die Kinder, die kreuz und quer herumliefen, störten sie nicht, ganz im Gegenteil. Aber Hunde zwischen den Beinen, wenn man mehrere Teller mit Gulasch trägt, das kann gefährlich werden. Ein paar Männer maulten wie üblich. Aber in der Kneipe schrieb meine Mutter Aloïs die Regeln vor, der sie wiederum mit eiserner Hand den anderen Männern aufzwang.

Am Ende der Mahlzeit wurden die Hunde draußen unruhig und bellten. Irgendwo stritten Männer lautstark, es roch nach einer Rauferei.

Aloïs ging hinaus. Er hatte reichlich gegessen und eine Menge Bier getrunken, seine Haut war rot-violett, die kleinen Adern an seinen ergrauenden Schläfen pochten heftig. An der Türschwelle taumelte er und lehnte sich einen Augenblick an die Mauer, dann ging er auf die Hunde zu. Plötzlich stieß er einen wilden Schrei aus, alle Gäste und sogar die Hunde verstummten, und dann brach Aloïs genau über seinem Dackel, auf den er so stolz war, auch weil er eine sehr gute Nase für Kaninchen hatte, tot zusammen. Der Dackel, der Schlingel hieß, war nicht darauf gefasst gewesen. Aloïs' Körper erschlug ihn auf der Stelle. Dieses unglaubliche Paar, der riesenhafte Mann und sein kurzbeiniger Dackel, war eine Berühmtheit im Dorf. Man sah nie einen ohne den anderen. Zusammen gestorben an einem so schönen Tag: Ihr Nachruhm war garantiert.

Die Beerdigung war grandios. Aloïs war der Erste, der nach Kriegsende starb, wie es sich gehörte, zu Hause, umgeben von den Seinen. Nicht jeder hatte ihn unbedingt gemocht, aber am Tag seines Todes und noch mehr am Tag seiner Beerdigung beneideten ihn alle. Sogar das Bürgermeisteramt hatte ein Sonderkomitee mit einer roten Fahne gesandt, um ihm auf seiner letzten Reise das Geleit zu geben. Meine Mutter wollte nichts davon wissen. Die Mitglieder des Komitees mit dem zweiten Sekretär an der Spitze waren darüber empört, sie wollten in die Regionalzeitung kommen. Meine Mutter antwortete, dass der Tod keine politische Manifestation sei, sondern eine Manifestation des Lebens.

Es war auch ein großer Tag für meine Mutter. Mit einundvierzig Jahren wurde die Frau, die aus der Fremde gekommen war, Witwe, unabhängig und respektiert.

Meine Mutter hat ein schönes Gesicht: ebenmäßig, irgendwie harmonisch und stimmig. Wenn sie unzufrieden oder besorgt ist, dann bildet eine ziemlich tiefe Falte ein Dreieck zwischen ihren Augenbrauen, die ihrem Gesicht einen Ernst verleiht, der keinen Widerspruch duldet. Meine Mutter ist ziemlich groß gewachsen, meist wenden sich ihr alle Köpfe zu, sie aber dreht sich nie nach jemandem um. Mit ihrer geraden und stolzen Haltung hätte man sie für hochmütig gehalten, wenn ihre Hände nicht so lebensspendend gewesen wären. In allen Dörfern in der Umgebung rief man irgendwann nach ihr. Ob die Wehen gut oder schlecht verliefen, wenn eine Frau niederkam, dann holte man Marie, meine Mutter.

Eines Tages lud Jan mich ein, mit ihm auszugehen. Ganz förmlich. Seit Monaten versuchte er mich zu überreden, ihn zu einer dieser Versammlungen im Hinterzimmer des Gasthofs zu begleiten. Bisher hatte ich immer abgelehnt, aus Angst, dass man unweigerlich über uns klatschen würde.

Dieses Mal aber hatte er nicht lockergelassen, und es wurde für mich immer schwieriger, seine Einladung auszuschlagen. Der Abend lag ihm besonders am Herzen, seit Tagen sprach er über nichts anderes. Ängstlich und ungeduldig zugleich bereitete er sich darauf vor.

Einerseits fand ich es angenehm, dass ein Mann mich aufforderte, mit ihm auszugehen. Andererseits reizte es mich nur wenig, einen Abend im Gasthaus zu verbringen. Ich wusste nicht, ob ich dem Gutsherrn von diesem Abend erzählen sollte; am Ende willigte ich ein, ohne es ihm gegenüber zu erwähnen.

Jan war Feuer und Flamme für die Politik. Jeden freien Moment vertiefte er sich in die Zeitungslektüre, er genoss es, die Artikel für mich zusammenzufassen und zu kommentieren, denn er wusste, dass ich keine Zeit hatte, sie selbst zu lesen. Wir sahen uns fast jeden Abend. Häufig kam er heimlich, aber ohne jeden Hintergedanken, in mein Zimmer, las mir aus den Büchern vor, die er sich in der Bibliothek in der Stadt ausgeliehen hatte, wohin er einmal in der Woche mit unserem Dienstherrn fuhr. Mein Zimmer befand sich auf dem Dachboden, direkt über dem Schlafzimmer der Herrschaft. Bevor ich mich schlafen legte, nähte ich meistens noch. Hemden oder sonst etwas zum Flicken gab es immer. Manchmal betraute mich die Gutsherrin mit einer Stickarbeit, dann durfte ich das Licht länger brennen lassen. Jan schrieb auch Reden für die Versammlungen und übte sie ein, indem er sie vor mir hielt. Er musste leise sprechen, um die Herrschaft nicht aufzuwecken, und zugleich doch auch schon die Eindringlichkeit des Ernstfalls proben.

Er kniete sich hin. Für einen sicheren Halt musste er die Knie wegen seines verwundeten Beins etwas auseinanderstellen. Ich saß auf dem niedrigen Lehnstuhl, stickte und hörte zu. Er deklamierte mit aller Inbrunst und dennoch leise. Bei den Passagen, die er für wirklich wichtig hielt, machte er nur Mundbewegungen: kein Laut, nichts, nur seine Lippen, die sich bewegten, seine Augen, die wild entschlossen und leidenschaftlich blickten. Er unterstrich seine Worte durch weit ausholende, dramatische Gesten. Ich fand ihn sehr überzeugend.

Jan hegte große Hoffnungen für die Zukunft. Er dachte, dass der Krieg eine Chance für uns geschaffen hätte. Weil wir jetzt alles wiederaufbauen mussten, könnten wir etwas Neues gestalten.

Letztes Jahr, im Mai 1946, war er enttäuscht gewesen, weil ich noch nicht wählen durfte, dazu muss man einundzwanzig sein. Ich hätte ohnehin nicht gewusst, wem ich meine Stimme hätte geben sollen, aber das verriet ich ihm nicht. Seine Partei, die kommunistische KSČ, hatte einunddreißig Prozent der Stimmen erlangt, die slowakischen Kommunisten dazu auch noch mal sieben Prozent. Klement Gottwald wurde Ministerpräsident; legitimiert durch die Stimme des Volkes, konnte er seine erste Regierung einsetzen, in der neben den Kommunisten noch ein paar Sozialisten, Leute aus der Volkspartei und zwei Parteilose saßen. Jan fühlte sich wie im siebten Himmel. Er sagte, dies sei erst der Anfang.

Auch wenn ich meist anderer Meinung als Jan war, musste ich mir eingestehen, dass Jans Optimismus ansteckend sein konnte. Er war immer bester Laune, wenn er von Menschen umgeben war: Da wurde geredet, gestritten und gelacht, es brodelte nur so. Feldmann sah dieses Treiben nicht gern, sagte aber nichts dazu.

Am Versammlungsabend erstrahlte der Gemeindesaal in voller Festbeleuchtung. Draußen parkten viele Autos, auch aus der Stadt waren Männer und Frauen gekommen. Jan beschleunigte seine Schritte und forderte mich auf, es ihm gleichzutun. Ich folgte ihm zögernd, denn ich war es nicht gewohnt, mich in solchen Menschenmengen zu bewegen, meine Beine wurden ganz von allein langsamer. Jan ließ mir keine Zeit zum Nachdenken oder Zweifeln. Aus dem Saal drang lautes Stimmengewirr, wie von einem Schwarm verirrter und gereizter Bienen. Im Näherkommen konnte man die Stimmen unterscheiden, man hörte Freudenausbrüche und lautstarke Begrüßungen; die Menschen umarmten sich, klopften sich wechselseitig auf den Rücken, schüttelten einander die Hände. Nie zuvor war der Gemeindesaal so zum Bersten voll und die Menge so aufgeregt gewesen. Die Dorfbewohner drängten sich auf den Stühlen vor einer provisorischen Bühne, die man aus ein paar Brettern auf Ziegelsteinen errichtet hatte. Jan forderte mich auf, Platz zu nehmen und ihm dann zuzusehen und zuzuhören. Er selbst stieg nach einigen weiteren Begrüßungen auf die Bühne.

Er gehörte also zu den wichtigen Leuten. Mit einem Mal freute ich mich für ihn und fühlte mich geschmeichelt von seiner Einladung.

Lange Ovationen.

Rede.

Applaus.

Rede.

Applaus.

Noch eine Rede. Dann wurden die Zwischenrufe lauter, die Diskussion wurde immer wieder durch Klatschen unterbrochen.

Stille, eine weitere Rede, wieder Beifall.

Sie hörten nicht auf, zu reden und zu klatschen. Diese Versammlung war ein großer Erfolg, das bewiesen die Beifallsstürme. Die Stimmen der Redner trugen weit, bestimmt bis ans hinterste Ende des Saals. Es waren optimistische Botschaften über das Teilen; ja, über das Teilen von Ländereien und Besitztümern, über die wirtschaftlichen Perspektiven, über unsere Zukunft, wie wir es schaffen würden, alle zusammengeschweißt durch dieses einzige und einzigartige Ziel: gemeinsam, glücklich und in Harmonie leben. Die Männer auf der Bühne versprachen uns Frieden.

Jawohl, die Zeiten ändern sich, kein Krieg mehr, keine Kämpfe mehr außer dem einen – den jeder von uns akzeptiert und an jedem Tag seines Lebens führt – der, aus dem wir siegreich hervorgehen müssen: Wir müssen den Kapitalismus und die Kapitalisten besiegen, um diese neue Gesellschaft aufzubauen, die so großartig zu sein scheint.

An diesem Abend hörte ich Jan zum ersten Mal aus voller Kehle deklamieren. Er hatte eine schöne, kräftige und klangvolle Stimme. Die Stimme eines Mannes, der seiner selbst sicher ist, der weiß, was er sagt, oder jedenfalls daran glaubt. Er machte die Gesten, die er tausend Mal auf Knien in meinem Zimmer eingeübt hatte. Hier, mitten im Geschrei des Saals, gewann das alles eine andere Bedeutung. Jan war schön und redete gut. Er kam hervorragend an.

In dem überfüllten Gemeindesaal bildete die Menge eine Masse, deren Leben das meine zu ersticken drohte. Die Leute klatschten, ich klatschte, die Leute schrien »Ja« oder »Nein«, ich schrie »Ja« oder »Nein« mit ihnen, ohne zu wissen, warum. Es war, als stünde ich neben mir, erst war das angenehm, dann beängstigend. Bald übermannte mich die Erschöpfung, ich schaffte es nicht mehr zuzuhören, geschweige denn zu verstehen, was gesagt wurde.

Am Ende konnte ich mich nicht mehr für Jan freuen. Ich musste hinaus, allein sein, frische Luft für mich allein schnappen. Drinnen war es so heiß, dass ich das Gefühl hatte, die Luft stünde. Sie ging direkt von einer Person zur nächsten über und wurde mit jedem Schrei der überreizten Menge noch heißer und noch sauerstoffärmer.

In meinem Kopf drehte es sich. Ich wollte hinausgehen und draußen auf ihn warten. Ich merkte sehr wohl, dass ich von Männern beobachtet wurde und dass Frauen über mich sprachen, während ich mir einen Weg zur Tür bahnte, hinaus, in die frische Luft.

Draußen schoss mir ein ketzerischer Gedanke durch den Kopf. Wie sollte man diese neue Gesellschaft aufbauen, wenn jeder von uns in der Menge unterging? Woran würde ich erkennen, dass diese glückliche Gesellschaft endlich da war? Würde man mich benachrichtigen, wann ich glücklich sein sollte? Wer? Wie könnte jemand stellvertretend für mich wissen, dass ich glücklich war? Ich nahm mir vor, Jan danach zu fragen. Er sollte mir das erklären.

Ich atmete tief ein, wollte ein wenig Luft als Reserve in mir speichern.

Es war schon sehr spät, als der Gemeindesaal sich endlich leerte. Jan suchte mit den Augen nach mir, während er Genossen begrüßte, die ihm noch so viel zu erzählen hatten.

Als wir endlich auf dem Heimweg waren, fragte er mich: »Und? Was sagst du dazu?«

»Du warst großartig.«

Ich wusste nicht, was ich sonst hätte sagen sollen.

»Danke, Magdalena, danke. Aber weißt du, es kommt nicht auf mich an. Das ist eine kollektive Arbeit.«

Jan wirkte dennoch sehr zufrieden mit sich selbst.

»Also, hat sie dir gefallen, deine erste Versammlung, sag?«

Was sollte ich antworten? »Es waren so viele Leute, diese ganze Aufregung, weißt du …«

Ich wollte ihm auch sagen, dass ich seine Reden kannte, ihn daran erinnern, dass er sie in meinem Zimmer vorgelesen hatte, dass darin so viele komplizierte Wörter vorkamen, dass ich sie nicht vollständig verstand, dass Politik ohnehin für mich schwierig begreifen war. Aber Jan hatte es so eilig weiterzureden, dass er mir gar nicht zuhörte, er sprach immer noch mit seiner lautstarken Bühnenstimme.

»Siehst du, du verstehst auf Anhieb mehr als jeder andere. Es war rappelvoll. Die Leute folgen uns. Es ist wichtig, dass die Leute uns folgen. Wir müssen viele sein. So viele wie möglich. Alle, alle wie ein Mann, so werden wir siegen. Ich bin mir vollkommen sicher, dass wir siegen werden. Es wird wunderbar sein. Wir werden diese neue Gesellschaft aufbauen, weißt du, es wird ein absolut beispielloses Ereignis sein. Bis jetzt hat man nur davon geträumt. Wir aber werden sie erschaffen, so wie in der Sowjetrepublik. Die sind ganz kurz vor dem Ziel, sie werden uns als Beispiel dienen, wir werden es besser machen als sie.«

»Ich … Jan, ich wollte dich etwas fragen.«

»Nur zu. Dafür bin ich da. Frag mich.«

Ich zögerte, dann stieß ich hervor: »Wie werde ich merken, dass ich glücklich bin?«

»Das habe ich dir gerade erklärt, Magdalena. Wir werden eine neue Gesellschaft aufbauen, wir werden alle gleich sein. Du wirst keine Hausangestellte mehr sein, sondern eine arbeitende Bürgerin, eine Arbeiterin. Du kannst dir dein Leben aussuchen, leichter die Arbeit wechseln, für uns alle arbeiten, so wie die anderen für dich arbeiten werden, wir werden studieren können, umsonst und …«

Jan begann von Neuem mit einer endlosen Tirade, aber eine seiner Aussagen hatte mein Interesse geweckt.

»Ich werde studieren können, sagst du?«

»Natürlich, wenn ich es dir sage. Studium und Schule werden für alle zugänglich sein. Und zwar kostenlos, jeder wird ein Haus haben, eine gute Arbeit …«

Er schüttelte mich am Arm.

»Du hörst mir gar nicht zu!«

»Was?«

»Du hörst mir nicht zu«, wiederholte er.

»Doch, sprich weiter, erzähl mir mehr über das kostenlose Studium für alle.«

Am Himmel leuchteten Tausende von Sternen, er sah keinen einzigen, er hatte sie alle in den Augen. Fast hätte ich ihn um seine Überzeugungen beneidet, die ihm so viel Kraft und Selbstvertrauen verliehen. Von Zeit zu Zeit hüpfte er ungelenk auf der Straße, fröhlich wie ein Junge vor der weihnachtlichen Bescherung.

Es war kein Wunder, dass seine Arbeit auf dem Hof an manchen Tagen liegen blieb, wenn er seine Nächte auf diese Weise zubrachte.

Er erzählte mir auch, dass er eine Maschine erfinden würde, die alles an meiner Stelle machen würde, ich könnte ihm ruhig vertrauen. Was das Vertrauen anbelangt, so wartete ich mal ab, denn er hatte schon eine Maschine erfunden, die die Arbeit für ihn erledigte – sie hieß Magdalena.

Trotzdem brachte er mich immer wieder zum Lachen. Und er war einer der wenigen, die mich in Ruhe ließen. Er blickte mich nicht so an wie die anderen Männer, die sich für besonders schlau hielten und glaubten, dass ich ihr Lachen nicht hörte und ihre Blicke nicht spürte und ihre Gesten nicht ahnte. Ich wusste, was ich Jan verdankte. Dass er mich in Ruhe ließ, sollte mir ein paar zusätzliche Arbeitsstunden wert sein.

Also trug ich jetzt auch Josefs Koffer und die seiner Schwester hinauf in die Zimmer im ersten Stock.

An diesem Abend war der Tisch für die ganze Familie gedeckt, Mutter, Vater und die Kinder hatten sich versammelt.

Ich fühlte mich fehl am Platze, aber irgendjemand musste schließlich das Essen servieren. Die Gutsherrin würde es nicht schaffen, und die alte Köchin war von den langen Vorbereitungen erschöpft und zog sich zurück. Feldmann war so stolz auf seine Familie, dass es ihm gelang, sich seine Sorgen nicht anmerken zu lassen. Aber ich spürte sie trotzdem. Wer sonst? Seine Kinder? Nicht unbedingt. Und seine Frau war zu sehr damit beschäftigt, die Zwillinge bis zur Ekstase mit den Augen zu verschlingen. Ohnehin interessierte sie sich kaum für das, was auf dem Hof vorging.

Das Zusammensein in einer Familie war etwas, das ich nicht kannte. Für mich war es leichter, wenn nur der Gutsherr und seine Frau bei Tisch saßen und die Fotos der Kinder auf dem Buffet standen.

Ich hatte nur meine Mutter. Es stimmt, ich hatte auch meine kleine Schwester. Aber sie ist die Tochter von Aloïs. Vor Aloïs hatte meine Mutter meinen Vater. Sonst wäre ich nicht hier.

Über diesen Vater wusste ich nichts. Ich vermutete etwas, ich stellte mir alles Mögliche vor …

»Mada hat mir heute das Leben gerettet, eine Kuh hat mich angegriffen«, sagte Josef jetzt, lachte und nickte mir dabei leicht zu.

Seine Mutter fragte verwundert: »Mada?«

»Ja, Magdalena. Sie war fantastisch. Es ist bewundernswert, wie die Kühe ihr gehorchen, sie lieben sie, bestimmt.«

Josef saß neben seinem Vater, der den Vorsitz am Tisch innehatte, die Mutter saß ihm gegenüber und das Fräulein zu seiner Linken.

»Mada?«

Die Gutsherrin wirkte so überrascht, als hätte sie meinen Namen zum ersten Mal gehört oder auch erst gerade entdeckt, dass wir Kühe haben. Beide Frauen musterten mich durchdringend. Sofort fühlte ich mich irgendwie schuldig. Es wäre besser, die Platte auf den Tisch zu stellen und zu verschwinden. Nur leider konnte ich das nicht. Die weiße Tischdecke aus feiner Baumwolle, die ich bestickt hatte, wurde aus der Truhe hervorgeholt. Auch die schönen silbernen Kerzenleuchter wurden herbeigetragen, mit neuen Kerzen bestückt, die nun angezündet wurden, für mich ein deutliches Signal, dass es ein langer Abend werden würde, an dem ich die ganze Zeit servieren müsste.

Ach, diese Tischdecke … das war eine gelungene Arbeit. Sie passte zu den Servietten, ich habe zwölf davon angefertigt, zu viele. Ich hatte mich von dem weißen Porzellan inspirieren lassen, das mit blauen Blümchen bemalt und mit zwei vergoldeten Bordüren verziert war, einer sehr feinen und einer breiteren. Auch wurde das Silberbesteck aufgelegt, das aus der Familie der Gutsherrin stammte. Nur bei wenigen Anlässen wurde der Tisch so aufwendig gedeckt.

Die Landschaft draußen verblasste, die Flammen der Kerzen funkelten, sie spiegelten sich in den Fensterscheiben, hüllten uns ein, trennten uns von der Welt. Man konnte sich leicht woanders hinträumen …

Ich sah mich wieder in der geräumigen Wohnung mit den großen Fenstern im dritten Stock an der lärmenden Straße in Wien. Ich versteckte mich gerne zwischen den Vorhängen aus zarter weißer Spitze und den schweren Übergardinen, die von breiten Bändern mit Quasten, mit denen ich gern spielte, gehalten wurden. Der Stoff war dick und dunkelgrün, durchwirkt mit einem Goldfaden. Die Troddeln aus geflochtenen Seidenfäden ließen die Gardinen fröhlicher wirken. Manchmal fragte ich mich, ob diese Erinnerungen, die fast keine Schmerzen mehr hervorrufen, das Produkt meiner Einbildung und bloße Träume waren, so weit reichten sie zurück.

Jan hatte mir erzählt, dass unsere Dienstherren auch ein schönes Haus in jener Stadt besaßen, in der ich auf den Heimfahrten am Bahnhof umstieg, ein Haus mit einem großen Vorgarten zur Straße hin und einem anderen hinter dem Haus. Aber seit dem Ausbruch des Krieges zogen sie es vor, hier auf dem Land zu leben. Ich hätte gern einmal ihr Stadthaus besichtigt. Nur um zu sehen, wie groß die Fenster sind.

Der Gutsherr mischte sich in das Gespräch ein. »Ja, die Kühe, unsere Magdalena hütet sie wie ihren Augapfel, ich hoffe, das kommt ihnen zugute. Bei der Trockenheit dieses Jahr und all der Unsicherheit, die die Regierung mit ihrer Agrarpolitik auslöst.«

»Aber Vater, es gibt doch Garantien, nicht wahr?«, fragte Josef.

»Nun ja, ich würde ja gern an die Garantien glauben, aber ich weiß nicht recht, mein Sohn. Die Fläche des Guts bleibt zwar im erlaubten Rahmen, fürs Erste ist alles in Ordnung. Und die Keksfabrik wirft wieder Gewinn ab. Aber du und deine Schwester, ihr müsst erst einmal studieren, eure Zukunft liegt weder auf dem Land noch bei den Tieren. Und auch nicht in den Keksen, nicht wahr? Was meinst du dazu, Magdalena?«

Der Gutsherr hatte sich angewöhnt, mir zu allem Fragen zu stellen, allerdings ohne unbedingt eine Antwort zu erwarten. Einfach, weil ich da war. Manchmal antwortete ich, sodass kurze Diskussionen entstanden.

Jan hatte mir die Bodenreform erklärt. 1918, am Ende des Ersten Weltkriegs, als die k.u.k-Monarchie zerbrach, habe man in einem herrlichen Schloss irgendwo in Frankreich – es soll in Versailles gewesen sein – Europa mit dem Lineal neu gestaltet. Frankreich, Versailles, das schien weit weg zu sein, und doch habe man dort unser aller Leben auf den Kopf gestellt. Jan verdeutlichte das mit großen Gesten. Schon damals sei das Gut, auf dem wir jetzt arbeiteten, zum ersten Mal neu aufgeteilt worden. Ein Teil der Ländereien habe fortan auf der anderen Seite der Grenze in einem Land gelegen, das zum Ausland geworden war: Österreich. Auf der tschechischen Seite hatte der Gutsherr hundertfünfzig Hektar behalten können: So viel waren gerade noch für ein Gut erlaubt. Die Ländereien der Österreicher hingegen, die jetzt auf tschechischer Seite lagen, waren – Pech für sie – an die einheimischen Bauern verteilt worden, die weniger als fünfzehn Hektar besaßen.

Das war nach dem Ersten Weltkrieg geschehen.

Jan meinte, dass die Agrarreform jetzt, nach dem Krieg gegen die Nazis, aufs Neue vorangetrieben werden müsse. Seit zwei Jahren halte sie alle im Ungewissen: Die Großgrundbesitzer bangten um ihre Ländereien, und die kleinen Bauern warteten auf eine neue Umverteilung. Viele kleine Grundbesitzer forderten die generelle Schaffung von Genossenschaften, was auf die Beschlagnahmung der Ländereien der Großgrundbesitzer hinausgelaufen wäre. Das hörte ich aus Jans Worten heraus. Jedenfalls versuchten die kleinen wie die großen Grundbesitzer Gewissheit über diese berühmten neuen Grenzen zu erlangen, aber die Regierung hütete sich, ihre Absichten bekannt zu geben und Klarheit zu schaffen.

Feldmanns Dorf war zu klein für eine eigene Genossenschaft und hatte sich mit zwei benachbarten Ortschaften zusammengeschlossen. Alle Welt wusste das.

Feldmann war der Genossenschaft beigetreten, anfangs aus Vorsicht, aber letztendlich profitierte er davon. Im Gegenzug für den Kauf und den Unterhalt der großen Maschinen würde man ihm beim Einbringen der Ernte helfen, sodass er mehr Zeit für die Keksfabrik erübrigen konnte. Er würde nur ein paar Kühe, ein paar Schweine und einen sehr schönen Hühnerhof behalten.

Das Fräulein, Josefs Schwester, fragte mit näselnder Stimme: »Sagen Sie, Magdalena, was halten Sie von der Agrarpolitik der Regierung?«

In Wahrheit interessierte sie meine Meinung überhaupt nicht, denn sie sah mich nicht einmal an.

Im Prinzip hielt ich Teilen für eine gerechte Sache. Auf den ersten Blick schien es gut zu sein, aber wer das Leben und die Verhältnisse auf dem Land kannte, der wusste, dass das unmöglich war. Wie könnte man einem Bauern das Land oder die Tiere nehmen, ohne dass es ihm das Herz zerriss? Jan hingegen hielt das für machbar. Er wollte, dass alles vergesellschaftet wurde. Er träumte davon, dass alle gemeinsam arbeiten und anschließend die Früchte der Arbeit aufteilen. Aber dann ist dieser ausgeweidete Bauer kein Bauer mehr.

Aber das sagte ich nicht. Ich antwortete vielmehr ausweichend. »Ich verstehe nichts von Landwirtschaftspolitik.«

»Da haben wir es, sie weiß nichts. Bist du jetzt zufrieden?«

Das Fräulein blickte mit siegreicher Miene zum Patron.

Ich hätte noch meine Zweifel erwähnen können, dass man die Agrarpolitik in einem Büro erfinden konnte. In einem Büro hat man keine Vorstellung von Schmerz oder Schönheit. Wenn man das Land kennenlernen will, dann muss man seine Hände hineintauchen und seine Nase hineinstecken, um es zu riechen. Wie soll ich ihr das erklären? Plötzlich sagte ich: »Zum Überleben reichen eine Kuh und ein Stückchen Land, Fräulein. Aber zum Leben und Studieren, da braucht es mehr.«

Ich biss mir auf die Zunge.

Es gibt Augenblicke, da täte ich besser daran zu schweigen. Nur leider schaffte ich das nicht, es war, als würden die Worte ganz von allein aus mir hinausquellen. Sie drängten sich in meiner Kehle, und dann sprudelten sie heraus.

Das Fräulein wandte sich wieder zu mir. »Ach ja!«

Josef legte seiner Schwester den Arm um die Taille, dann küsste er sie auf die Schläfe und drückte sie an sich.

»Na, Schwesterchen, da hast du deine Antwort, nicht wahr?«

Plötzlich stand die Mutter auf und wickelte ihren schönen Wollschal um die Schultern; ihr war immer kalt, sogar in einer so warmen Nacht. »Ja, Versprechungen, Reformen, alles verkaufen oder verschenken, warum nicht, was spielt das jetzt noch für eine Rolle, und dann gehen wir alle nach Wien, Versprechungen …« Und mit diesen Worten verließ sie den Raum.

»Sind Sie jetzt zufrieden, Magdalena?«, fragte das Fräulein voller Häme.

Der Gutsherr seufzte tief. »Beruhige dich, meine Tochter, Magdalena kann nichts dafür. Du kennst doch deine Mutter.«

»Ja, ich kenne meine Mutter, vielen Dank. Aber nicht dieses Mädchen.«

Es ist nicht gut, überhaupt nicht gut, wenn die zwei Männer der Familie Partei für das Dienstmädchen ergreifen. Ich stellte die Platte auf den Tisch und zog mich schleunigst zurück. Meine Mutter schärfte mir das jeden Sonntag ein, wenn ich sie besuchte: »Halte Abstand zu denen.«

Ich musste noch die Küche aufräumen. Obwohl ich nicht lauschen wollte, konnte ich doch auch nicht völlig weghören. Die Feldmanns sprachen Deutsch untereinander. Sie wussten nicht, dass ich diese Sprache von meiner Kindheit her verstand.

»Du hättest Mada nicht hinausjagen sollen«, sagte Josef mit sanfter Stimme.

Ich war ihm sehr dankbar dafür, während ich in der Küche das Geschirr aufräumte. Ich hörte nur zerstreut zu, denn durch das kleine Fenster erhaschte ich einen Blick auf den Himmel. Die Sterne tanzten in der unbeweglichen Luft. Heute Nacht würde es nicht regnen, morgen auch nicht.

Das Fräulein dagegen war wütend. »Was bist du doch naiv. Ich habe mich allerdings erkundigt. Sie geht zu den kommunistischen Versammlungen, und du fragst sie nach ihrer Meinung zum Grundbesitz? Vater, Mama hat recht, wir müssen fortgehen. Zieh zu unserem Onkel. In zwei Jahren sind wir mit dem Studium fertig, und dann lassen wir uns woanders nieder. Verkauf die Keksfabrik und die Ländereien.«

»Magdalena ist nicht mehr Kommunistin als du oder ich, sie geht sich im Dorf amüsieren, das macht man so in ihrem Alter. Das stört mich nicht, solange sie morgens bei den Tieren ist und das Haus in Ordnung hält. Kümmert ihr euch um eure Studien. Ich kümmere mich um das Gut.«

Josef wechselte das Thema. »Und die Scheune, Vater? Ist sie vollständig niedergebrannt?«

»Mach dir keine Sorgen wegen der Scheune. Sie ist alt, ich will sie ganz abreißen und neu wiederaufbauen. Nächste Woche habe ich einen Termin bei der Versicherung, die macht mir mehr Sorgen und Kummer als die schlechte Ernte. Ich werde mit euch nach Wien zu ihrem Hauptsitz fahren. Die Filiale in Brno macht Sperenzchen; sie bezweifeln, dass es wirklich ein Unfall war.«

Der alte Feldmann seufzte erneut. »Weißt du, deine Mutter redet von verkaufen, wo ich doch gerade erst das Land auf der anderen Bachseite gekauft habe. Das Stück, das mein Vater wegen der Obergrenze nicht erwerben konnte.«

Das Fräulein folgte Türen knallend seiner Mutter.

»Wozu ein Brachland kaufen?«, fragte Josef.

»Um eine direkte Verbindung zwischen dem Gut und der Keksfabrik zu schaffen und den Bach zu regulieren. Ein zusätzlicher Wassertümpel wird uns in Dürrejahren wie dem jetzigen sehr nützlich sein. Die Arbeiten werden bald beginnen.«

»Hast du viel für dieses Land bezahlt?«

»So viel, wie es für uns wert ist. Als Ausgleich habe ich eine Wiese im Osten des Guts abgegeben. Sie wird von der Genossenschaft genutzt werden, das ist eine vernünftige Vereinbarung. Letzte Woche haben wir unterschrieben.«

Ich glaubte zu wissen, dass der Vater mit der Schulter zuckte, nur mit einer.

»Jan hat mir bei den Verhandlungen geholfen, er kennt den Nachbarn gut. Im Übrigen hat er mich verblüfft: ich war überrascht, wie sehr er sich für das Gut eingesetzt hat. Ich möchte, dass man uns wieder unsere Arbeit machen lässt. Der Krieg, die Kriege haben alles auf den Kopf gestellt. Ihr seid weggegangen, ihr werdet euch nie mehr diesem Land verbunden fühlen. Aber ich schon, es gehört mir.«

»Und Mama? Weiß sie das?«, fragte Josef.

»Nein. Sag auch deiner Schwester Bescheid, dass sie im Augenblick Stillschweigen bewahren soll. Ich warte auf das Ende der Hitzeperiode, bevor ich es eurer Mutter sage. Sie ist empfindlich, sie erholt sich wahrscheinlich nie mehr. Vielleicht hatte sie recht? Wir hätten während des Krieges zu euch ziehen sollen, zu euch, zu eurem Onkel und seiner Familie in der Schweiz. Wenigstens eure Mutter. Aber die ersten Briefe ihres Bruders waren wenig ermutigend. Danach kamen überhaupt keine Briefe mehr. Ich dachte, wir wären hier in Sicherheit, zumindest deine Mutter. Wie auch immer, jetzt ist das erledigt. Und deine Schwester? Ihr Medizinstudium? Ist sie nicht zu einsam? Erzähl mir von deiner Schwester.«

»Ah, *das Fräulein!* Sie schafft es besser als ich. Sie ist brillant. Deswegen sehen die Professoren ihr ihren schlechten Charakter nach.«

»Dann ist es ja gut.«

»Vater, du musst Mutter öfter nach Wien schicken. Ihr solltet außerdem eine Telefonleitung legen lassen, das wäre praktisch. Bis dahin werde ich häufiger schreiben. Da fällt mir ein, in ihrem letzten Brief hat Mutter nach Stickgarn gefragt. Ich wusste nicht, dass sie stickt.«

»Deine Mutter und Sticken, wo denkst du hin! Das ist für Magdalena. Schau, die Tischdecke hier, ich glaube, das ist ihr Werk. Deine Mutter schätzt sie und ihre Arbeit auch, das ist wichtig. Ein gutes Mädchen, jawohl.«

Am nächsten Morgen erwartete mich auf dem Tisch im Wohnzimmer ein wunderschönes handgenähtes Etui aus Leder, das sich innen wie außen weich und schmiegsam anfühlte. Es enthielt ein Dutzend Spulen mit Seidengarnen in allen möglichen Farben, die herrlich leicht und dennoch solide waren. Außerdem viele feine Seidenbänder, kaum halb so breit wie der Nagel meines kleinen Fingers. Auf der anderen Seite der Verschlusslasche steckte eine Reihe unterschiedlicher Nadeln. Dieser kostbare Gegenstand war nicht für mich bestimmt, und dennoch lag er nun in meinen Händen. Unwillkürlich musste ich wieder an die Stadt denken. Diese Garne passten besser zu den zarten Stoffen der Kleider in den Salons und der raffinierten Interieurs, weit weg von den Unbilden und Mühen des Lands.

Während ich das Etui bewunderte, betraten Josef und das Fräulein das Wohnzimmer.

»Ich werde ein Hemd für Sie besticken, Josef«, sagte ich als Dank.

Er nickte und lächelte mir zu.

Mir war bewusst, dass er es niemals anziehen würde. Man trug keine bestickten Hemden in der Stadt, schon gar nicht an der Universität. Dennoch würde ich es besticken.

Josefs Schwester murmelte in sich hinein, dass das ein vergiftetes Geschenk wäre, denn hinter seinem glanzvollen und süßen Äußeren würden sich Stunden über Stunden der Stickerei verbergen, sinnlos vertrödelte Zeit. Sie verstand rein gar nichts vom Sticken, so viel war klar.

Am späten Nachmittag musste ich die Kühe zurückbringen. Josef lief mir nach und holte mich schließlich ein.

»Sie gehen so schnell, Madina«, sagte er keuchend zu mir.

Ich zuckte mit den Schultern und behielt mein Tempo bei.

»Und außerdem barfuß? Haben Sie keine Schuhe? Tragen Sie nie welche?«

»Doch, ich habe welche. Aber ich mag es, das Gras unter meinen Füßen zu spüren, auch die kleinen Steinchen, die Erde, das gefällt mir.«

Ich verkniff mir die Bemerkung, dass man sich die Schuhe für schlechtes Wetter aufsparen sollte. Endlich blieb ich doch stehen und wartete, bis Josef wieder zu Atem kam. Der Staub, den meine Zehen aufwirbelten, während sie mechanisch in der Erde scharrten, war leicht. Er schwebte um meine Füße und legte sich dann in feinen Schichten sanft auf sie nieder.

»Ich bin nie barfuß gegangen, wissen Sie«, sagte er, nun ruhiger atmend. Und er begann seine schönen Stadtschuhe auszuziehen. Es gelang ihm nicht, die Schnürsenkel zu lösen, er hüpfte auf einem Bein herum, drehte sich im Kreis und zog ruckartig daran, um sich von seinem Schuh zu befreien. Es sah aus wie ein Hund, der sich in den Schwanz biss.

Ich prustete vor Lachen los.

»Ich weiß nicht, ob das der richtige Moment für einen ersten Versuch ist«, sagte ich. »Die Erde ist hier zu hart und zu staubig. Sie werden sich verletzen, und Ihre Schwester wird mir die Schuld geben.«

Als er es endlich geschafft hatte, sie auszuziehen, band er die Schuhe mit einem Knoten zusammen und legte sie sich um den Hals. Sie waren wirklich schön.

»Und sie wird recht haben. Natürlich ist es Ihre Schuld, Sie bringen mich auf Ideen, auf die mich keine Frau je gebracht hat.«

Er lachte jungenhaft und rollte den Saum seiner Hose über den Knöchel hoch.

Ich errötete, hoffentlich nicht zu sehr, ich wollte nicht rot wie ein Weißdorn im Herbst sein, aber ich hatte mich noch nicht daran gewöhnt, gesiezt zu werden. Dass er »Frau« sagte, wenn er von mir sprach, ließ mein Herz schneller klopfen. Heftiger.

»Josefs erste Schritte auf der Erde!«, schrie er mit den Schuhen um den Hals. Er rannte und sprang auf Zehenspitzen herum, dann ließ er sich lachend auf die Fersen zurücksinken und ruderte dabei mit den Armen herum wie eine Windmühle.

»Das ist toll, Mada! Ich liebe es, barfuß zu gehen. Sie haben recht, man fühlt sich wie ein anderer Mensch. Danke, meine kleine Mada, danke!«

Ich lachte wieder, ohne zu wissen, warum. Wahrscheinlich wusste er auch nicht, warum es ihm solche Freude bereitete, barfuß zu gehen.

Plötzlich blieb er abrupt stehen, wandte sich zu mir, legte seine weißen, feingliedrigen Hände auf meine Schultern, wurde sehr ernst und sagte: »Wissen Sie, es ist keine Kleinigkeit, bedingungslos das zu tun, worauf man Lust hat. Sie haben mir einen großen Moment des Glücks beschert.«

Und er presste ohne Vorwarnung seine Lippen auf meine Stirn.

»Halten Sie mich bitte nicht für verrückt, Mada. Das ist die Wahrheit.«

Ah! Junge Mädchen so zu überrumpeln sollte verboten werden. Mein Herz klopfte zum Zerspringen. Ich wusste nicht mehr, wohin mit mir, mit meinen feuchten und störenden Händen, mit diesem Herz, das so heftig pochte, dass man einen Toten hätte wiedererwecken können, man musste es bis ins Dorf hören, mit der Röte, die sich über meine Wangen, meine Stirn und meinen Hals ergoss, und was tun mit meinen Tränen, diesen Tränen, die aufstiegen, die flossen, flossen und flossen, ohne dass ich irgendetwas dagegen tun konnte. Ich wusste nicht, ob ich Hals über Kopf davonrennen oder weiter an diesen Mann geschmiegt verharren sollte, der gut roch und mich an sich drückte. Sein Hemd würde durchnässt sein von diesen Tränen, die in Wellen in mir aufstiegen.

»Mada? Habe ich Sie verletzt? Habe ich Ihnen wehgetan? Was habe ich getan, sagen Sie es mir?«

Er war noch verwirrter als ich, was mir nicht weiterhalf. Zwischen zwei Schluchzern versuchte ich einzuatmen, um mich in

Entschuldigungen zu ergehen. Es gelang mir nicht. Auch er hörte nicht auf, sich zu entschuldigen. Am schlimmsten waren seine Hände, die weiter meine Arme streichelten, seine langen, weißen Finger, die meine von diesen verwünschten Tränen überschwemmten Wangen trockneten. In unserer Familie weinte man nicht, vor allem nicht vor anderen. Ich schloss die Augen, um zu sehen, ob das half. Aber durch das Schließen war meine Haut doppelt so empfindlich geworden. Also ballte ich die Fäuste. Meine Nägel gruben sich in die Handballen. Na also, ein kleiner Schmerz. Es gibt nichts Besseres, wenn man aufhören will zu heulen, als einen kleinen Schmerz. Ich suchte mit dem Fuß nach einem spitzen Stein, dann trat ich darauf. Kräftig. Na also.

Ein Schrei stieg aus mir auf.

Josef fragte: »Was ist passiert?«

»Nichts, nur ein Stein unter meinem Fuß. Sehen Sie, es ist gefährlich, barfuß herumzulaufen«, schluchzte ich.

Er tat so, als glaube er mir.

»Böser Stein. Was kann ich für Sie tun, Mada?«

»Bringen Sie mich in die Stadt.«

Es rutschte mir einfach heraus. Ja, das war es, was ich wollte, in die Stadt gehen. Das Land und sogar die Kühe verlassen, um in die Stadt zu gehen. Zum ersten Mal sagte ich das laut und zu jemand anderem.

»Um Ihren Fuß zu verarzten?«

Ein Lächeln: »Nein, um dort zu sein.«

Die Tränen versiegten.

»Einverstanden. Ich werde das mit meinem Vater besprechen.«

Er sagte das, als sei es die einfachste Sache der Welt, in die Stadt zu ziehen.

Und meine Mutter? Würde er mit ihr darüber sprechen? Ich hatte nämlich nicht nur vor, dorthin zu gehen, sondern dort zu bleiben. Meine Mutter wusste das ganz genau, obwohl ich nie ein Wort mit ihr darüber gewechselt hatte. Und sie war damit überhaupt nicht einverstanden. Warum sonst hätte sie mich in diesen entlegensten Winkel des Landes zum Arbeiten geschickt?

Und wenn ich meiner Mutter nichts davon sagen würde?

Etwas bisher Unvorstellbares.

»Einverstanden.«

Die Glocken des Dorfs kündigten die Vespern an, die Zeit drängte, die Tiere mussten heimgebracht werden.

Ich hob das Steinchen auf, das mich aus dem Schlamassel gerettet hatte, und ließ es in meine Rocktasche gleiten.

Schweigend setzten wir uns wieder in Bewegung. Es war eines dieser beredten Schweigen, die sich selbst genügen. Als meine Hand die seine berührte, ergriff er sie ganz selbstverständlich und lächelte mir dabei zu. Die Wiese und ihre Kühe hätten nie so weit entfernt sein können, dass ich dieses Augenblicks überdrüssig geworden wäre.

Auf dem Rückweg riet ich Josef, sich die Schuhe wieder anzuziehen. Falls tatsächlich eine Kuh grundlos beschloss, auf ihn loszugehen, könnte er so schneller laufen. Er fühlte sich nicht wirklich wohl ohne seine Schuhe. Er lachte nicht mehr, hielt sich gerade und wirkte größer. Er war distanzierter oder nachdenklicher. Es schien mir der richtige Moment zu sein, um mit ihm über ernste Dinge zu sprechen.

»Josef?«

»Madina?«

»Das ist nicht einfach.«

»So sprechen Sie doch.«

»Es ist wegen der Scheune.«

»Ja?«

»Sie sagen dem Gutsherrn nichts davon? Es würde ihm nicht gefallen, dass ich mit Ihnen darüber gesprochen habe.«

Josef beobachtete mich mit leicht geneigtem Kopf, bevor er sagte. »Versprochen, ich werde ihm nichts von unserer Unterhaltung erzählen.«

»Gut, ich vertraue Ihnen. Die Wahrheit ist, dass die Scheune schon zweimal gebrannt hat, auch wenn der Gutsherr das nicht erzählt. Zwei Brände, das kann kein bloßer Unfall sein.«

»Ich verstehe«, sagte Josef nachdenklich. »Die Scheune steht ganz in der Nähe des Weizenfelds, und dieses Weizenfeld brauchen wir für das Mehl, für die Keksfabrik.«

Es schien mir besser, ihm alles genau zu erklären, denn er wusste nicht viel über das Gut, auf dem er ja auch nur selten zu Besuch war. »Das Feld reicht auch bis an den Holzzaun, der an das Haus grenzt. Außerdem hatten wir noch nie einen so trockenen April und Mai, wie wird das erst Ende Juni sein? Wenn das Feuer erst einmal brennt, dann will es sich immer weiter ausbreiten, verstehen Sie? Hinzukommt, dass die Versicherung sich weigert, zweimal innerhalb so kurzer Zeit die Renovierungskosten zu bezahlen.«

Josef hörte nun sehr aufmerksam zu. Er kratzte sich auf dieselbe Weise am Kinn wie sein Vater. »Wir werden Folgendes machen: Ich habe diese Scheune seit Jahren nicht mehr gesehen, Sie werden mir gleich alles an Ort und Stelle erklären. Dann kann ich besser verstehen, was Sie sagen. Es wird erst spät dunkel, wir treffen uns nach dem Essen hinter dem Haus. Einverstanden?«

Das schien mir eine gute Idee zu sein. Er würde alles mit eigenen Augen sehen, und danach regelten sein Vater und er das unter Männern.

Ich ging noch einmal kurz in mein Zimmer hinauf, dachte aber nicht ans Sticken. Ich machte es hell im Zimmer. Wenn Jan mir noch etwas vorlesen wollte, dann brauchte er nur hochzukommen. Ich hatte ihn den ganzen Tag über nicht gesehen. Am Zahltag der Keksfabrik feierte abends immer das ganze Dorf. Jan würde sich mit Freunden im Wirtshaus treffen. Ich löschte das Licht trotzdem nicht, als ich wieder hinunterging.

Josef wartete vor dem Haus auf mich. Natürlich errötete ich. Zum Glück schwand das Tageslicht schon und half mir, meine Verlegenheit zu verbergen.

Josef fragte mich: »Darf ich wieder Ihre Hand nehmen?«

Wieder dieses Siezen. Ich reiche ihm die Hand, aber ich blicke nicht hoch, denn ich habe zu viel Angst, ich könnte wieder zu weinen anfangen. Und wenn er sich über mich lustig macht? Die Manieren der Stadt sind eine furchtbare Waffe gegen das Mädchen vom Land, das ich geworden bin. Trotzdem, ich bin schließlich in dieser Stadt geboren, nicht er. Aber alles an ihm, von seinen Schuhen bis zu seiner Art, sanft meine Hand zu nehmen, erinnert mich daran, wie fern das ist, wie sehr die Welt sich verändert hat und ich mich mit ihr. Und wenn diese Hand nicht eine so zärtliche Wärme verströmen würde, dann würde ich mich dem Neid und dem Zorn überlassen, die in mir aufsteigen. Wir gehen in einem tiefen Schweigen, das bedeutungsschwerer ist als das von heute Nachmittag. Die Dunkelheit fällt herab und hüllt uns ein.

Josefs Stimme durchbricht das Schweigen.

»Warum habe ich das Gefühl, Sie schon lange zu kennen, Madina? Ich glaube, ich liebe Ihre Einfachheit.«

»Meine Einfachheit?«

Man hat mich schon als alles Mögliche bezeichnet, aber noch nie als einfach. Ich bin so sprachlos, dass mir nichts dazu einfällt, jedenfalls nichts, das einfach wäre. Zum Glück fährt er fort.

»Alles ist so rein an Ihnen, Ihr Blick, Ihr Gesicht, alles ist klar. Sie können sich gar nicht vorstellen, wie beruhigend das ist. Gestern habe ich zum Beispiel lange die Motive Ihrer Stickerei auf der Tischdecke betrachtet. Ich war bezaubert. Ich fühlte mich darin wie in einer schönen, geordneten, ja lesbaren Landschaft. So friedlich.«

Ich überlege lange.

»Das liegt nicht an mir, diese Motive sind nicht meine, sie existieren seit langer Zeit. Ich weiß nicht einmal, ob man neue erfinden kann. Auf die Ausführung kommt es an, und auch auf ihre Komposition.«

Das scheint klar zu sein. Man kennt diese Motive von Kindesbeinen an, man wächst mit ihnen auf. Kein Wunder, dass er sich wie auf vertrautem Gelände fühlt.

»Wir sollten häufiger nach Hause kommen«, sagt er. »Ich habe mit meiner Schwester darüber gesprochen. Sehen Sie diese Wiesen und Felder, sie bilden ein harmonisches Schachbrett, der Sonnenuntergang unterstreicht die Linien der Wälder und des fernen Horizonts. Es ist wirklich schön.«

Ich sehe die Schönheit der Landschaften nicht, über die er spricht. Er sieht, was man sehen kann. Ich, die ich jeden Tag hier lebe, sehe, was man erleben kann. Eine gut bestellte Landschaft, ihren Nutzen und ihren Gebrauch, das macht sie für mich schön.

Josef ist zu zart, und die Kühe sind viel schlauer als ich. Sie haben gleich gesehen, dass man vor diesem Mann auf der Hut sein muss. Es ist, als fürchteten sie, ihm Schaden zuzufügen. Ich weiß nicht. Muss auch ich vor ihm Angst haben?

»Josef, wenn Sie in die Stadt zurückkehren, bleiben Ihnen diese Landschaften in Erinnerung. Wenn ich nach Wien zurückkehren würde, blieben mir die Schwielen an meinen Händen.«

»Kennen Sie Wien? Sind Sie schon in Wien gewesen?«

Ich möchte ihm nicht von meinem Leben in Wien erzählen, ihm nicht erklären, warum ich mir wünsche, dorthin zurückzukehren. Wozu ihm gestehen, dass ich dieses Landleben nur deshalb so gut ertrage, weil die Grenze nicht weit weg ist, nur wenige Kilometer? Es gibt sogar ein vergessenes Sträßchen, das dorthin führt. Man braucht nur auf der anderen Seite des Dorfs auf den Hügel zu steigen, und dann kann man die unüberwindliche Linie sehen. So ist es: Nur mein Blick kann darüber hinwegfliegen.

Besser, ich wechsele das Thema.

»Wissen Sie, dass es Wege gibt, auf denen man besser geht als auf anderen? Doch, doch, ich versichere es Ihnen.«

Josef lacht. »Wenn ich könnte, würde ich auf dem Land bleiben. Das Leben hier erscheint mir gesund und schön wie Sie. Sie müssen mir die Wege zeigen, die Sie glücklich machen.«

Ich verspreche es ihm.

Wir erreichen die Scheune, ein schönes und imposantes Gebäude, obwohl der Brand vor einigen Wochen eine Mauer geschwärzt hat. Ein Teil des Giebels auf der Wetterseite, der einzustürzen drohte, wurde gestützt und provisorisch mit Holzstücken unterlegt, bis genug Geld beisammen ist, um alles wieder aufzubauen.

Wir gehen zuerst außen herum, Josef inspiziert alles gründlich. Man braucht weder einen Schlüssel noch muss man eine Tür aufbrechen, um die Scheune zu betreten. Ein großes schwarzes Loch in der Mauer lädt uns zum Eintreten ein. Vor den Bränden wirkte die Scheune wie eine Festung. Heute ist sie aufgerissen, verletzt, selbst mitten im Sommer macht sie einen frösteln. Sie erinnert mich an den Monat Januar, an die Karkasse des getöteten Schweins, das ausgenommen im Hof hängt und auf das Zerlegen wartet. Der Geruch von Verbranntem hängt in der Luft.

Das Licht schwindet nun schnell, die Stille vor der Nacht breitet sich aus. Josef sucht meine Hand, ich gebe sie ihm. Er führt mich in die Tiefen der Scheune, ich würde ihm überallhin folgen.

Tatsächlich bin ich ihm gefolgt, ich bin seinen Fingern gefolgt, die über mein Gesicht, meinen Hals, meine Schultern, meine Taille, die Teile meines Körpers, die meine eigenen Finger nicht zu berühren wagten, strichen; ich habe mich verloren, ich fiel, ich bin gefallen, und es war schmerzvoll, schön, ich wollte, dass es nie aufhört oder dass mein Leben dort in diesem Augenblick aufhört, und mein Wunsch wäre beinahe in Erfüllung gegangen.

Uns blieb gerade noch genug Zeit, um aus der Scheune zu fliehen, die jetzt schon wieder brannte.

Der beschädigte und brüchige Giebel stürzte unter lautem Getöse ein; er landete dort, wo wir wenige Augenblicke zuvor eng umklammert gewesen waren. Dieses Mal verschlangen die Flammen alles. Der Dachstuhl landete mit einem ohrenbetäubenden Krachen auf dem Boden. Tausende von Funken stiegen in den schwarzen Himmel auf, tanzten um uns herum und formten unvorstellbare Gebilde. Eine innere Stimme flüsterte mir zu: »Das ist der richtige Moment zum Weinen. Schau, wie deine Reise nach Wien sich in Rauch auflöst. Schau, wie deine Zukunft zusammenbricht. Es gibt jetzt andere Dinge, die geregelt werden müssen, als in der Stadt spazieren zu gehen. So viele gute Gründe, Tränen zu vergießen.« Aber ich konnte nicht weinen. Mein ganzes Wesen war von den Flammen gefangen und von dem, was soeben geschehen war. Und mit einem Mal, ich war selbst überrascht, fragte ich mich, wie eine Katastrophe so schön sein konnte.

Wir liefen gegen den Wind und folgten einige Meter dem Weg, der zu dem Wäldchen führte, um uns in Sicherheit zu bringen. Um besser zu sehen und um uns noch einmal von der Dunkelheit verschlingen zu lassen.

Als ich den Kopf zur Seite wandte, glaubte ich, eine Gestalt zu sehen. Aber es war wohl ein Zweig oder ein Baumstamm, der meiner Wahrnehmung im flackernden Lichtschein des Feuers einen Streich spielte. Eine Sekunde später verlor ich diese Form aus den Augen, sie interessierte mich ohnehin nicht. Ich wollte Josefs Gesicht sehen.

Er war erschrocken und fasziniert. Seine Arme umschlangen mich, bis ich fast erstickte, seine Lippen ruhten auf meinen glühend heißen Haaren.

Die ersten panischen Stimmen drangen von unten zu uns. Die Leute rannten herbei.

»Wir müssen ihnen helfen. Wir gehen außen herum, damit wir getrennt zu den anderen stoßen, sonst gibt es Gerede.«

»Du hast recht, Madina, du hattest recht. Diese Scheune hat nicht von selbst Feuer gefangen, sie steht jemandem im Weg.«

Ich spürte, wie er zitterte. Ich zitterte auch. Er drehte mich zu sich, presste mich an seine Brust, umarmte mich und zog dann einen Strohhalm aus meinen aufgelösten Haaren.

»Das ist alles, was von dieser Scheune übrig ist, alles, was ich retten kann. Was für eine flüchtige Erinnerung für eine so schöne Nacht.«

Eine Sekunde lang hatte ich Lust, ihm den Halm wegzunehmen, ihn wie eine Reliquie dieser in mehr als einer Hinsicht entflammten Nacht zu behalten, als Beweis dafür, dass ich nicht geträumt hatte.

Aber er zerbrach den Strohhalm mit seinen sehnigen, langen weißen Fingern in kleine Stücke. Es blieb nichts davon übrig.

Wir gingen zu den anderen, jeder für sich. Ich würde die Eindrücke dieser Sommernacht nie wieder vergessen, die tausendfachen Explosionen von Sternen am Himmel, die Funken und die Stimmen der panischen Dorfbewohner, den Geruch des Feuers, den weißen Qualm, als die ersten Eimer Wasser in die Flammen geschüttet wurden.

In der Menge verlor ich Josef bald aus den Augen. Ich musste mithelfen, das Wasser weiterzureichen, mit Halstüchern die kleinen Brandherde auszuschlagen, die sich zum Weizenfeld hin ausbreiteten, die vordersten Reihen auszutreten und dann reichlich zu gießen. Bei Tagesanbruch waren wir alle erschöpft. Der Gutsherr wies einige Frauen, darunter mich, an, für alle etwas zum Essen zuzubereiten.

Ich erinnere mich noch heute, wie auf dem Weg zum Hof die Sonne aufging. Das bleiche Licht schälte die Konturen des Dorfs, der Häuser, der Bäume und Felder aus der Nacht. Die vom ersten Tau gesättigte Luft erwärmte sich schnell. Kein Regen heute. Dieser Morgen hatte etwas Schönes, das ich nie zuvor bemerkt hatte.

Als wir vor dem Stall anlangten, ließ ich die anderen Frauen vorausgehen, ich wollte nach den Kühen sehen, die schon wach waren.

Plötzlich erschrak ich, weil Jan, der sich für mich unsichtbar hinter der Tür aufgehalten haben musste, auf mich zutrat. »Was für eine Nacht, hm?«

»Ja, ja, was für eine Nacht. Warum bist du nicht bei den anderen Männern, Jan?«

»Das wird Feldmann einen üblen Schlag versetzen. Davon erholt der Gutsherr sich nicht mehr.«

»Ja, einen üblen Schlag.«

Ich tätschelte den Kopf einer Kuh.

»Du solltest dir woanders eine Arbeit suchen. Wenn du willst, kann ich dir helfen, Magdalena.«

»Was sagst du denn da, Jan?«

Ich war schockiert. Ich konnte nicht einfach woanders Arbeit suchen. Und was für eine Arbeit denn? Hier würde es doch ganz im Gegenteil alle Hände voll zu tun geben.

Jan setzte seine ernste Miene auf. »Ich sage dir, was ich denke, und ich sage es dir, weil ich dich gern habe. Das weißt du.«

Er lehnte sich an die Barriere, die die Kühe zurückhielt, und fixierte mich ernst. Er zündete sich eine Zigarette an, und als er an ihr zog, leuchtete ein kleiner orangefarbener Punkt auf. Etwas an seiner Aufmachung irritierte mich. Es waren nicht seine struppigen Haare, auch nicht das weit aufgeknöpfte karierte Hemd mit den aufgekrempelten Ärmeln, unter dem man das Unterhemd mit den feinen Rippen sah, auch nicht die an den Knien zerrissene Hose, die mich störten. Er trug die Schuhe, die er gewöhnlich anzog, um in die Stadt oder manchmal ins Dorf zu gehen. Bestimmt war er am Abend vorher, nach dem Zahltag, ins Dorf gegangen, um über Politik zu reden. Aber im Stall waren diese Schuhe völlig deplatziert. Und sie passten auch überhaupt nicht zu Jan, selbst wenn sie ihm gehörten. Mit einem Mal kam es mir so vor, als sei Josef der einzige Mann, dem es zustand, Stadtschuhe aus feinem Leder zu tragen.

»Hörst du mir überhaupt zu, Magdalena?«

Ich hörte ihm nicht richtig zu, zumindest hatte ich nicht begriffen, was er mir sagte.

»Ich wiederhole. Sie werden untergehen und du mit ihnen, wenn du nicht fortgehst. Ich hätte Arbeit in der Stadt für dich. Reizt dich das? In den Büros. Du kannst lesen, schreiben und rechnen, den Rest wirst du lernen.«

»Aber was redest du da, Jan? Ich verstehe kein Wort von dem, was du sagst.«

Er setzte eine verschwörerische Miene auf und kniff die Augen im Rauch seiner Zigarette zusammen. »Du hast nicht gestickt gestern Abend.«

Ich hatte nicht vor, ihm zu erklären, wo ich die Nacht verbracht hatte. Dieses ganze Gespräch gefiel mir nicht.

»Hör auf zu rauchen und herumzustänkern. Es reicht. Ich habe weder Lust, die Stelle zu wechseln, noch in die Stadt zu gehen. Ich muss hierbleiben, das ist mein Platz.«

Nie zuvor hatte ich schlimmere Lügen von mir gegeben. Aber nicht Jan sollte mich in die Stadt mitnehmen. Nein, nein, nein, Josef würde es sein. Jans Stadt reizte mich nicht.

Ich ärgerte mich furchtbar über ihn, weil er mich dazu brachte, Lügen zu erzählen; es hatte mich erschreckt, mich lügen zu hören, denn es klang so wahr.

Ich verstummte. Wer schweigt, lügt nicht. Was nicht gesagt wird, existiert nicht. Das hätte ich zumindest gern geglaubt.

War Jan schon lange da, ohne dass ich ihn bemerkt hatte? Hatte er an diesem Morgen im Stall auf mich gewartet? Seine Freunde soll man nicht täuschen, oder? Er belog mich, ich belog ihn. Mir wurde bewusst, dass er mich nie danach gefragt hatte, was ich eigentlich wollte, was meine Träume, meine Sehnsüchte, meine Pläne waren. Er sprach viel zu viel über sich, wenn auch vorsichtig. Immer versteckte er sich hinter den anderen und hinter der Politik.

Es gibt neblige Morgen, an denen man manches klarer sieht. Ich verließ den Stall sehr verärgert.

Gegen Abend reisten Josef und seine Schwester mit ihrer Mutter nach Wien ab. Sie brachen in solcher Eile auf, dass Josef und ich uns nicht voneinander verabschieden konnten. Von der Küche aus hörte ich Stan, den Chauffeur vom Bahnhof, mit seinem Auto losfahren, aber ich hatte nicht die Kraft hinauszugehen. Ich blieb im Haus, die Hände auf den großen Tisch gestützt. Meine Augen fixierten die Tischplatte aus Buchenholz, die voller Schrammen von Messer- und Beilhieben war. Der Tisch zeigte seine Schrunden vor, Hunderte von unregelmäßigen alten Einkerbungen voller Fett, die unmöglich zu reinigen waren; oder auch jüngere, die man an der hellen Farbe des Holzes erkannte. Ich hätte diese Verletzungen der Reihe nach zählen und sie als meine eigenen betrachten können. Meine Hand fuhr ein ums andere Mal über die raue Oberfläche in der Hoffnung, einen Holzsplitter zu finden. Aber Buchenholz macht keine Splitter. Ich wischte die Tränen weg, die das Holz sanft durchfeuchteten. Würde der Tisch ihren salzigen Geschmack bewahren?

Stille im Hof.

Ich seufzte. Wozu sich weiter in der Küche einschließen?

Stille bis in den tiefsten Grund meiner Seele.

3

Der August 1947 war sehr hart.

Und das Erntedankfest im September war nie zuvor kärglicher und trostloser ausgefallen. Man dachte an die vergangenen Jahre zurück, an die Kriegsjahre, an die sehr kalten Winter, die sehr regenreichen Frühjahre, die grauen Herbsttage, die tiefen Himmel, die gewittrigen Sommer, aber niemand konnte sich an einen so trockenen Sommer erinnern, niemand. Man suchte überall nach Weizen, um das Land zu ernähren.

Die Männer waren nervös und angespannt. Jan ging immer öfter in der Abenddämmerung ins Dorf oder in die Stadt und kehrte erst spätnachts zurück.

Eines Abends kam der Nachbar vorbei, der dem Patron im Frühjahr das Land am Bach verkauft hatte. Sie diskutierten eine Weile aufgeregt, bevor der Nachbar sich entfernte. Einige Tage später stand er wieder da, diesmal in Begleitung einer Gruppe von Männern und mit Papieren bewaffnet. Ich servierte ihnen mit straff gebundener Schürze einen Tafelwein. Seitdem meine Mutter über meinen Zustand Bescheid wusste, glaubte ich, aber vielleicht bildete ich mir das auch nur ein, dass die ganze Welt nichts anderes tat, als zu beobachten, wie mein Bauch dicker und dicker wurde. Selbst die Träume in den dunklen und heißen Nächten bedrückten mich und rissen mich häufig aus dem Schlaf.

In einem Traum, der immer wiederkehrte, war mein Bauch so gewaltig angeschwollen, dass ich in kein einziges Haus eintreten konnte, nur in Scheunen und Ställe. Sobald ich den Fuß hineinsetzte, fingen die Gebäude Feuer, und mein Bauch platzte in der Hitze wie ein Pinienzapfen. Ein Kind wurde ausgestoßen, sehr weit weg, und ich konnte nicht herausfinden, ob es ein Junge oder ein Mädchen ist und ob es dem Kind gut geht. Ich laufe in alle Richtungen, um es wiederzufinden. Die Hitze ist groß, die Flammen sind da, aber sie erreichen mich nicht. Mit klaffendem und leerem Bauch komme ich zu einem Förderband, auf dem Unmengen von Babys in allen möglichen Größen und mit allen erdenklichen Hautfarben, rosa, gelb, blau und sogar schwarz, vorbeiziehen, und sie sind alle so klein. Sie weinen herzzerreißend. Sie gleiten auf ein Fenster mit gleißendem Licht zu, unmöglich zu erkennen, was dahinter ist. Die Kinder ziehen langsam vor meinen Augen vorüber. Ich habe alle Zeit der Welt, um sie zu betrachten. Am Ende verschwinden sie unter entsetzlichen Schreien in diesem weißen Licht. Schnell, ich muss eines aussuchen, das meine. In diesem Moment wurde ich entweder wach, ohne zu wissen, ob ich die richtige Wahl getroffen habe, oder das weiße Licht verwandelte sich in ein schwarzes Loch, das mich aufsaugte, weil ich das falsche Kind gewählt habe.

Feldmann, der Nachbar und die anderen Gäste im Wohnraum warteten, bis ich ihnen den einfachen Wein serviert hatte und wieder in der Küche verschwunden war, bevor sie auf ihr eigentliches Anliegen zu sprechen kamen. Ich kehrte nach unten in die Küche zurück; sie wussten nicht, auch der Patron nicht, dass man von dort unten alles hören konnte. Die Männer gingen ja nie dorthin.

»Also, Feldmann, diese Ernte?«, begann eine tiefe Stimme.

»Schlecht, wie bei allen«, antwortete der Gutsherr.

»Ja, ja, so heißt es. Natürlich, abgesehen davon, dass es für uns noch schlimmer ist. Wir haben nämlich keine Reserven. Wir sind kleine Bauern. Ja, klein! Aber viele Kleine, das zählt so viel wie ein Großer, verstehst du, Feldmann. Du musst dich entscheiden.«

»Mich entscheiden wozu? Die Genossenschaft ist eure Angelegenheit. Ich leihe euch meine Maschinen im Gegenzug für eure Hilfe, das ist alles. Ihr müsst sie nicht kaufen, wir unterhalten sie zusammen, ich habe weiterhin Vorrang bei der Nutzung. Immerhin gehören sie mir. Teuer bezahlt, wisst ihr.«

Der Gutsherr sprach lange und leicht genervt. Er musste wiederholen, was bereits gesagt war und was alle wussten.

Die tiefe Stimme fragte wieder: »Und deine Ländereien?«

»Ja«, sagte eine andere, »die Ländereien. Du wirst deine Weiden teilen müssen.«

»Wer entscheidet über mein Land?« Der Gutsherr hatte die Stimme erhoben.

»Die Direktiven, mein alter Feldmann, die Direktiven. Ein Ausnahmejahr erfordert Ausnahmedirektiven.«

Ich hörte, wie der Anführer der Kleinbauern, der Präsident der Genossenschaft, Papiere auf dem Tisch ausbreitete. Und zu reden anhob. Er klang zufrieden, seine Stimme wurde lauter, er sprach schnell und forsch.

»Siehst du, hier steht es schwarz auf weiß. Wir werden die Weiden für die Genossenschaft nutzen, und das Heu des nächsten Jahres wird allen gehören. Das ist eine Sondermaßnahme.«

Das zustimmende Glucksen des Nachbarn drang hinunter bis in die Küche.

Dann wieder das Knistern der auf dem Tisch ausgebreiteten Papiere. Ich stellte mir vor, wie die großen Hände des Gutsherrn sie hin und her wendeten, ohne zu lesen, denn ich hatte noch nicht gehört, dass er das Etui öffnete, um seine Brille aufzusetzen.

Offenbar wollte er Zeit gewinnen. Ich meinte sogar, ihn tief atmen zu hören.

Der Gutsherr steckte zwischen zwei Mühlsteinen, die ihn zu zermalmen drohten. Jan hatte mir erklärt, dass auf der einen Seite die Regierung die Agrarreform um jeden Preis vorantreiben wollte, auch wenn die Reden und Versprechen den Landbesitzern gegenüber etwas anderes suggerierten. Und dass ihn auf der anderen Seite manche Männer im Dorf dazu drängten, sich der Genossenschaft anzuschließen.

Jan spottete über die Regierung, die seiner Ansicht nach vor den Großgrundbesitzern katzbuckelte, indem sie ihnen Garantien versprach, und ihnen gleichzeitig drohte, ihre Ländereien an diejenigen zu verteilen, die noch keine besaßen. Natürlich unterstützten die Kleinbauern, die Besitzer von fünfzehn Hektar geworden waren, massiv die Regierung. Nur dass die Leute mit dem größten Weitblick, und Jan war stolz darauf, sich für einen von ihnen zu halten, prophezeiten, dass es dabei nicht bleiben würde. Jeder Landbesitzer, ob groß oder klein, würde über kurz oder lang alles in den Topf der Gemeinschaft werfen müssen. Die Frage war nur, was »alles« bedeutete?

In der Zeitung stand, dass einige »sehr avantgardistische« Genossenschaften begonnen hatten, das Land ihrer Mitglieder zu kollektivieren. Jan versicherte mir, dass das Privateigentum sich in der gemeinsamen Bewirtschaftung der Produktionsmittel und Produkte auflösen würde wie ein Stück Zucker in einer Tasse Kaffee. Während er mir diese Neuigkeiten mitteilte, verkündete Jan, dass das alles bald vorbei wäre, dass wir endlich frei wären.

Ich sollte mich mehr für diese Entwicklungen interessieren, verlangte er, und mich endlich seinen Ansichten anschließen. Ich wollte ja auch das alles besser begreifen, aber wenn ich ehrlich war, ging es mir dabei eigentlich nur darum, ihm einen Gefallen zu erweisen. Meine Gedanken waren ganz woanders, und meine Freiheit schwand in dem Maße, wie mein Bauch dicker wurde. Außerdem fand ich es ziemlich dumm, dem Gutsherrn seine Ländereien wegnehmen zu wollen. Er kümmerte sich sehr gut darum, er zahlte uns anständig und behandelte uns korrekt. Nicht auf dem Hof fehlte es mir an Freiheit. Aber vielleicht täuschte ich mich da. Jan jedenfalls war davon überzeugt.

Das Wichtigste für mich war die Frage, wie lange ich meinen Zustand noch auf dem Hof, vor dem Gutsherrn und vor diesem vermaledeiten Jan verheimlichen konnte, der immer mehr an mir klebte. Und was sollte ich tun, wenn die Sache erst einmal publik war? Zum Herrn sagen: »Verheiraten Sie mich mit Ihrem Sohn«?

Das hätte ich gerne getan, aber Josef war seit seiner überstürzten Abreise nach dem Scheunenbrand nicht mehr zurückgekommen. Er kümmerte sich wohl um seine Schwester und um seine Mutter, die auf dem Weg zum Bahnhof in Stans Wagen in ein irres Lachen ausgebrochen war. Offenbar war sie jetzt endgültig verrückt geworden.

Was tun? Diese Frage stellte mir auch meine Mutter. Eine Antwort wurde mit jedem Tag, der verging, dringender. Aber ich fand keine Antwort.

Feldmanns Gespräch mit seinen Nachbarn und mit den Kleinbauern zog sich in die Länge. Ich hörte nur noch gelegentlich genauer hin. Irgendwann erklärte einer der Besucher Feldmann mit eisiger Stimme, dass er sein am Bach gelegenes Grundstück verlieren würde, auch das, das er gerade erst in diesem Frühjahr gekauft hatte. Da wurde der Patron wütend und schrie:

»Das hast du damals schon gewusst, du hast mich bezahlen lassen für etwas, das du mir ein paar Monate später stehlen wolltest.«

Ein kurzes Lachen erscholl rund um den Tisch.

»Raus mit euch, ihr Diebesgesindel!«

»Reg dich nicht auf, Feldmann, reg dich nicht auf.«

Ich hörte, wie Stühle gerückt wurden, die Männer standen vom Tisch auf und gingen einer nach dem anderen.

Die Tür fiel krachend ins Schloss. Der Gutsherr verbrachte die Nacht im Freien.

Als ich am nächsten Morgen die Kühe hinausbringen wollte, stand der alte Feldmann mitten auf dem Hof. Er hatte die ganze Nacht draußen verbracht. Stundenlang musste er über sein Land gewandert sein, seine Schuhe waren voller Staub. Langsam schritt er auf mich zu, während Jan vor der Stalltüre stand und sich eine Zigarette drehte.

»Da bist du ja, Magdalena. Ich behalte dich bis zum Monatsende, dann brauche ich deine Dienste nicht mehr«, sagte er mit erschöpfter und abgespannter Miene.

Das Monatsende war in zwei Tagen.

Josef kehrte nicht mehr auf den Hof zurück; auch seine Mutter und seine Schwester tauchten nicht wieder auf.

Kein Brief.

Nur die Erinnerungen und der Bauch, der dicker wurde, der sich bewegte. Der Beweis.

Und der Geruch des Feuers, den man noch lange spüren konnte.

Ende September kehrte ich zu meiner Mutter ins Dorf zurück, und das Warten begann.

4

Von einer Wehe, die kein Ende zu nehmen schien, durchschüttelt, blickte ich meiner Mutter ins Gesicht. Sie sollte die Angst, den Schmerz und die Furcht in meinen Augen sehen. Mit ihr darüber zu sprechen, wäre sinnlos gewesen. Sie hätte mir doch nicht zugehört. Aber meinem Blick konnte sie nicht ausweichen.

Und tatsächlich: Was für ein Entsetzen in ihren Augen geschrieben stand! Ich sah darin Angst, Schmerz und Furcht. Von Hoffnung keine Spur. Ich würde also keine Versöhnung, Liebe, Sanftheit erfahren. Für so etwas war bei uns kein Platz. Dieser zwanghafte Gedanke verband uns beide.

Einfach zu Gott zu beten, war mir bisher nicht in den Sinn gekommen. Ich war selbst überrascht, dass ich es jetzt plötzlich versuchte: »Lieber Gott, mach, dass es ein Junge wird!«

Die nächste Wehe, die über mich hereinbrach, war so heftig und so schmerzhaft, dass ich glaubte, mein Ende sei gekommen.

Unwillkürlich fing ich an zu pressen.

Eigentlich wollte ich meiner Mutter ihre Arbeit als Hebamme leicht machen, aber ich verlor mich im Schmerz. Erst der durchdringende Schrei meines Kindes brachte mich wieder zur Besinnung.

So laut schreit man also, wenn man auf die Erde kommt? Man hat keine Ahnung, was einen erwartet, und trotzdem schreit man aus einer tiefen Intuition heraus. Ich war beinahe neidisch auf diese Freimütigkeit und fragte meine Mutter: »Habe ich auch so geschrien?«

Sie nickte bejahend. Wie immer geizte sie mit Worten.

Ich bin sicher, dass sie meinen ersten Schrei noch heute in den Ohren hat, wenn sie an mich denkt, es kann gar nicht anders sein. Und ich weiß immer noch nicht, ob sie mich liebt oder hasst.

Die Nachbarin, die bei der Geburt half, trug das weinende Baby weg, gefolgt von meiner kleinen Schwester Rose, die gerne mit ihm wie mit einer Puppe gespielt hätte. Es musste gewaschen, getrocknet, in ein sauberes, weiches Tuch gehüllt und gestreichelt werden.

Während ich darauf wartete, dass man mir das Kind brachte, saß meine Mutter zwischen meinen Schenkeln, ihre Hand lag wie vergessen auf meinem Bauch. Eine heiße Welle, ein schlaffes Klatschen. Meine Mutter hat die Plazenta auf einem weißen Tuch aufgefangen, das über eine Schale ausgebreitet ist. Ich fühle mich leer und nackt. Sie beobachtete meinen Schoß, als könnte sie meine Zukunft darin lesen.

Die Nachbarin kam mit dem Baby in den Armen zurück und warf einen Blick über die Schulter meiner Mutter. »Ist die Plazenta vollständig?«

»Ja. Gib ihr das Kind. Jetzt ist sie an der Reihe.«

Es war der vorletzte Tag im Februar 1948, also ein kalter Tag in einem dunklen Monat, als meine Tochter zur Welt kam. Es wäre mir lieber gewesen, sie wäre im März geboren worden, einem fröhlicheren, bunteren, wacheren und lauteren Monat. Aber auf die Ankunft eines Kindes hat man keinen Einfluss. Sie wurde also im Februar geboren, im Februar 1948.

Einige Tage waren vergangen, als sich das Herumsitzen schon nicht mehr aushielt. Die Geburt des Babys musste im Rathaus angezeigt werden. Es musste einen Namen bekommen. Normalerweise ist das Aufgabe des Vaters.

Ich erfuhr, dass die Familie des Gutsherrn vollzählig auf dem Gut versammelt war. Nun hatte ich endgültig keine Ruhe mehr. Schon am nächsten Tag eilte ich im Morgengrauen zum Bahnhof. Dieses Mal gab es zum Glück eine direkte Busverbindung, nicht wie am Sonntag.

Draußen war es eisig kalt. Ich wickelte meine Tochter eng in eine Decke und dann in den großen Sack aus Schafsfell. Ich zurrte sie so fest, dass sie nur wenig Platz hatte, um sich zu bewegen, dennoch strampelte sie wild in meinen Armen. Mit dem Seidenband hatte ich eine schöne Schleife auf der Oberseite gemacht. Bloß keine bestickten Bänder. Die Tochter eines Mannes, der an der Universität studierte, durfte keine bäuerlichen Stickereien tragen.

Ich würde meine namenlose Tochter seiner Familie präsentieren. Ich hatte schon eine Idee, welche Namen für sie infrage kämen. Aber ich wollte das Einverständnis ihres Vaters haben, dem ich auch das bestickte Hemd geben musste, das ich ihm versprochen hatte. Meine Mutter war mit meinem Aufbruch nicht einverstanden. Ihrer Ansicht nach war das bloße Zeitverschwendung. Aber sie war ohnehin nie mit irgendetwas einverstanden, was ich anstellte.

Wieder trieb mich diese Hoffnung an, die ich noch nicht abgeschüttelt hatte. Die Hoffnung, dass alles gut würde.

Ich hoffte, dass der Anblick dieses porzellanzarten, zierlichen Mädchens mit den blauen Augen – Kuhaugen, Josefs Augen – die ganze Familie rühren würde. Ich wollte, dass da außer mir noch jemand war, der sie liebte und ihr sagte, wie schön sie war.

Meine Mutter war dazu nicht in der Lage, obwohl ich in ihren Augen Tränen der Rührung gesehen hatte. Sie behauptete, das sei bloß die Erschöpfung, im Übrigen falle ihr mein ständiges

Betteln um Zuwendung für mein Baby auf die Nerven. Ich hatte nur um ein wenig Liebe für dieses Kind gebeten.

Im Bus setzte ich mich auf den Platz über der Heizung und schloss die Augen, das Baby in den Armen. Hauptsache, ich würde endlich Josef wiedersehen. Es waren nur noch wenige Kilometer zum Dorf.

Worte kreisten in meinem Körper: »Josef wird mich nach Wien mitnehmen. Hörst du mich, ich werde nach Wien zurückkehren.«

Wie schaffte meine Mutter es, so taub zu sein? Ich schrie mit aller Kraft, aus ganzem Herzen, wenn auch nur in meinem Kopf. Dennoch war ich sicher, dass meine Mutter mich über die Hügel hinweg hörte. Sie tat nur so, als wäre sie taub, um nicht reden zu müssen.

Josef würde sein Versprechen halten.

Nach Wien gehen, mit Josef nach Wien gehen. Nach Wien zurückkehren.

Wie schaffte meine Mutter es, nicht jeden Tag an Wien zu denken? Ich dachte ständig daran. Sie hat den Namen dieser Stadt, in der wir glücklich waren, nicht mehr in den Mund genommen, seitdem wir in Wien den Zug nach Brno bestiegen haben. Ich, ich denke daran.

Ich erinnerte mich sehr gut an die Wohnung von Dr. Stein. Groß, hell, mit sehr hohen Decken. In seinem Büro, das ich nur ausnahmsweise betreten durfte, stand eine Trittleiter mit drei Stufen, damit man die Bücher auf dem letzten Regalbrett der großen Bibliothek erreichen konnte. Und diese doppelten Vorhänge! Schwer, dick, warm. Jedes Zimmer hatte seine eigene Farbe. Der Salon war dunkelgrün und elegant; das Arbeitszimmer war in zwei Farben gehalten, braun und tiefrot, durchwirkt von glänzenden gelben Garnen, deren Wärme und Eindringlichkeit die

Wirkung noch verstärkten. Und das Sprechzimmer war sehr hell, kein grelles Weiß, sondern wirklich hell, wie der Milchkaffee, den ich jeden Morgen am anderen Ende der Wohnung mit Cäcilie trank. Ein Tropfen Kaffee in einer Schale Milch.

Mir gefiel der Gedanke, dass meine Mutter all diese Farben ausgewählt hatte.

Ach, meine dicke Cäcilie. Sie roch nach Zimt, Zucker und Kaffee. Sie war so dick, dass ich als ganz kleines Kind vollständig zwischen ihren Brüsten verschwand und mit meinen Beinen nicht einmal halb ihre Taille umfangen konnte, um mich an sie zu klammern. Sie legte ihre dicke Hand unter mein Gesäß oder unten an meinen Rücken, presste mich noch fester an ihren Bauch und schlang ein großes Tuch voller Blumen um mich. Wie schön es war, dort einzuschlafen. Sie konnte, ohne dass ich gestört hätte, alles Mögliche erledigen, während ich so an ihr festgezurrt war, kochen, putzen oder die Leute im Wartezimmer zur Geduld mahnen, wenn meine Mutter noch mit einer Patientin beschäftigt war. Als ich größer wurde, war das nicht mehr möglich gewesen. Das hat sie mir später erzählt.

So verbrachte ich die Tage im Park oder mit Spaziergängen auf den großen Boulevards oder mit der Vorbereitung köstlicher Speisen in der Küche. Morgens kauften wir in den schönen Geschäften oder auf dem Markt ein. Wien war damals eine vor Lebensfreude pulsierende Stadt, sagten die Damen im Wartezimmer. Wir waren alle naiv, oder taten wir nur so, als verstünden wir nicht? Als verstünden wir nicht, dass die Welt sich verändert hatte, dass das Kaiserreich seit 1918 nicht mehr existierte, dass sein Ruhm abblätterte, dass in seinem Innern eine schwarze Macht heranwuchs, so schwarz, dass sie bald ganz Europa verfinstern würde. Dr. Stein hatte diese Bedrohung erkannt. Sie wurde jeden Tag ein wenig deutlicher im Sprechzimmer sichtbar, je weiter die Anzahl der Patientinnen sich verringerte, bis eines Tages keine einzige Frau mehr seinen Beistand wünschte. Man hätte glauben können, dass plötzlich keine einzige Frau in dieser Stadt mehr Kinder gebar. Die jüdischen Frauen fürchteten sich, einen jüdischen Arzt aufzusuchen, weil sie Angst hatten, dadurch ihr Judentum zu offenbaren, die anderen fürchteten sich, weil sie Angst hatten, bei einem Juden gesehen zu werden.

Eines Nachts verließ Dr. Stein die Wohnung, ohne Mama vorher darüber in Kenntnis zu setzen. Hatte Cäcilie etwas geahnt? Als wir uns morgens vor der Praxis einfanden, stand sie vor der Tür und erwartete uns.

»Er ist heute Nacht mit seiner Familie fortgegangen. Er hat mir einen Umschlag für Sie gegeben, Ihr letzter Lohn, nehme ich an«, sagte Cäcilie mit geröteten Augen an der Sprechzimmertür.

Meine Mutter wunderte sich: »Seine Familie?«

Cäcilie reichte uns den Umschlag und schloss dann die Tür, an der das Messingschild mit dem Namen des Doktors, das wir jeden Montagmorgen zusammen poliert hatten, schon abgeschraubt und entfernt war.

Der letzte Lohn war auch der erste. Meine Mutter war nie offiziell für die Tätigkeit bezahlt worden, die sie bei dem Arzt ausübte, aber das wusste Cäcilie wohl nicht. Es war ein einfaches Arrangement gewesen. Dr. Stein mietete für meine Mutter und mich eine Zweizimmerwohnung ein paar Schritte von der Praxis entfernt und kam für unseren Unterhalt auf. Meine Mutter arbeitete fünf Tage die Woche als Krankenschwester in seiner gynäkologischen Praxis an dem großen Prachtboulevard im Zentrum. Sie assistierte ihm auch bei den Geburten seiner Patientinnen, wenn diese eine Hausgeburt vorzogen, was gewöhnlich der Fall war.

In dem Umschlag war genug Geld, damit wir noch zwei Monate in unserer kleinen Wohnung bleiben konnten, bis Mama eine andere Arbeit fand.

Das alles erfuhr ich in dem Zug, den wir noch am selben Morgen bestiegen, als wir diese uns plötzlich feindliche Stadt hinter uns ließen, in der meine Mutter einfach so eines schönen Wintermorgens entdeckte, dass der Mann, den sie geliebt hatte und der wahrscheinlich mein Vater war, sie verlassen hatte, um mit seiner Familie – einer Frau und drei Kindern –, von denen wir bis zu diesem Tag kein Wort gehört hatten, einem unbekannten Ziel entgegenzufahren. Cäcilie schätzte meine Mutter, sicher, aber ihre Loyalität gegenüber Dr. Stein war stärker gewesen.

So kam es, dass wir Anfang 1938 im Bahnhof von Brno ankamen, einer betriebsamen und düsteren Industriestadt. Auf diesem Ort lastete eine große Schwermut. Ich schluchzte. Meine Mutter erzählte mir Sagen und echte Geschichten, um mich zu beruhigen und mit diesen neuen Landschaften zu versöhnen.

Sie sprach auch über die unglaubliche Kraft und den Lebenswillen des Landes. Ich spürte etwas wie Stolz in ihrer Stimme. Sie sagte, Brno sei eine dieser Städte, auf die die Tschechoslowakei stolz sein konnte. Die Region sei zwar wirklich nicht groß, aber sie blühe trotzdem und sei Teil einer vorbildlichen Demokratie. Das alles war mir vollkommen einerlei.

Es war so: Meine Mutter sagte »Unabhängigkeit«, und ich hörte »Heimatlosigkeit«.

Von ihren Erzählungen blieb mir im Gedächtnis, dass sich viele Menschen nach dem Zusammenbruch der österreichisch-ungarischen Monarchie 1918 und der Gründung der Tschechoslowakei – das Heimatland meiner Mutter, auch meines? – entscheiden mussten, auf welcher Seite der neuen Grenze sie leben wollten oder konnten. Das war eine gewaltige Umstellung für alle, denn früher, im Kaiserreich, waren die Grenzen viel durchlässiger als nach dem Ersten Weltkrieg.

Wir waren erst einige Monaten in der Tschechoslowakei, als das Münchner Abkommen unterzeichnet wurde. Die Nazis, die uns indirekt aus Wien vertrieben hatten, verfolgten uns und raubten uns unsere Grenzgebiete. Wie hätte ich das alles damals begreifen können? Aber die Angst der Erwachsenen, meiner sich verhärtenden Mutter, die hatte ich wohl gespürt.

Der Krieg holte uns ein. Heute sage ich mir, dass wir ebenso gut in Wien hätten bleiben können. Aber für meine Mutter kam das nach dem Fortgang von Dr. Stein nicht mehr infrage. Da sie 1904 in Brno geboren worden war und die ersten vierzehn Jahre ihres Lebens dort verbracht hatte, beschloss sie, nach Hause zurückzukehren.

Sie hoffte, dort ein paar Verwandte wiederzusehen. Ihre Eltern waren am Ende des Ersten Weltkriegs an der Spanischen Grippe gestorben. Allerdings hielt keiner ihrer Verwandten es für angezeigt, Umgang mit einer ledigen Mutter zu pflegen. Also stiegen wir wieder in den Zug und setzten die Reise fort. Während der Zug uns einem entlegenen Dorf näher brachte, löste meine Mutter ihre kunstvolle, elegante Frisur. Sie fuhr mit den Händen durch ihren blonden Haarschopf, ließ ihre Haare frei auf Schultern und Rücken fallen. Sie warf den Kopf zurück und verharrte einige Augenblicke unbeweglich. Mit geschlossenen Augen. Ich erinnere mich ganz genau. Sie atmete tief. Anschließend griff sie alle ihre Haare mit einer entschlossenen und zielsicheren Bewegung, glättete sie und schlang sie zu einem strengen Knoten. Sie setzte sich ein Kopftuch auf, das ich vorher nie an ihr gesehen hatte. Es wurde schnell zum am meisten verabscheuten Gegenstand meines Lebens. Sie hatte vorsichtig an den Spitzen gezogen, die ihr Mieder säumten, und sie entfernt. Anschließend zog sie eine dunkle Strickjacke an, die sie bis obenhin zuknöpfte. Als gebildete, kultivierte und parfümierte Städterin war sie in den Zug gestiegen; als unscheinbare, aber unnachgiebige und so gut wie stumme Dörflerin stieg sie aus. So war meine Mutter von nun an: eingeschnürt, verschlossen, unzugänglich. Unbekannt.

Die Reise endete in einem kleinen mährischen Dorf, dem gottverlassensten auf der Welt, davon war ich überzeugt. Dort kannten wir niemanden, und niemand kannte uns. Das Dorf war in einem Tal eingebettet und von Feldern umgeben, die wiederum von dichten Wäldern gesäumt wurden. Eine schmale Straße, eine Eisenbahn, ein kleiner Bahnhof mit einem Schalter am Ende der Gleise: Das war alles, was uns mit der Welt verband. Ich begriff sehr schnell, dass diese Wahlheimat zwar sehr nahe an der österreichischen Grenze, also an meiner eigenen Welt, lag, doch es gab nur einen in Vergessenheit geratenen Weg, um die Grenze zu erreichen. Einen Weg, der in den Schoß der Natur zurückgekehrt und nicht mehr zu erkennen war. Die Grenze war von keinem Hügel aus sichtbar, denn die Wälder verbargen sie.

Es war, als ob diese Grenze ein reines Fantasieprodukt wäre.

Ich war damals kaum zehn Jahre alt. Den Röcken Cäcilies war ich schon entwachsen, aber ich hätte mich liebend gerne an ihren dicken, weichen Bauch gepresst, um dort Zuflucht zu suchen. Ich war vollkommen unvorbereitet auf das Leben, das mich erwartete.

Das Leben in meiner neuen Heimat spielte sich um einen unregelmäßig geformten Weiher ab. An einem seiner Enden lag die gelb verputzte Kirche, deren hoher Glockenturm aus Zink rot bemalt und rund wie eine Zwiebel war und ein fein ziseliertes Kreuz trug; daneben stand eine Reihe schöner Häuser mit Höfen und Gemüsegärten dahinter und Blumengärten davor. Dort befand sich auch der Gasthof. Er besaß einen mit Voluten verzierten Giebel, einen hübschen Sims und farblich abgesetzte Fensterlaibungen. Es war ein schönes Gebäude. Der Rest des Dorfs zog sich Richtung Bahnhof den Hügel hinauf. Wenn der Zug ins Dorfzentrum hätte hinunterfahren müssen, wäre er nie wieder hochgekommen. Das Ufer des Weihers war auf der Seite des

Dorfs sehr sauber, es gab sogar zwei Bänke unter der riesigen Trauerweide.

Zuerst mieteten wir ein winziges Häuschen am gegenüberliegenden Ufer. Um es zu erreichen, musste man um die Wasserfläche herumgehen und die recht hohe Uferböschung hinaufsteigen. Wir wohnten direkt hinter dem Ortsschild.

Das Geld, das sie bei dem Arzt in Wien verdient hatte, investierte meine Mutter in eine Kuh und in ein Stückchen Land, das an das Häuschen grenzte – die Fläche war groß genug, um die Kuh zu ernähren und ein wenig Gemüse anzubauen. Aber darauf allein wollte meine Mutter sich nicht verlassen. Als sehr junges Mädchen hatte sie sticken gelernt, und zwar ziemlich gut. In einem Gespräch mit der Frau des Wirts erwähnte sie diesen Umstand scheinbar beiläufig.

Das sollte sich auszahlen. Mit der Zeit brachten die Frauen aus dem Dorf uns kleine Flickarbeiten, alte Hemden zum Ausbessern, abgetragene oder zu kurze Hosen zum Längermachen. Anfänglich mieden sie unser Haus und ließen die Sachen im Gasthaus deponieren, und Mama brachte sie dorthin zurück, sobald sie die Arbeit erledigt hatte. Die Frauen, die mit unserer Arbeit zufrieden waren, gaben das Geld dem Gastwirt, der es für meine Mutter aufbewahrte. Ich holte es später ab.

In dem kleinen Dorf standen wir als Neuankömmlinge gewissermaßen unter ständiger Beobachtung. Meine Mutter bestand erfolgreich diese stillschweigenden Prüfungen. Bald kamen die ersten Kundinnen in unser Mietshaus. Manchmal entwickelten sich längere Gespräche. Irgendwann, wieder scheinbar beiläufig und absichtslos, ließ meine Mutter in die Unterhaltungen einfließen, dass sie den Frauen bei der Geburt beistehen konnte.

Die erste Entbindung, zu der meine Mutter gerufen wurde, war natürlich ein aussichtsloser Fall. Die Hebamme des Dorfs, eine Alte, die wahrscheinlich schon bei der Geburt eines jeden

Dorfbewohners assistiert hatte, hatte nach zwei Tagen Wehen angeordnet, man möge für die Seelen der Mutter und des Kindes beten, das nie das Licht der Welt erblicken würde. In seiner Verzweiflung bestand der Ehemann und zukünftige Vater, ein Gastwirt, darauf, dass die bis dahin nur geflüsterten Gebete mit lauter Stimme und im Chor gesprochen wurden. Doch es verbesserte sich nichts. Schließlich verlangte der Gastwirt nach meiner Mutter. Mama eilte herbei und rettete das Kind. Wie genau sie das schaffte, hat sie mir nie erzählt. Aber das ganze Dorf sprach über dieses Wunder. Die Neugier auf die Fremde verdoppelte sich, man sollte wissen, woher sie ihr Können habe.

Meine Mutter erfand eine seit alters her in der Familie weitergegebene Begabung und brüstete sich damit. Es schien ihr klüger zu behaupten, dass es sich um ein Talent handelte, als die Wahrheit einzugestehen, dass sie nämlich seit dem Tod ihrer Eltern Ärztin hatte werden wollen, um Menschen von tödlichen Krankheiten zu heilen. Dass ihr ohne finanzielle Mittel aber ein Studium verwehrt geblieben war. Dass sie bei einem Verwandten gelebt hatte, der hinter ihrem mageren Erbe her gewesen war. Dass sie in Wien bei verschiedenen Ärzten an die Tür geklopft und ihren Wunsch dargelegt hatte, Ärztin zu werden. Einzig Dr. Stein, der Gynäkologe und Geburtshelfer, hatte im Gesicht meiner Mutter etwas bemerkt, was die anderen nicht gesehen hatten. Er hätte keine engagiertere oder begabtere Helferin finden können, um die Bäuche der Frauen abzutasten, um zu spüren, wie das Kind lag, und schließlich bei der Geburt zu assistieren.

Ich wurde 1929 geboren, ein Kind der großen Wirtschaftskrise. Niemals erwähnte jemand den Namen meines Vaters oder auch nur seine Existenz. Der Mann meiner Kindheit war Dr. Stein, einfach, weil er da war. Aber ich habe nie zu einem Mann »Papa« gesagt. Außer vielleicht zu meiner dicken Cäcilie.

In der Schule füllte ich auf den Formularen das Feld, wo der der Name meines Vaters stehen sollte, nicht aus. Es blieb weiß und leer. Und auf die Frage: »Was willst du machen, wenn du groß bist?« antwortete ich: »Ich will eine Beinahe-Ärztin werden wie Mama.«

Ansonsten habe mit der Zeit den österreichischen Akzent, den Wiener Akzent, verloren. Meine ganze Zuneigung gehörte unserer Kuh. Ich rief sie einfach »Kuh« Sie wurde meine Freundin, hörte mir immer aufmerksam und geduldig zu. Sie ließ sich gern von mir streicheln und hörte auf meine Stimme. Einer Kuh kann man alles sagen, sie verrät einen nie. Eine wiederkäuende Kuh ist die Königin der Ruhe. Sie beruhigte mich in ihrer Unbeirrbarkeit, ich fand sie schön. An ihrer Seite stickte ich, las ich, schlief ich.

Nach einigen weiteren gut verlaufenen Entbindungen, die weniger kompliziert waren als die erste, hatte sich meine Mutter im Dorf einen guten Ruf und einen bescheidenen Wohlstand erworben. Sie kaufte das kleine Haus am Ufer des Weihers, wo wir aber nicht mehr lange wohnten. Sie lernte einen Witwer kennen. Aloïs, der eine Tochter hatte, Otylkas, ein zartes Mädchen.

Mama packte ihren Stickkorb. Sie lernte, das Bier vom Fass zum Schäumen zu bringen, wie es sich gehört, und das beste Gulasch in der Gegend zu kochen. Sie heiratete Aloïs, und damit hatte sie sich endgültig ihren Status als wichtige Frau im Ort gesichert.

Einige Wochen nach der Heirat meiner Mutter mit Aloïs brach der Krieg aus. Das Dorf war so abgelegen, dass sogar der Krieg es nur mit Mühe fand. Schließlich wurde meine Mutter noch einmal Mutter. Was für eine Aufregung, die Geburt meiner kleinen Schwester …

Zusammen mit zwei weiteren Frauen aus dem Dorf half ich bei der Entbindung meiner Mutter. Wir befolgten einfach ihre

Anweisungen. Wir wärmten das Wasser in Schüsseln, legten saubere Tücher bereit und schlossen oder öffneten die Fenster gemäß den Wünschen meiner Mutter, und wir hielten Aloïs vor der Tür zurück. Währenddessen presste sie und brachte schließlich das Kind zur Welt. Alles war bestens gelaufen.

»Sie ist ganz rosig, sie sieht aus wie Porzellanpüppchen«, sagte ich zu Mama, an deren Schläfen noch schweißnasse Haarsträhnen klebten.

»Rose, das ist doch ein schöner Vorname. Oder Rosa? Willkommen bei uns, Rose!«

Was für ein hübsches Püppchen Rose damals war!

Für Aloïs bestand seine Familie aus seiner Frau und 1943 geborenen Tochter Rose. Sonst niemand. Denn Otylka, seine Tochter aus erster Ehe, war ein paar Monate vor Roses Geburt an einer Lungenentzündung gestorben. Ich dagegen passte nicht in diese Familienidylle hinein. Manchmal dachte ich, wenn Otylka noch gelebt hätte, dann hätte man auch mich aufgenommen. Noch vor dem offiziellen Ende dieses unglückseligen Weltkriegs kam Aloïs zu der Überzeugung, dass er noch einmal ganz von vorne anfangen sollte. Das bedeutete für mich, dass es Zeit war, die Schulbank, seinen Gasthof und meine Freundin Kuh zu verlassen

Aloïs brachte mich bei der Familie Feldmann unter, dem Besitzer der Mühlen-Keksfabrik. Nur ein einziges Mal war vage die Frage eines Studiums zu Sprache gekommen. Dann hätte man für mich die Kuh verkaufen müssen. Das war undenkbar. Ohnehin hätte der Erlös, den man bei diesem Verkauf erzielen könnte, nicht ausgereicht, die Kosten meines Studiums zu decken. Für Aloïs kam es nicht infrage, ein Studium zu bezahlen, in dem er nicht den geringsten Sinn sah. Er war ein praktisch denkender Mann, fest verwurzelt in der Realität seines Dorfs. Das Anderswo, das einen Fußmarsch entfernt begann, interessierte ihn nicht. Das Einzige, was er von diesem Anderswo akzeptierte, waren die Getränke und die Erzeugnisse, die seinen Gasthof gedeihen ließen. Und meine Mutter. Eine strahlende Ausnahme, die diese Regel bestätigte. Er liebte sie, dessen bin ich mir sicher. Er liebte sie wie eine Kostbarkeit, an der man sich dank eines glücklichen Zufalls erfreuen kann, wie ein Gut, das einem eigentlich gar nicht zusteht. Er lebte neben ihr in der ständigen Furcht, sie könnte sich jederzeit in Luft auflösen und so plötzlich verschwinden, wie sie aufgetaucht war. Er wusste nicht recht, wie er sich ihr gegenüber verhalten sollte. Das machte ihn nervös, und manchmal ließ er seine Reizbarkeit hinter Mamas Rücken an mir aus. Letzten Endes hatte es durchaus sein Gutes, dass ich weiter wegging, um zu arbeiten.

Genauso kehrte ich gerne jeden Sonntag zurück, um im Gasthof zu helfen. Ich freute mich auf das Wiedersehen mit Kuh. Ich erzählte ihr meine Woche. Bei ihr fühlte ich mich als Besitzerin.

Meine allwöchentlichen Reisen führten mich immer an der österreichischen Grenze entlang. Sie weckten und nährten in mir ständig den Wunsch, rechts abzubiegen und diese unüberwindliche Linie zu überschreiten. Ich wunderte mich, dass ich dem Kaiserreich nachtrauerte, das lange vor meiner Geburt zugrunde gegangen und dennoch gegenwärtig war, als hinge es noch in der Luft. Im Alltag war Österreich ein fremdes und fernes Land. Wien aber war für mich die einzige Stadt, die ich kannte und von der ich hätte sagen können, dass ich dort daheim war.

Als ich jetzt im Bus saß, unterwegs zum Gutshof von Feldmann, auf dem ich so lange gearbeitet hatte, konnte ich mir nicht vorstellen, dass Mama nicht mehr an Wien dachte. Im Guten wie im Schlechten.

Das Baby musste im Dorfregister eingetragen werden. Draußen war es kalt, sehr kalt. Nach dieser Kurve würde Josefs Dorf auftauchen. Meine Hoffnung, dass die Straßen leer wären und ich niemanden grüßen müsste, erlosch sehr schnell.

Schon ein gutes Stück vor dem Dorf kamen dem Bus eine Menge Leute entgegen, an denen er vorbeifuhr. Erschrocken sagte ich mir, dass so viele Menschen im Freien bei einer solchen Kälte nichts Gutes verhießen.

Ein heftiger Tritt auf die Bremse, und der Fahrer verkündete das Ende der Fahrt: Wegen der Menschenmenge sei es unmöglich, bis zur Endhaltestelle durchzukommen. Ich zog mein dickes Kopftuch noch tiefer in die Stirn. Ich hatte keinerlei Lust, erkannt zu werden, und wenn, dann wenigstens so spät wie möglich. Ich mischte mich unter die Menge in der Hoffnung, mit ihr zu verschmelzen. Ich wollte der Kälte entkommen, die sich meiner bemächtigte.

Die Passanten bewegten sich in Richtung Kreuzung. Wenn ich den Gutshof erreichen wollte, musste ich gegen den Strom schwimmen. Ich blieb stehen, um herauszufinden, was los war. Ein Fest?

Ein Zug von Wagen, der von der Menge begleitet wurde, näherte sich der Kreuzung. Ich war zu weit weg, um irgendetwas zu erkennen. So fragte ich einen Vorübergehenden: »Eine Beerdigung?«

»Aber nein, meine Schöne. Keine Beerdigung, obwohl, irgendwie schon ein Abschied.«

Der Mann lachte hämisch, hochzufrieden über seinen Witz, der mich nur noch mehr beunruhigte.

Ich ging also weiter. Mehrere schwer beladene Karren näherten sich auf der vereisten Straße. Plötzlich erkannte ich ihre Last wieder. Zuerst das Buffet, auf dem die Fotos der Kinder der Gutsbesitzer aufgestellt waren, dann die große Truhe aus bemaltem Holz, die direkt hinter der Tür im Wohnraum stand. Dort wurden die säuberlich gefalteten Tischdecken, die Servietten und die Geschirrtücher aufbewahrt. Die hübschen Geschirrtücher, mit denen das Silberbesteck poliert und das Geschirr auf Hochglanz gebracht wurde. Das schöne Geschirr war nun wohl in den großen Holzkisten auf dem anderen Wagen verstaut. Das Stroh quoll daraus hervor, man hatte es in aller Eile eingeräumt.

Ich will meinen Augen nicht trauen, ich kenne alle diese Möbel, bis zum letzten Stück. Schlimmer, ich kenne die Menschen auf den Wagen. Sie sind wirklich alle da, die Familie Feldmann ist vollständig versammelt; doch wohin nur gehen sie? Der ganze Hausrat rücksichtslos auf die Karren gepackt! Wohin führt diese Straße? So habe ich mir das Wiedersehen nicht vorgestellt.

Ich gehe näher heran. Ich muss Josef sehen. Um ihm zu sagen, dass er eine Tochter hat. Josef muss mich sehen, er muss dieser Kleinen einen Namen geben, er muss sie lieben! Er muss uns nach Wien mitnehmen!

Mein Gott, lasst mich durch!

Ich stoße die Leute, ich überhole Stan, der dem Konvoi mit seinem sauberen und blitzblanken Auto im Schritttempo folgt. Von Zeit zu Zeit hupt er, als habe er es eilig. Er hat es nicht eilig. Es ist ein düsterer Gruß, den er der Familie des Gutsherrn entrichtet.

Der Gutsherr sieht aus wie ein altes Männchen, ganz verhutzelt, kaum wiederzuerkennen. Er ist an der Spitze des Zugs, auf dem ersten Wagen. Josef lenkt den zweiten. Er hält die Zügel des Pferdes fest umklammert, das schon, aber man sieht genau, dass er zum ersten Mal einen solchen Karren lenkt. Das Pferd schreitet ganz von allein aus, es folgt einfach dem vorhergehenden Wagen. Josef hat sich dem Rhythmus des Tieres überlassen, er schaukelt vor und zurück, vor und zurück. Er blickt weder nach links noch nach rechts, nicht einmal vor sich. Sein Blick ist leer, grenzenlos leer, es gelingt mir nicht, zu ihm durchzudringen. Er hört auch nichts. Er reagiert auf nichts. Weder auf das bösartige und höhnische Gelächter, noch auf die Drohungen, noch auf die geballten Fäuste, noch auf die schmutzigen Schneebälle, die die Kinder – und auch die Erwachsenen – nach ihm werfen. Nichts bringt ihn dazu, seine Haltung zu ändern, den Kopf zu drehen, mit den Schultern zu zucken oder die Decke zurechtzuziehen, die sanft von seinen Knien gleitet.

Meine Stimme geht im Lärm der Menge und im Knarzen der Wagenräder unter. Sie walzen den schmutzigen Schnee nieder, der mit Sand und der fetthaltigen Asche minderwertiger Kohle vermischt ist, die man gestreut hat, damit die Fahrzeuge nicht ins Schleudern geraten.

Auf der Rückbank des Wagens sitzen zwei Frauen nebeneinander, Mutter und Tochter, sie drängen sich aneinander, um sich zu wärmen und ihrer Eskorte nicht allein ausgesetzt zu sein. Sie sehen mich ganz genau. Die Gutsherrin lächelt, sie wirkt glücklich. Nie zuvor habe ich sie so gesehen. Wenigstens dieses Mal macht sie keinen kranken oder verrückten Eindruck. Als hätte sie schon seit langer Zeit gewusst, was mit ihnen passieren würde. Wie zufrieden sie aussieht … Sie fixiert mich jetzt. Unmerklich verändert sich ihr Lächeln, es verwandelt sich in eine traurig oder höhnisch grinsende Grimasse, schwer zu sagen. Sie nickt mir mehrmals zu, als wäre sie mit allem einverstanden. Als hätten die Dinge so ihre Richtigkeit. Sie wendet den Kopf ab. Sie spricht Josef nicht an, sie sagt ihrem Sohn nicht, dass sie mich gesehen hat. Und ich bin so versteinert, dass ich nicht zu schreien vermag. Kalter Schweiß rinnt mir den Rücken hinab, als mich auch noch die Tochter anblickt. Ich habe nie verstanden, warum das Fräulein mich so sehr hasste.

Als der Konvoi an mir vorüberzieht, geben meine Beine nach und ich gerate ins Taumeln. Ich stürze zu Boden, die Hüfte schmerzt, für einen Moment ist mir schwarz vor Augen, ich möchte wegsacken, höre mein Baby schreien. Ich rappele mich wieder auf, schaue auf die Straße. Der Karren entfernt sich immer weiter von mir. Ich streichele mein Kind, das sich nach der Aufregung schnell wieder beruhigt und einschläft.

Die Feldmanns wurden aus ihrem Haus vertrieben, ohne Urteil, ohne einen anderen Beschluss als den der aufgebrachten Menge. Ihre Schuld bestand darin, mehr zu besitzen als die anderen, warum und wieso, danach fragte niemand. Keine Zeit für Diskussionen und Rechtfertigungen. Später sollte sich herausstellen, dass der Zeitpunkt keine Bedeutung hatte. Ihr Sturz war unvermeidlich, sie standen auf der falschen Seite. Aber wussten sie das? Und wen interessierte das?

Mich. Mich schon.

Gerade erst wollte ich mit der Menschenmenge, die mich umgab, verschmelzen, um nicht erkannt zu werden, doch als ich den Konvoi gesehen hatte, wollte ich nicht mehr dazugehören, um keinen Preis. Die Menschen, die die Straße säumten, wirkten auf mich wie betrunken, sie schrien und rasten, waren außer sich. Auch wenn die Gutsherrin ausnahmsweise einmal nicht im Geringsten geistig verwirrt gewirkt hatte, machte ihr Lächeln mir dennoch Angst: Es spiegelte das Delirium der Masse wider.

Jemand packte mich am Arm. Unter all den Schaulustigen hatte ich Jan gar nicht bemerkt, er war dem Zug wohl vom Hof aus gefolgt. Womöglich hatte er beim Beladen der Karren geholfen.

»Vergiss sie«, sagte er zu mir.

»Jan, warum gehen sie fort?«

Er wurde ärgerlich.

»Solche Leute können wir nicht brauchen. Und du, du bist mehr wert als das hier. Schau sie dir an, so schau sie dir doch an! Sie sehen dich nicht einmal. Sie haben uns nie eines Blickes gewürdigt, nie wirklich gesehen, sie sollen zum Teufel gehen.«

»Das ist nicht wahr, Jan, das weißt du!«

Kaum hatte ich diese Worte ausgesprochen, da fragte ich mich schon, ob ich sie glaube. Er beobachtete mich.

»Jan, sie gehen nicht fort. Man jagt sie davon.«

»Sie sind es doch, die lieber weggehen. Du verteidigst sie, aber sie sind es, die nicht hierbleiben und mit uns zusammenarbeiten wollen. Die Genossenschaft hat es ihnen angeboten, aber sie haben die Hochnäsigen gespielt. Das Land werden sie jedenfalls nicht mitnehmen.«

Ich erinnerte mich noch gut daran, wie die langen Trecks der Deutschen die Grenzregionen, das Sudetenland, verließen. Nach dem Kriegsende 1945 hatte der Wind sich gedreht; sie mussten das Land räumen, alles hinter sich zurücklassen. Ja, sie hatten den Krieg verloren. Es genügte bekannt zu geben, dass bestimmte internationale Abkommen und die Beneš-Dekrete diese Umsiedlungen und Vertreibungen verlangten, den Rest übernahm die Bevölkerung. Man behauptete, das diene auch dem inneren Frieden. Man schätzte, dass damals zwischen zwei und drei Millionen Menschen das Land verließen. Wie kann man sich so viele Menschen vorstellen? Diese langen und bedrückenden Trecks berührten mich nicht, es war, als gingen sie mich nichts an, aber jetzt … als ich den Konvoi der Feldmanns sah, da fühlte ich mich wirklich schlecht. Jan hielt mich immer noch am Arm fest. Je mehr er redete, umso fester packte er zu.

Das war nicht der richtige Moment, um eine Diskussion mit ihm anzufangen, er schwebte wie auf Wolken. Die Zeitungen überschütteten uns mit immer neuen Meldungen; vor einigen Tagen war es zu den großen Umwälzungen gekommen, auf die Jan so sehr gewartet hatte. Während ich meine Tochter zur Welt brachte, hatten die Menschen in Prag der neuen Regierung zugejubelt. In dem Pulk kam ich nur noch mühsam voran. Jan traktierte mich pausenlos mit seinen Erklärungen. So schlecht ich ihn in dem Lärm hören konnte, begriff ich doch, dass die geheimen Gespräche und Verhandlungen zwischen den kommunistischen Ministern und dem Präsidenten Edvard Beneš mehrere Tage gedauert hatten und dass der Präsident den Rücktritt der Minister aus den anderen Parteien angenommen hatte. Beneš selbst war zunächst noch auf seinem Posten geblieben. Die Kommunisten erhielten Unterstützung durch den Generalstreik, durch Volksmilizen und durch die Sowjets. Jan erzählte mir von der riesigen Menschenansammlung vom 25. Februar. Ich hatte in der Zeitung Fotos vom Altstädter Ring in Prag und den Menschenmassen gesehen. Jan sagte mir, dass er mittendrin gewesen war, in den vordersten Reihen unter der Bühne gestanden und den Aufbruch in diese neue Gesellschaft gefeiert hatte, für die er sich so sehr einsetzte. Der Kommunist Clement Gottwald hatte sich gegen den Staatspräsidenten durchgesetzt, sie nannten es den siegreichen Februar '48.

Ich erinnerte mich auch, dass die Regierung ein halbes Jahr zuvor, im Juli 1947, den von den Amerikanern vorgeschlagenen Marshallplan abgelehnt hatte. Die Dürre lähmte das Land, aber die Kommunisten wandten sich an die Sowjetunion, und von dort erhielten sie Hilfe. Im Gegenzug verkauften sie unsere Seele.

Das alles hatte mich gar nicht so recht interessiert, viel wichtiger war für mich die Nachricht gewesen, dass Josef auf dem Hof anwesend war. Bis zu diesem Moment hatte ich keinen Zusammenhang zwischen diesen beiden Dingen gesehen, aber jetzt wurde mir klar: Die Familie hatte sich hier versammelt, um endgültig fortzugehen.

Plötzlich wurde mir bewusst, dass es kein friedliches Zusammenleben geben würde, dass noch viele Menschen das Land verlassen werden, sehr viele. Ich würde auch gern dazugehören, mit Josef.

Ich versuchte mich aus Jans Griff zu befreien. Erst ließ er nicht locker, und ich rief aufgebracht: »Lass mich los, ich muss zu ihnen, ich muss dorthin gehen, ich kann dir das nicht erklären, lass mich!«

Jan klopfte mir auf die Schulter und hatte ein maliziöses Lächeln aufgesetzt.

»Was gibt es da groß zu erklären? Er hat dich geschwängert, dann ist er weggegangen, und jetzt kommt er zurück, um seine Sachen zu holen. Was glaubst du denn? Er ist ein echtes Muttersöhnchen. Glaubst du wirklich, ich hätte es nicht gewusst? Aber alle Welt wusste es. Natürlich. Sogar der Gutsherr. Warum, glaubst du, hat er dich so schnell nach Hause geschickt, bevor dein Bauch dick wird? Du bist reingelegt worden, meine Hübsche. Josef hat dich vernascht, und dann hat er dich fallen lassen.«

Jan zischt mir diese Worte zu, es macht ihm richtig Spaß, sie auszusprechen sagen. Ich spüre es an seinem Atem, der mein Ohr streift und es wärmt, bevor die Kälte alsbald wieder die Oberhand gewinnt. Ach! Wie gerne würde ich mich umdrehen und ihm eine Ohrfeige verpassen. Aber ich muss immer schneller gehen, um diesem Zug zu folgen. Ich muss mich schnell dazu entschließen zu schreien, nach Josef zu rufen, meine Tochter, seine Tochter, unsere Tochter mit ausgestreckten Armen hochzuhalten. Ein Schrei ist doch so einfach.

Der Zug beschleunigt, die Menge wird langsamer.

Die Straße senkt sich, und ich schlingere durch die Schneeverwehungen. Josef dreht sich nicht um. Ich muss meine Tochter festhalten, und Jan zerrt an meinem Mantel. Wenn ich stehen bleibe, um mich zu befreien, verliere ich kostbare Sekunden in diesem Wettlauf. Jan, der trotz seinem Hinken stark ist, legt mir den Arm um die Taille, die nach der Geburt noch nicht ihre Gelenkigkeit wiedergefunden hat, und brüllt mir ins Ohr: »Heirate mich, Magda, heirate mich.«

Gleichzeitig drückt er mir einen in raues Papier gewickelten Gegenstand in die Hand.

»Nimm es, es ist ein Geschenk für dich.«

Ich drehe mich um.

»Ich liebe Josef.«

Was für eine lächerliche Situation. Ausgerechnet hier sage ich das zum ersten Mal laut und deutlich. Aber zu wem? Zu Jan. Josef nähert sich schon der Grenze, überquert sie und entschwindet für immer aus meiner Reichweite.

Jan lässt sich nicht aus dem Konzept bringen. Er sagt mir, ich solle das Päckchen behalten, schiebt es in meinen Mantel, dann fragt er: »Hat er dich gebeten, ihn zu heiraten?«

»Ich liebe Josef, das ist alles. Daran kannst du nichts ändern.«

Wie ich das sage, fühle ich mich frei und stark. Und doch …

»Warum hast du dann nichts unternommen? Wovor hast du Angst?«

O ja, ich habe Angst. Deshalb habe ich nicht geschrien und diese Gelegenheit nicht beim Schopf ergriffen. Ich schweige Jan an.

Er fährt fort. »Er will nichts mit dem Dienstmädchen vom Hof und dem Baby zu tun haben. Das ist die Wahrheit, meine arme Magdalena. Und du hast guten Grund, sie zu fürchten.«

Stumm lasse ich ihn weiterreden.

»Was hast du damit bezweckt, den reichen Erben zu verführen? Wolltest du Gutsherrin werden? Glaubst du, man hätte vergessen, dass du nur ein dahergelaufener Bastard bist? Hast du auf eine Mitgift gehofft, um dir einen anderen Kerl zu angeln? Einen ehrbaren Mann wie mich? Das hättest du nicht tun sollen, hörst du, das hättest du nicht tun sollen. Ich habe dem Gutsherrn klargemacht, wie sehr er sich in dir getäuscht hat. Der Bastard seines geliebten Sohnes in deinem Bauch, das gefiel ihm überhaupt nicht, er hat dich davongejagt. Und du läufst ihm immer noch nach, du bist einfach verrückt. Arme Magdalena.«

Im Ernst, auf wie viele Heiratsanträge kann ich hoffen? Der von Jan ist nicht nur der erste, sondern aller Wahrscheinlichkeit nach auch der letzte. Reicht das, um ihn anzunehmen?

»Was willst du? Noch einmal den Helden spielen und ein armes Ding retten, indem du es heiratest? Ich will dein Mitleid und deine Rührseligkeiten nicht. Warum tust du das alles, Jan?«, frage ich sanft.

»Weil ich dich liebe, Magdalena. Weißt du das nicht?«

Nein, das weiß ich nicht, weil Jans Liebe mich nicht interessiert. Und in meinem Kopf singe ich beinahe fröhlich, dass ich nicht arm bin, kein armes Ding, dass ich frei bin. Frei, »nein« zu Jan zu sagen. Und ich liebe diesen Moment.

Direkt in Jans Ohren das NEIN meines Lebens sagen.

Genau! Ach, wenn ich meine Angst besiegen und meine Wut rauslassen könnte.

Wann habe ich bloß gelernt, so zu verstummen? Oder vielmehr, nur den Tieren ins Ohr zu flüstern?

Hat es mit den ersten Ohrfeigen von Aloïs angefangen, die ich nur meiner Kuh anvertraut habe? Ihr konnte ich alles sagen; und ich kann es noch. Ihr konnte ich auch die blauen Flecken zeigen, die Kratzer und die zerrissenen Kleider, wenn ich versuchte, Aloïs' klobigen Händen auszuweichen. Nur dass eine Kuh, selbst wenn sie eine Freundin ist, nicht antwortet, keine Tränen trocknet und keine tröstenden Worte sagt. In diesem Punkt ähnelt eine Kuh meiner Mutter. Man könnte meinen, meine Mutter kann Leben schenken und danach weiß sie nichts damit anzufangen. Mein Baby bewegt sich in dem Tuch auf meinem Bauch.

Jan rechnete nicht damit, abgewiesen zu werden, so eine gute Partie. Nach einer Weile sagte er: »Am Ende wirst du mich anflehen, und dann wird es zu spät sein.«

Ich setzte mich langsam wieder auf den Spuren der Wagen in Bewegung, die sie in dem Matsch aus Schnee, Asche und Sand, einer schwarzen, schmutzigen, kalten und pappigen Mischung hinterlassen hatten. Erneut stieß Jan einen Wortschwall hinter mir aus, aber ich hörte ihm nicht mehr zu. Er hatte alles gesagt, meine Vergangenheit und meine Zukunft auf den Punkt gebracht. Beide waren kalt, schwarz und konturenlos, genau wie dieser Schlamm, in dem ich ausschritt. Ich wusste nicht einmal, ob ich ihm böse war, weil er mich dem Gutsherrn verraten und damit dafür gesorgt hatte, dass ich zu früh vom Hof gejagt wurde, um Josef noch einmal wiedersehen zu können.

Aber was wusste Jan schon davon, ob Josef mich liebte oder nicht?

Ich würde es auch nicht erfahren, denn ich lebte lieber in der Illusion einer Liebesnacht als in der Gewissheit einer Katastrophennacht. Ich war mir sicher, dass ich ihn geliebt hatte wie niemand sonst. Ich wollte gerne glauben, dass es für ihn genauso war. Ich liebte auch diese winzige Chance, nach Wien zu gehen. Eine Nacht in einer Scheune, ist das ein vernünftiger Preis für einen Neuanfang?

Die Kleine machte sich wieder bemerkbar und bewegte sich auf meinem Bauch. Die Illusion, dass sie noch drinnen in mir sei, war fast perfekt. Wir waren so eng miteinander verbunden. Zu spüren, wie sehr sie mich brauchte, verschaffte mir auch ein Machtgefühl. Mir war, als stünde ich in ihrer Schuld, dabei erkannte sie mich fast noch nicht.

Ich wollte meiner Tochter eine schöne Liebesgeschichte erzählen können, so kurz diese Geschichte auch gewesen sein mag. Ja, ich würde viel mit meiner Tochter sprechen, ihr alles sagen, ihr von meiner Liebesnacht erzählen, ihren Vater beschreiben, seinen Namen nennen. Sie sollte das wissen. Es waren die weißen Flecken im Leben, die uns leiden ließen, das hatte ich mittlerweile begriffen.

Die Menge hatte sich endlich aufgelöst. Auch Jan war gegangen, er war es leid, vergeblich auf mich einzureden, und war vermutlich ins Dorf zurückgekehrt. Bestimmt fand an diesem Tag ein Fest statt, ausgelassen und zügellos, mit Musik wie nach einer Beerdigung.

Winterstille. Ich war alleine auf der Straße, hielt meine Kleine in den Armen und fragte mich, in was für eine Welt ich sie hineingeboren hatte.

Ein Hupen schreckte mich aus meinen Gedanken auf, und meine Tochter weinte.

Neben mir hielt ein Wagen, die Tür öffnete sich, Wärme drang heraus, und ich erkannte Stan, den Chauffeur vom Bahnhof.

»Steig ein, Magdalena. Ich bring dich zum Bahnhof.«

Ich hatte keine Lust einzusteigen, aber die Kleine beruhigte sich nicht. Ich hatte Angst, dass die Tränen auf ihren zarten Wangen gefroren und ihr Schmerzen bereiteten. Im Auto wäre es warm, und ich könnte dem Baby sogar die Brust geben.

Also nahm ich das Angebot doch an und setzte mich auf die Rückbank. Meine Tochter trank an meiner Brust und schlief wieder ein. Ich nutzte die Gelegenheit, um Jans Päckchen zu öffnen. Darin befand sich eine kleine bemalte Holzschachtel, die kleine Schwester der großen Truhe, in der die Wäsche der Familie des Gutsherrn aufbewahrt wurde. Jan hatte sie wohl gestohlen, während er beim Verladen der Möbel half. Mein erster Reflex war, sie aus dem Autofenster zu werfen. Aber nein, ich würde diese gestohlene kleine Schachtel behalten in der Hoffnung, sie eines Tages ihren Besitzern zurückgeben zu können.

»Hübsch, hm, ich meine die Kleine.«

Stan blickte in den Rückspiegel, und ich hatte den Eindruck, dass er eher nach meinen Brüsten spähte, die ich wieder bedeckte, als meine Tochter schnell eingeschlafen war.

»Danke«, sagte ich trotzdem.

»Gehst du nicht zum Hof zurück?«

»Um was dort zu tun?«, fragte ich.

»Zum Schauen, es sind neue dort.«

»Neue was?«

»Neue Mieter. Das Gut gehört jetzt der Genossenschaft. Also

wird es vermietet. An zwei Familien. Du weißt ja, sie haben sehr komfortabel gelebt, deine Dienstherren.«

»Zwei Familien? Wie schnell das geht«

»Also, soll ich dich hinbringen? Im Wirtshaus wird ein Gläschen zu ihrer Begrüßung ausgegeben.«

»Nein. Fahr zum Bahnhof.«

Der Chauffeur war froh, einen Zuhörer zu haben, und erzählte mir, dass die zwei Familien sich nicht kannten. Eine war aus eigenem Antrieb gekommen, im Rahmen des Programms zur Neubesiedlung der Grenzgebiete. Der Staat überließ in diesen Gebieten die Häuser der vertriebenen Deutschen jedem, der sich dort niederlassen wollte. So geschah es auch mit dem Gut der Feldmanns. In der anderen Hälfte wurde eine bürgerliche Familie aus der Hauptstadt nach ihrer Zwangsumsiedlung untergebracht. Das sollte der Umerziehung im Sinne der neuen Werte des Landes dienen.

»Das Leben auf dem Land wird ihnen ziemlich komisch vorkommen, wenn sie vorher in den vornehmen Vierteln in der Stadt gelebt haben«, sagte Stan.

Wir fuhren am Wirtshaus vorbei und bogen auf den Weg zum Bahnhof ein … Stanislas redete wie ein Wasserfall.

»Wie heißt deine Kleine? Ich sehe schon, dass es ein Mädchen ist, mit dem rosa Bändchen. Und der Papa?«

Ich ärgerte mich, dass ich überhaupt in seinen Wagen gestiegen war und mich nach dem Vater meiner Tochter fragen lassen musste. Er tat das, um mir wehzutun. Lange betrachtete ich das Gesicht meines schlafenden Kindes, um diese zarten Gesichtszüge nie zu vergessen, um immer den Rhythmus seines Atmens zu spüren und die verletzenden Fragen nicht zu hören.

Ich schwieg und sehnte die Ankunft am Bahnhof herbei. Stan zog eine Grimasse Er tat so, als würde er sich auf die Straße konzentrieren, dabei beobachtete er mich genau.

»Wie viel kostet die Fahrt zum Bahnhof? Auf deiner Motorhaube prangt der rote Stern, Herr Stanislas. Sind die Preise dann volksnah und erschwinglich? Auch für mich?«

Wenigstens redete Stan nicht mehr und drückte aufs Gaspedal.

»Da ist der Bahnhof, Magdalena.«

»Und wie viel schulde ich dir jetzt, Herr Stanislas?«

»Heute ist es umsonst für dich, aber beim nächsten Mal nennst du mich Genosse Stan. Verstanden? *Genosse!*«

Ich stieg eine Haltestelle vor meinem Dorf aus dem Bus aus und ging den Rest zu Fuß. Der Motor des Busses dröhnte hinter mir und hinterließ eine nach Diesel stinkende Qualmwolke. Die Kälte trieb mich zur Eile an.

Die Kälte um mich herum, die Kälte in meiner Seele, aber was ich besonders fürchtete, war der kalte Empfang meiner Mutter, die zu Hause auf uns wartete.

Die Landschaft schien im Griff des Frosts erstarrt zu sein. Seit einigen Tagen schon blieben die Temperaturen unter null Grad. Eine solche Kälte Anfang März war nicht ungewöhnlich. Die sanften, weiten Hügel sahen noch platt gedrückt aus, sie drängten sich an die Erde, damit ihnen ein wenig wärmer würde. Die Bäume in ihre prächtigen Reifkleidern dagegen schienen zu wachsen und im Nebel zu schweben, der sich an die Erde schmiegte. Ihre Wurzeln hatten sich in die Tiefe zurückgezogen, dort suchten sie nach Stärkung für den Frühling. Die durch die Kälte erstarrten, vertrockneten Grashalme waren die toten Zeugen einer anderen Zeit. Sie ähnelten Orgelpfeifen, alle so klein und fein, als würden sie jeden Moment mit einem zarten Ton in der eisigen Luft zerbrechen. Keine Menschenseele war um mich herum, einzig diese Vögel mit dem glänzenden schwarzen Gefieder. Die Raben spazierten auf den Feldern umher, ohne einen

Abdruck auf dem Schnee zu hinterlassen, wie Gespenster – so fest war er gefroren.

Der Schnee glitzerte und reflektierte die spärlichen, schüchternen Sonnenstrahlen, die blass und verschleiert durch die tiefen, grauen Wolken drangen. Die Wolken sahen aus, als berührten sie zugleich Sonne und Erde. Eine magische Verbindung, ein unverhoffter Kuss zwischen Erde und Himmel, die sonst bis in alle Ewigkeit dazu verdammt waren, sich nicht zu berühren. Die mit Schneeflocken schwangeren Wolken waren kurz vor dem Platzen und vermischten sich mit den Nebelbänken, die von der erstarrten Erde aufstiegen. Ein Atemzug.

Die frische Luft biss in der Nase, selbst die Gerüche wurden von der Kälte ausgelöscht. Die Farben waren verschwunden, nur noch Grau-, Schwarz- und Weißtöne. So viel Weiß – schmutziges, leuchtendes, strahlendes, stumpfes, durchsichtiges, dichtes und sogar warmes Weiß.

Ich ging durch die Wolken, ohne Gott oder den Engeln oder den geringsten Vorboten des Paradieses zu begegnen. Zum ersten Mal in meinem Leben, so schien es mir, war ich mir vollkommen dessen bewusst, was rings um mich geschah, in dieser Landschaft, in meinem Leben. Zugleich konnte nichts fantastischer und unwirklicher auf mich wirken als diese weiße, kalte Schönheit. Ich spürte, dass ich zu dieser Landschaft gehöre, zum ersten Mal fühlte ich mich daheim. Es war meine Tochter, die diese Verbindung zur Welt hergestellt hatte, sie war mein Anker.

Wenn es jemanden gab, der mich durch und durch kannte, dann war das meine Mutter.

Noch in meinen Mantel eingemummt, stand ich vor ihr. Ich war schnell gegangen, aus meinem Mund entwich Dampf. Ich drückte meine Tochter an mich, sie schlief, wie nur Babys schlafen können. Meine Mutter hatte auf uns gewartet, doch das würde sie niemals zugeben.

Was sollte ich sagen?

Dass ich nicht fortgegangen war? Sie sah es.

Dass ich nicht wusste, was ich tun sollte? Das dachte sie sich.

Dass das Leben mir einen bösen Streich gespielt hatte? Sie wusste es.

Dass es kalt war?

»Warum sind wir nicht in Wien geblieben?«

Das wäre die Lösung: endlich die Frage zu stellen, die mich schon seit Jahren, mein halbes Leben lang, verfolgte. »Mein halbes Leben«, das schien viel, wenn man es so sagte. Und plötzlich fühlte ich mich alt. Die Hälfte meines Lebens hatte ich in Wien gelebt, die zweite hier. Wenn ich jetzt auch auf der Stelle tot umfallen würde, hätte ich mich wenigstens endlich getraut, diese Frage mit lauter Stimme zu stellen.

»Er war Jude, aber du bist blond. Hier konnte ich dich besser schützen, auf dieser Seite der Grenze. Das habe ich geglaubt und gehofft. Ich bin hier, in diesem Land, geboren.«

»Ich aber bin dort geboren.«

»Ja. Und du bist mit deiner Tochter hiergeblieben.«

»Warum sollen wir bleiben? Wir gehen fort! Weißt du, wie man mich in der Schule genannt hat?«

»Bastard, ich weiß. Du bist ein Bastard, und du hast gerade selbst einen in die Welt gesetzt …«

»Ja, Bastard. Warum hast du zugelassen, dass man mich beschimpft? Du hättest sagen können, dass du Witwe bist. Niemand hätte nachgeforscht, ob das stimmt.«

»Ich schäme mich nicht für dich, meine Tochter. Nicht wir müssen uns schämen, damit du es weißt.«

»Ich habe so gerne dort gelebt, in Wien.«

Ich kapitulierte unmerklich. In Wahrheit warf ich meiner Mutter nicht mehr vor, dass sie so gehandelt hatte. Hatte sie nicht das Richtige getan? Konnte man überhaupt wissen, ob eine Entscheidung richtig gewesen war und es auch bleiben wird? Ich selbst würde mich doch für den Rest meines Lebens fragen, warum ich diesem Konvoi der Feldmans nicht gefolgt war.

»Du wärst auch in der Stadt ein Bastard gewesen. Das Land ist weniger grausam, unverblümter, das schon, denn hier nennt man die Dinge beim Namen. Du hast mit deinen Kinderaugen in der Stadt nur die Sahnehauben auf deinem Strudel gesehen. Die Wirklichkeit sah ganz anders aus.«

»Aber warum hier? In diesem gottverlassenen Nest?«

»In der Stadt haben die Leute die Wahl, niemand hätte nach mir gerufen und meine Dienste in Anspruch genommen. Das Einzige, was ich kann, ist Frauen zu entbinden. Auf dem Land gibt es nicht an jeder Ecke einen Arzt oder ein Krankenhaus. Hier brauchen sie mich, und wir brauchen ihr Leben, um unseres zu führen. Ich kann sehr gut auch bei der Geburt einer Kuh oder eines Schafs assistieren, das ist mir egal. Es ist immer das Leben, das durch meine Hände geht. Es ist der gleiche Überlebensinstinkt. Dasselbe gilt auch für das Sticken, welcher Städter möchte schon eine bestickte Tischdecke? Wer würde uns für die hübschen Blumen, die Vögel und die Willkommensgrüße auf den Deckchen an den Hauseingängen bezahlen? Die Frauen des Bürgertums? Und mit einer Kuh konnten wir überleben.«

5

Ich hatte mir geschworen, nie wieder einen Fuß in das Dorf meines früheren Dienstherren zu setzen. Ich konnte mir keinen vernünftigen Grund vorstellen, weshalb ich jemals dorthin zurückkehren sollte.

Und doch stand ich im Juni, ein Jahr nach dem Scheunenbrand, wieder in jenem Dorf, und zwar vor der Tür des Wirtshauses mit dem großen Nebenraum. Ich zögerte einen Moment, sie aufzustoßen, aber ich musste es.

Die Matrone stand hocherhobenen Hauptes, hinter dem Tresen und stemmte die Hände in die Hüften. »Magdalena! Sieh einer an, die verschollene Schönheit!« Die Tür war noch nicht zugefallen, da schrie diese Frau schon in voller Lautstärke weiter: »Bringst du uns jetzt deinen leeren Bauch, meine Schöne? Ein Junge?«

Ich schwieg eingeschüchtert, aber sie gab sich selbst die Antwort.

»Also ein Mädchen, ts, ts.« Sie zog eine Augenbraue hoch. »Nichts als Sorgen, das weißt du ja, du verstehst, wovon ich jetzt spreche?«

Ich wartete, bis sie endlich zu lachen aufhörte. »Ich suche Jan.« Meine Stimme war wohl kaum hörbar. Sie forderte mich auf, meine Worte zu wiederholen.

»Heiliger Strohsack, sie sucht nach Jan, das ist doch nicht zu glauben! Hier, in unserem Kaff, nach Jan zu suchen! Wir sind nichts mehr in seinen Augen, und du suchst nach ihm? Was glaubst du eigentlich? Er ist in die Stadt gegangen, er ist nicht mehr da, um dich zu beschützen, meine liebe Kleine, pff, er ist weggegangen. Fast unmittelbar nach den Trecks der Gutsbesitzer. Er hat seine Arbeit hier getan. Von einem Komitee zum anderen, er will höher hinaus, er hat große Ziele, der gute Mann.«

Sie spülte die Gläser, während sie in der gleichen Lautstärke weiterredete. »Er ist nicht für dich, und du, du bist nicht für ihn. Wirklich nicht. Irgendwer muss mir mal erklären, was die Männer an dir finden. Nicht einmal zum Stillen hast du was im BH.«

Wieder brach sie in ihr dreckiges Lachen aus, in dem aber auch etwas Herzliches mitschwang.

»Nicht zu glauben, was für Dummheiten er für dich gemacht hat, dieser Jan, nimm dich in Acht! Es ist gerade noch mal gut gegangen, er hätte auch erwischt werden können.«

Ich verstand nicht, worauf sie anspielte. Sie sah es meinem Gesicht an.

»Stell dich nicht dümmer, als du bist, du hast es doch gewusst, die Sache mit der Scheune?«

»Die Scheune? Die Scheune des Gutsherrn?«, fragte ich.

»Schau sich einer doch dieses naive Mädchen an.«

Sie hörte auf zu lachen, musterte mich ernst. »Hast du es wirklich nicht gewusst?«

»Was gewusst?«

Sie fing an, mir auf die Nerven zu gehen, die Dicke hinter dem Tresen, mit ihren ewigen Andeutungen. Gerüchte und Klatsch waren ihr Tagesgeschäft. Ihr ganzes Wirthausleben bestand doch nur aus ein paar wie zufällig geflüsterten Worten und unvollendeten Sätzen, die sie je nach Tagesstimmung von sich gab. Es gibt nichts Leichteres auf der Welt, als den guten Ruf eines Menschen zu festigen oder zu ruinieren, indem man eine Augenbraue hochzieht und im richtigen Moment mit vielsagendem Blick und einem honigsüßen Lächeln nickt.

Ich schlug mit der flachen Hand auf die Theke.

Sie senkte verschwörerisch die Stimme. »Nun, es war Jan, der sie in Brand gesteckt hat, damit sie schneller abhauen, deine Dienstherren, wie du sie nennst. Allerdings hat er sogar drei Anläufe gebraucht.«

»Die Scheune?«

»Wenn ich es dir doch sage. Jan hat genug damit geprahlt. Genauso wie er damit geprahlt hat, als Marek, der Feldhüter, auf ihn geschossen hat. Die zwei haben unter einer Decke gesteckt, sie haben sich totgelacht deswegen. Immerhin teilt Jan aber seine Pension mit ihm. Er ist schon in Ordnung, der Typ. Nach ein paar Gläsern wird er zum Großmaul, aber so sind die Männer, sie suchen nach Ruhm bei den anderen Männern und nach Bewunderung bei den Frauen. Ich habe eigentlich geglaubt, dass er die Scheune auch deswegen in Brand gesteckt hat, um Eindruck bei dir zu schinden. Du musst es doch irgendwie gewusst haben.«

Ich war von diesen Neuigkeiten am Boden zerstört. Jetzt fiel mir wieder ein, wie ich da jemanden in der Nacht aus den Augenwinkeln an der Scheune gesehen hatte, eine flüchtige Wahrnehmung, die auch eine Sinnestäuschung gewesen sein konnte, wie ich Jans Verhalten am Morgen nach dem Brand so seltsam gefunden hatte, aber damals war ich diesen Eindrücken nicht nachgegangen, ich hatte nur Josef im Kopf.

Als die Wirtin meine Überraschung sah, fuhr sie fort; die Aussicht, bald jedem, der es hören wollte, das Ausmaß meiner Unwissenheit zu schildern, beflügelte sie.

»Aber ja doch, meine Schöne, aber ja doch. Man könnte meinen, ich würde dir was Neues erzählen. Du hättest ins Dorf kommen sollen, anstatt die Wilde zu spielen oder dich an deine

Herrschaft anzubiedern. Du weißt, dass Jan hoffte, dich zu heiraten, er war sicher, dass es so kommen würde. Und am Ende stehst du jetzt da mit einem Kind auf dem Arm, einem ruinierten Ruf und verheulten Augen. Obwohl du so aussiehst, als hättest du einen ziemlichen Dickschädel.«

»Er ist also in die Stadt gegangen. Danke.«

Niedergeschlagen wollte ich den Gasthof verlassen.

»Warte kurz, er hat eine Nachricht für dich hinterlassen. Wo habe ich sie bloß hingelegt? Das ist eine Ewigkeit her … warte.«

Die Frau durchwühlte eine große Schublade unter der Kasse ihres Tresens.

»Du kannst dir sicher sein, dass ich dich zum Teufel jagen würde, meine Liebe, wenn es nicht Jan zuliebe wäre. Wir brauchen keine Mädchen wie dich hier, man schläft nicht mit jemand außerhalb der Ehe.«

Ihr Kopf verschwand in der Schublade, während sie mir unerbittlicher als meine Mutter und in aller Öffentlichkeit die Leviten las. Sie war noch nicht fertig.

»Weißt du, es ist noch nicht lange her, da konnte man verstehen, dass eine Frau sich vom Dienstherrn schwängern ließ, wenn es ein gutes Haus war. Er hätte dir eine Mitgift gezahlt, damit du verschwindest und in dein Dorf zurückgehst, wo die Männer sich um dich geprügelt hätten. Also natürlich um deine Mitgift.«

Sie prustete wieder vor Lachen los.

»Und dann hätte der glückliche Auserkorene dir nur noch einen Schwung Kinder anhängen müssen, damit man das erste vergisst, und fertig.«

Ihr Lachen hallte in der Schublade wider.

»Aber die Zeiten haben sich geändert, meine Schöne. Das ist vorbei. Man zahlt nicht mehr für das Recht der ersten Nacht. Davon abgesehen musste man natürlich auf einen richtig blauäugigen Dummkopf treffen, einen großzügigen Reichen, der zahlt.

Hast du so was schon mal gesehen? Es sind die Mädchen, die mit ihrem Ruf bezahlen.«

Ich wäre längst zur Tür hinausgestürmt, aber ich brauchte diese Nachricht, damit ich Jan finden konnte. Er allein konnte mir helfen, jetzt, da man uns die Kuh wegnehmen wollte. Um das zu verhindern, war ich bereit, jede Demütigung auf mich zu nehmen.

Es war knapp eine Woche her, dass diese Typen vom Bürgermeisteramt zu uns gekommen waren. Wir kannten sie gut, weil sie Stammgäste in unserem Wirtshaus waren. Dieses Mal aber wurden sie mit ernster Miene und im dreiteiligen Anzug bei uns zu Hause vorstellig. Sie wollten sich nicht setzen, sie wollten so schnell wie möglich wieder weg, und zwar aus gutem Grund. Also erläuterten sie uns im Stehen die Fakten. Die Papiere in einer schwarzen, glänzenden Aktenmappe bezeugten, dass wir die Kuh der Genossenschaft zu übergeben hätten, zu ihrem und auch zu unserer aller Wohle. Meine Mutter antwortete, dass es nur einen Weg gebe, wie sie sich von ihrer Kuh trennen würde: nämlich ihr das Geld, das dieses Tier sie gekostet habe, zurückzugeben. Dann fragte sie den Bürgermeister, ob er sie haben wolle, denn er sei der Verkäufer gewesen. Er errötete und wedelte wieder mit den Papieren vor der Nase meiner Mutter herum. Im Weggehen fügte er hinzu, sie solle ihm lieber dankbar sein, dass er sie persönlich informiert hatte, denn morgen würde der offizielle Erlass im Bürgermeisteramt angeschlagen werden. Darin stünden die Namen all derer, die ihre Tiere zur Genossenschaft bringen, ihren Beitritt zur selbigen erklären und als Krönung zusätzlich noch ihr Land hergeben müssten. Das alles würde man auch über die Lautsprecher bekannt machen, die seit Kurzem an den Strommasten des Dorfs angebracht waren. Man könnte die Milch in der Genossenschaft kaufen oder in dem neuen Geschäft, dessen Bau bald fertiggestellt sein würde; man sähe doch, dass es vorwärtsging, oder etwa nicht?

Dem Bürgermeister zufolge konnten wir vier, meine Mutter, Rose, meine Tochter und ich – er malte mit seinem durchgestreckten Zeigefinger einen Kreis um uns herum –, noch von Glück reden. Wir durften das Stückchen Land hinter dem kleinen Haus oberhalb des Dorfweihers behalten. Es war zu klein und unzugänglich für die Landwirtschaftsmaschinen, sie brauchten es nicht.

»Und wir warten immer noch darauf, dass diese Kleine einen Namen bekommt, um sie ins Geburtsregister einzutragen! Ihr steht außerhalb des Gesetzes!«

Meine Mutter antwortete, dass er das mit dem Beitritt vergessen könne und dass sie die Kuh abholen könnten, falls sie sich trauten. Zum Vornamen meiner Tochter sagte sie nichts. Das sei allein meine Entscheidung.

Übermorgen, so wurde uns angekündigt, würden sie die Kuh abholen.

Aber inzwischen hatte meine Mutter in der Scheune des Wirtshauses Aloïs' altes Gewehr gefunden. Ich machte mir Sorgen, dass sie bei der nächsten Begegnung mit dem Bürgermeister und seinen Gehilfen Gebrauch von der Waffe machen würde. Aus diesem Grunde musste ich unbedingt Jan treffen. Und so musste ich eben auch das Geschwätz des Weibs am Tresen ertragen, es spielte für mich keine Rolle, ob Jan dies oder jenes machte. Ich brauchte eine dieser berühmten Sondergenehmigungen, damit man uns erlauben würde, Kuh zu behalten.

Endlich zog die Matrone ihren Kopf aus der Schublade und wedelte triumphierend mit dem kleinen weißen Umschlag. Sie war allerdings nicht bereit, ihn mir einfach so zu geben, und fuhr fort: »Verrate mir mal, wieso du dieses Kind nicht hast abtreiben lassen, meine Schöne? Es heißt, deine Mutter sei vom Fach.«

Hörte sie denn nie auf, diese Hexe?

»Ich weiß schon, dass das illegal ist. Alle wissen das.«

Sie wiegte sich augenzwinkernd in den Hüften. Erst jetzt nahm ich bewusst wahr, dass neben dem Tresen ein Mädchen spielte. Sie mochte etwa zwölf Jahre alt sein, und ich merkte deutlich, dass sie die Ohren spitzte. Da begriff ich, dass all diese Vorhaltungen gar nicht mir selbst galten. Mein Bauch, mein Leben, meine Existenz, das alles war der Wirtin so schnurzpiepegal wie der Schnee von gestern. Ich musste als abschreckendes Beispiel für ihre eigene Tochter herhalten, die bald zur Frau werden würde. Ich war der lebende Albtraum aller Mütter und zugleich ihr Demonstrationsobjekt: eine Geschwängerte, zu allem Überfluss geschwängert vom Sohn eines reichen Grundbesitzers, der zur Flucht aus dem Land verdammt war. Doppelte Strafe für einen Fehltritt. Ein Mädchen wie mich in Reichweite zu haben, das war ein Glücksfall für eine Mutter, die sich um die Zukunft ihres eigenen Kindes Sorgen machte. Sie würde mich nicht aus ihren Fängen lassen, bevor sie die ganze Botschaft losgeworden war. Und dabei wusste die gute Frau nicht einmal, dass ich den Heiratsantrag des begehrtesten Manns der Gegend ausgeschlagen hatte: Jan, der Brandstifter, Jan, der Schlaumeier, Jan, der Stolz und der aufsteigende Stern des Dorfs.

Was für ein guter Geist hatte mir zugeflüstert, damals »nein« zu sagen.

Ihre Anspielung auf meine Mutter sprach Bände über ihre Ängste bezüglich ihrer Tochter. Sie wollte es sich trotzdem nicht mit mir verderben. Man weiß ja nie, vielleicht wäre sie ja eines Tages auf das Wissen meiner Mutter angewiesen.

Nicht ein einziges Mal hatte ich an eine Abtreibung gedacht. Mein Baby war ein Kind der Liebe. Und meine Mutter griff nie ein, solange alles gut ging, niemals. Sie setzte sich hin, tastete den Bauch ab, sie hörte ihn gleichsam mit ihren Händen ab. Dann wartete sie auf die Geburt. Oft beruhigte schon ihre bloße Anwesenheit die Frauen und gab ihnen Kraft. Ich war Zeuge geworden, wie Frauen sie zu einer Geburt beglückwünschten, bei der sie die junge Mutter kaum berührt hatte; es hatte genügt, dass sie an ihrer Seite gewesen war. Aber ich erlebte zuweilen auch mit, wie sie das Messer ergriff, es blitzschnell schärfte und die Frau mit einer kurzen, präzisen Bewegung schnitt, um den Austritt des Kindes zu erleichtern. Aber es war niemals vorgekommen, dass sie wem auch immer etwas gegeben hätte, um eine Schwangerschaft abzubrechen. Sie wollte niemanden verurteilen, das sei nicht ihre Aufgabe, pflegte sie zu sagen.

Der kleine weiße Umschlag, den die Wirtin mir endlich mit spöttischer Miene in die Hand gedrückt hatte, enthielt nur eine Adresse in der nächsten Stadt. Wortlos ging ich hinaus und setzte mich in den Bus.

Die Aufschrift in riesigen Metallbuchstaben, die rot auf dem Gebäude prangten, verkündete, dass das neue Nationalkomitee der Partei hier seinen Sitz hatte. Die neue Regierung hatte sich in kurzer Zeit in den Befehlszentren des Landes festgesetzt. Das ganze Gebäude roch nach Aufbruch, Größe und Stärke. In den langen weißen und hellgrauen Korridoren hallte es schrecklich. Auf beiden Seiten der Flure waren an den vollkommen identischen Türen Namen auf kleinen weißen Karten aus Karton angebracht. Zwei große Sukkulenten thronten in Töpfen unter dem Fenster am Ende des Gangs. Fast verwelkt, vielleicht zu viel gegossen? Die Pflanzen fühlten sich hier nicht wohl.

Auf dem Schild der zweiflügeligenTür im dritten Stock stand Jans Name.

Ich klopfte.

»Herein, herein.«

Die Stimme war ernst, weniger fröhlich als früher, aber es war eindeutig Jans Stimme.

»Oh, Magdalena! Magdalena, was verschafft mir die Ehre deines Besuchs?«

Er hatte nicht damit gerechnet, mich noch einmal zu sehen. In der Überraschung hatte er sich so floskelhaft bürokratisch ausgedrückt. Aber er fasste sich schnell und fuhr nicht ohne Herzlichkeit fort. Der alte Jan kehrte im Galopp zurück, er redete, gestikulierte, war begeistert, er lächelte und klopfte mir kameradschaftlich auf die Schulter.

»Komm, komm herein, setz dich, erzähl, wie geht es dir? Du siehst großartig aus, wirklich, und wo wohnst du jetzt? Wie du siehst, sitze ich in den neuen Räumen des Nationalkomitees. Ich arbeite mit dem Genossen Regionalsekretär der Partei zusammen, alles ist so schnell gegangen nach dem Veränderungen im Februar und seit März, als wir uns das letzte Mal gesehen haben. Schau dir die neuen Büros an, sind sie nicht schön? Ich bin jetzt für Städtebau zuständig, weißt du, Brücken, Straßen und lauter solche Dinge. Es gibt so viel zu tun. Die Partei hat mir auch eine schöne Wohnung zugewiesen, die Emigranten wie deinem ehemaligen Dienstherrn gehörte.«

»*Unserem* ehemaligen Dienstherrn.«

Jan ließ sich von meinem Einschub weder irritieren noch in seinem Redefluss hemmen.

»Man muss sagen, dass man in ihrer Wohnung eine Menge Leute unterbringen kann. Ich bewohne nur eine Hälfte, aber das sind immerhin auch mehrere Zimmer. Die Nachbarn sind sympathisch. Ich freue mich, wenn du zum Besichtigen kommen willst. Wie lange bleibst du in der Stadt? Wenn du Arbeit suchst, ich weiß, dass man in der Fabrik händeringend nach Arbeitskräften sucht, und ich weiß, dass du die Arbeit nicht scheust. Ach, Magdalena, es freut mich, dich wiederzusehen, weißt du, es ist, als ob … ich meine, du hast dich nicht verändert, nein wirklich, du siehst immer noch genauso reizend aus.«

Endlich verlangsamte sich sein Redefluss. Ich sah Jan unverwandt an. Er war so wortgewandt, aufgeräumt und entgegenkommend. Alles, was die Wirtin mir über den Scheunenbrand erzählt hatte, schwirrte mir durch den Kopf. Sollte ich ihr glauben? Ich drehte mich zum Fenster hin, letzten Endes war es besser, nicht daran zu denken. Draußen war es so schön, wir hatten Juni, ein Jahr war vergangen, seitdem ich geliebt hatte. Das lag schon so weit zurück.

»Magdalena, du hörst mir nicht zu. Warum bist du gekommen? Magdalena?«

Jan hielt endgültig inne. Mein Schweigen machte ihn ungeduldig, und ich war unfähig, ihm zu sagen, weshalb ich hier war. Ich dachte an diese Nacht kurz vor Johanni im Juni vergangenen Jahres zurück.

Ach, Johanni! Wir hätten Feuer entzündet, wie in den Jahren zuvor wäre die ganze Jugend des Dorfs zusammengeströmt. Freude und Gesänge bis spät in die Nacht, Freudenfeuer. Vor einem Jahr gab es kein Johannisfeuer. Nein, kein Fest, es war schon alles abgebrannt …

Ich sah die fantastischen Formen der Glutschlangen vor dem dunklen Himmel wieder vor mir, sie stiegen in Spiralen auf und explodierten dann wie winzige gelbe, rote und orangefarbene Feuerwerkskörper, um danach sanft zu erlöschen, während sie die Erde berührten. Ich spürte Josefs Arm um mich und seine fiebrigen Lippen, die sich instinktiv in mein Haar vergruben. Ich sah mich wieder den Kopf zur Seite drehen und eine Form erblicken, die sehr gut ein Ast hätte sein können oder die Gestalt eines Mannes. Die Vorstellung, dass es sich wirklich und wahrhaftig um einen Mann handeln konnte, hatte mir die Kehle zugeschnürt. War Jan in dieser Nacht in der Scheune gewesen?

»Was ist los, Magda, hat es dir die Sprache verschlagen? So beeindruckt?«

»Ich … nein, nicht beeindruckt, also doch, ja, ich weiß nicht.«

Wie sollte ich diesen Mann um einen Gefallen bitten, der mich und Josef beinahe getötet hätte?

Jan kam näher und versuchte ungeschickt, mich in die Arme zu schließen.

»Bist du wegen meines Antrags zurückgekommen?«

»Dein Antrag? Was für ein Antrag?«

»Der Heiratsantrag«, sagte er zögernd, aber eroberungslustig. »Ich habe dir gesagt, dass du noch zurückkommen und mich anflehen würdest, Magdalena. Es ist zu spät. Ich kann dich jetzt nicht mehr heiraten, verstehst du? Also, ich habe dich immer geliebt, das weißt du. Aber eine Heirat, das ist nicht mehr möglich, du verstehst. Dabei habe ich alles getan, was ich nur konnte, glaub mir, alles, was ich konnte. Ich bin sogar so weit gegangen, den Gutsherrn anzulügen und ihm zu sagen, dass das Kind, das du erwartet hast, meines sei. Dass wir im Herbst heiraten würden. Er hat alles geglaubt, er hat dich sogar nach Hause geschickt, damit du deine Hochzeit vorbereiten kannst. Ich habe alles für dich getan, Magdalena.«

Meine Beine geben nach.

Wie hätte Josef mir da auch schreiben können? Wie hätte Josef auf die Idee kommen können, mich mitzunehmen, wenn sein Vater, der alte Feldmann, ihm Jans Lüge wiederholt hatte, was mehr als wahrscheinlich war. Josef musste überzeugt sein, dass ich auch mit Jan geschlafen hatte, nachdem ich ihm meine Jungfräulichkeit geopfert habe, er musste Zweifel daran haben, dass mein Kind auch seines ist.

Jan fährt selbstzufrieden fort. »Wir bleiben jedenfalls Freunde, ja? Hier, ich gebe dir meine Adresse, du kannst gerne kommen, wenn du meine Wohnung sehen willst …«

Die zweiflügelige Tür fällt mit einem lauten Knall hinter mir ins Schloss. Schnell laufen, weg von hier, ihn nicht mehr sehen, nie mehr.

Erst als ich immer noch rennend, zitternd vor Wut und Scham, am Bahnhof ankomme, fällt es mir wieder ein … ach ja, die Kuh … zu spät.

Kuh und ich, wir sind verdammt.

Die Rückfahrt im Bus kam mir endlos lange vor. Meine Verzweiflung war noch größer als während der letzten längeren Busfahrt, vor wenigen Monaten, als ich gerade den Konvoi der Feldmanns gesehen hatte. Und wie damals stieg ich wieder eine Haltestelle früher aus dem Bus, um meine Gedanken zu ordnen. Meine Sitznachbarin nickte mir zu und gab mir so deutlich zu verstehen, dass sie sehr wohl registrierte, wie ich an der falschen Haltestelle ausstieg. Schon morgen würde ich von anderen erfahren, warum ich dort ausgestiegen war. Das ganze Dorf würde den wahren Grund dafür wissen. Auf dem Land giert man nach allem, was aus der Reihe fällt. Von allen Seiten bekommt man Antworten auf Fragen, die man sich nicht einmal selbst gestellt hat. Die anderen kennen die Gründe, das Wie und Warum des eigenen Lebens besser als man selbst. Man muss nur dem Klatsch, den Gerüchten, dem Geflüster des Dorfs zuhören, um zu wissen, wo man gerade in seinem Leben steht.

Dabei ahnt die Sitznachbarin nicht im Geringsten, warum ich eine Haltestelle zu früh aus dem Bus steige. Ich will meine Tränen verbergen. Die ersten seit so langer Zeit, die ersten überhaupt, scheint mir, während ich mich an dieses Steinchen erinnere, das mir am Tag meines Spaziergangs mit Josef aus dem Schlamassel geholfen hat. All das ist so weit weg, wie ausgelöscht.

Und außerdem war es nicht das Gleiche. Die Tränen damals waren auch salzig, aber anders.

Unwillkürlich erinnere ich mich an den Tag von Aloïs' Beerdigung. Das Dorf hatte es meiner Mutter sehr übel genommen, dass ihre Augen trocken geblieben waren. Es war ihr egal. Tatsächlich habe ich sie nie weinen sehen. Am Ende der Beerdigung sagte meine Mutter: »Wenn man jedes Mal weinen müsste, wenn die Dinge nicht so laufen, wie man sich das wünscht, dann würde man nie aus dem Weinen herauskommen.«

Ich fragte: »Und was macht man, wenn die Tränen ganz von alleine kommen?«

»Man schluckt sie hinunter, man spart sie sich für die großen Anlässe auf.«

»Und welche sind das?«

»Wenn etwas überwältigend ist. Wie die Schönheit beispielsweise. Man kann weinen, wenn man der Schönheit begegnet. An dem Tag, an dem du deswegen weinst, werden deine Tränen eine Bedeutung haben. Du wirst sehen.«

Die Schönheit war nie Gegenstand unserer Gespräche gewesen. Überrascht erkannte ich etwas von meiner Mutter wieder, wie sie in Wien gewesen war, wo sie noch viel geredet, Geschichten erzählt und gesungen hatte. Oh, wie sehr mir diese Mutter fehlte.

Ich fragte weiter: »Woher weiß man, ob etwas das Richtige zum Weinen ist?«

»Man weiß es einfach, du wirst sehen. Es ist ein sehr, sehr altes Wissen, es kommt aus dem Inneren.«

Aber heute weine ich nicht, weil ich der Schönheit begegnet bin, sondern dem Verrat und der Lüge. Ich will alleine weinen. Ich vermute, dass meine Mutter das Gleiche tat, alleine weinen.

Als ich zu Hause ankam, sah sie mich aufmerksam an, und ich trocknete rasch meine Wangen.

»Ja, ich habe geweint.«

»Gut. Ab jetzt musst du für deine Tochter leben.«

Es klang wie eine Verurteilung. Woher sollte ich wissen, welches Leben ich lebte? Ob es für meine Tochter war, für meine Mutter … und wo würde ich darin bleiben?

Aber zum Jammern und Wehklagen war es nun zu spät. Wir

saßen im selben Boot, meine Mutter und ich. Wir mussten beide für unsere Töchter leben. Allerdings dachte ich mir, dass sie nicht nur meine Zukunft, sondern auch ihr eigenes Leben für eine Art faulen Kompromiss halten musste: Denn sie hatte es nicht geschafft, mir ihr eigenes Schicksal zu ersparen und mir ein anderes Leben zu ermöglichen.

»Ich habe auch über den Tag geweint, der trotzdem schön war.«

Meine Mutter hob den Kopf und richtete sich auf, als würde jemand an einer unsichtbaren Schnur oben an ihrem Kopf ziehen. Es war, als ob sie plötzlich um mehrere Zentimeter gewachsen wäre. Ich wusste, dass dieser Eindruck eine Täuschung war, aber ihr Lächeln, das war echt. Bitter und scheu; trotzdem ein Lächeln.

»Du musst in die Stadt gehen und dir Arbeit suchen. Ich passe auf die Kleine auf, mit Rose zusammen werden wir es schaffen.«

Sie sagte das in einem Ton, als wäre es schon abgemacht. Sie hatte an alles gedacht, an übermorgen und sogar an die Tage danach. Sie hatte keinen Moment daran geglaubt, dass ich mit meiner Reise etwas für unsere Kuh erreichen würde. Mit den Männern und mit der Welt hatte sie mehr Erfahrung als ich.

»Ich fahre morgen, mit dem Nachmittagsbus.«

»Gut. Morgen früh, vor deiner Abreise, brauche ich dich. Wir stehen sehr früh auf.«

»Morgen? Aber sie sollen doch erst übermorgen kommen!«

»Das sagen sie. Sie kommen morgen.«

Ich taumelte, so wütend machte mich die Vorstellung, dass mir nicht einmal der nächste Tag blieb, um mich von Kuh zu verabschieden. Ich wollte nicht sehen, wie Kuh uns verlässt.

Am Tag darauf stand meine Mutter schon vor Morgengrauen, als es gerade erst dämmerte, auf der Schwelle am Hintereingang des Hauses. Langsam wich die Stille der Nacht den Geräuschen des morgendlichen Lebens, der Tau fiel, es wurde unmerklich hell, als würde man einen feinen, durchsichtigen, leichten Seidenvorhang nach dem anderen heben. Die Morgendämmerung ist ein magischer und flüchtiger Moment. Staunend erkennt man, dass die Träume enden und die Welt wieder in Gang kommt. Diesen Moment erlebt man auf dem Lande so intensiv, dass man keine Zeit hat, sich tagsüber daran zu erinnern. Er hütet sich davor, sich uns einzuprägen. Er vergeht, das ist alles. Die Abenddämmerung ist anders. Sie lädt uns in die Nacht ein, sie ist wild, sie verführt uns dazu, uns in uns selbst zu verlieren. Sie setzt sich über unsere Gewissheiten hinweg, in der Morgendämmerung dagegen … glaubt man davonzufliegen.

Nicht an diesem Morgen.

Meine Mutter drehte sich zu mir um, Aloïs' altes Gewehr an ihren Oberschenkel gestützt, in der anderen Hand hielt sie zwei Patronen für Großwild. Will sie den Bürgermeister und seine Männer mit Gewehrsalven davonjagen?

»Sie werden bald kommen. Hol die Kuh.«

Mit nackten, vom Tau nassen Füßen überquerte ich die Wiese. Kuh, meine Freundin, kam auf mich zu. Sie vertraute mir. So viele Nächte hatte ich an sie geschmiegt geschlafen, in ihre Ohren hatte ich meine Geheimnisse, meine Träume, meine Hoffnungen, meinen Kummer, meinen Zorn, meine Liebe gemurmelt. Meine Hände wanderten über ihren Kopf, ihre Flanken, ihren Rücken, ich gab ihr einen Klaps auf den Hintern, der Klaps klang frisch und fröhlich. Wir setzten uns in Bewegung. Bevor wir im Hof waren, tauchte meine Mutter aus dem milchigen Dunst auf, aus dieser Dämmerung, die ich so sehr liebe.

Sie gebot uns Einhalt, indem sie das Gewehr hob.

»Lass sie los. Geh rein und kümmere dich um die Kleinen, Rose wird bald aufwachen und dein Baby auch.«

Ich zögerte, ich wollte sie nicht allein lassen, ich wollte sie beide nicht allein lassen. Die Entschlossenheit meiner Mutter machte mir große Angst.

»Geh rein!«

Sie schrie so laut, dass man als Antwort das Weinen der Mädchen aus dem Haus hörte.

»Nein.«

Ich schüttelte den Kopf.

»Geh rein!«

Die Mädchen weinten immer lauter.

»Nein.«

Meine Mutter schoss in die Luft, um mich zu verjagen. Doch davon ließ ich mich nicht einschüchtern. Schlimmer war, dass das Weinen der Mädchen im Haus sich zu einem entsetzlichen Heulen steigerte. Mir blieb keine Wahl, als loszurennen, um Rose und meine eigene Tochter zu beruhigen.

Kaum hatte ich die beiden Mädchen in die Arme geschlossen, als ein zweiter Schuss ertönte. Er ließ die Scheiben in unseren Fenstern und meinen ganzen Körper erzittern. Rose klammerte sich so fest an mich, dass sie mich mit ihren schlecht geschnittenen Fingernägeln blutig kratzte. Mein Baby suchte aufgeregt nach meiner Brust.

Kurz darauf tritt meine Mutter mit hochgekrempelten Ärmeln in den Raum, sie ist schneeweiß und auf ihrer Stirn glänzen Schweißtropfen. Aber sie ist vollkommen ruhig. Sie summt ein Lied, während sie ihr mit dunkelroten Flecken bespritztes Nachthemd auszieht, dessen Saum vom Tau durchnässt ist. Sie lässt das Hemd zu Boden fallen. Sie zieht sich langsam an, mit präzisen, unbeirrbaren Bewegungen.

»Sie hätte sich nicht wohlgefühlt, eingesperrt mit anderen, fremden Kühen. Solange sie uns gehört, machen wir mit ihr, was wir wollen«, summt sie zwischen zwei Versen eines endlosen Kinderlieds.

Erst jetzt begreife ich es wirklich: Meine Kuh ist zu einem Berg von zu altem und zu hartem Fleisch im Hof geworden; Aloïs' Gewehr liegt neben ihr. Die Sonne ist aufgegangen, man sieht jetzt gut. Die ersten Fliegen kommen.

Eine rasende Wut wühlt in meinem Bauch.

Meine Mutter hat alles zerstört, was mir im Leben etwas bedeutete. Sie hat mich aus der Stadt gerissen, wo ich glücklich war, sie hat mir nie einen Mann vorgestellt und ihn »dein Vater« genannt. Sie hat Aloïs erlaubt, mich weit weg von ihr und meiner Schwester zu schicken, sie hat sich geweigert, Kuh zu verkaufen, um mir wenigstens für ein Jahr ein Studium zu bezahlen, dann hat sie meine Kuh mit einem Schuss getötet, damit sie ihr Leben nicht in einem Kollektivstall beendet. Ich denke, dass ich damit einverstanden gewesen wäre, Kuh in einen Kollektivstall zu schicken, wenn das der Preis für ein kostenloses Studium gewesen wäre. Ich verjage diesen Gedanken sofort, als wäre er Ketzerei. Kuh war vor allem meine Freundin.

Aber meine Mutter! Meine Mutter hat mir nichts über den Körper und die Seele der Frau erzählt. Hat sie sich gedacht, dass ich mehr über die Liebe erfahren würde, wenn sie mich zwingt, ihr von frühester Kindheit an bei Geburten zur Hand zu gehen? Und heute muss ich ihr meine Tochter anvertrauen.

Eine traurige Bilanz.

In diesem Augenblick hasste ich meine Mutter aus tiefster Seele, umso mehr, als sie für mich unentbehrlich war. Ich konnte meine Tochter, das namenlose Baby, nicht in die Stadt mitnehmen. Es wäre unmöglich, mit ihr auf dem Arm eine Stelle zu finden. Ich hätte nicht lügen können, was sie betraf. Ich schämte mich ihrer nicht. Wir wären alle zwei verdächtig. Niemand würde sich um sie kümmern wollen, während ich arbeiten ging. Man würde sie ausschließen.

Sie war so unschuldig. So seltsam das klingen mag, aber hier im Dorf kannte man uns, man würde sie akzeptieren. Und ich, ich würde allein besser zurechtkommen.

Ich blickte auf das Gewehr am Boden, eine Idee hielt sich hartnäckig in meinem Kopf. Auch ich konnte töten. Ich wäre dazu imstande.

Wen töten? Meine Mutter? Um die Kuh zu rächen und mich für das Leben zu rächen, das sie mir verwehrt hatte, und für das, das sie mir aufgezwungen hatte?

Mich selbst töten? Um Schluss zu machen mit diesem Leben, mit nichts mehr zu tun haben, sie ganz alleine hier zurücklassen, meine Mutter, meine Tochter, meine kleine Schwester?

Die Augen meiner Mutter folgten meinem Blick.

»Jetzt können sie die Kuh und das Gewehr gleich dazu mitnehmen. Das waren die letzten Patronen. Es wäre zu nichts mehr nutze«, sagte sie.

Das Kinderlied war zu Ende, meine Mutter hatte längst aufgehört zu singen. Sie hatte sich angezogen und war bereit für ihren Arbeitstag im Wirtshaus. Sie drehte sich zu mir um und machte dann diese unglaubliche Bewegung: Sie drückte mich so fest an ihre Brust, dass die Zeit stehen blieb.

Ich hasste meine Mutter ebenso sehr, wie ich sie liebte.

Schließlich nahm sie mir meine Tochter aus den Armen, meine Tochter, nach deren Namen sie mich nie gefragt hatte. Sie zog sie aus, beruhigte sie, streichelte sie. Sie spielten zusammen. Das gefiel ihnen beiden. Ich betrachtete sie, meine Mutter und meine Tochter. Bemerkte ihre verschwörerischen Blicke. Schon führten sie ihr Leben ohne mich. Ich legte die bemalte Holzschachtel, die Schachtel ihres Vaters, Jans Geschenk, neben meine Tochter.

Am Nachmittag brach ich auf.

Sie würde rücksichtslos, mit einem Schlag entwöhnt werden, meine Tochter. Sie würde Kuhs gestern gemolkene restliche Milch trinken, vermischt mit der Ziegenmilch der Nachbarin, damit sie besser verträglich wäre. Sie würde meine Brust suchen und sie dann vergessen. Würde sie Daumen lutschen? Meine Brüste würden ein paar Tage lang schmerzen. Meine Mutter riet mir, noch einige Mal meine Milch abzupumpen und immer ein wenig zurückzuhalten, bis ich aufhörte, Milch zu produzieren. Ich würde zusehen, wie sie in einem Waschbecken in einem heruntergekommenen Hotel in der Stadt verschwindet. Ich würde meine Brüste einbinden, damit sie schneller abschwollen, ich würde meine Haare so straff wie möglich am Kopf zu einem kompakten, strengen Knoten winden. Ich würde meine Strickjacke bis obenhin zuknöpfen.

Ich versprach mir selbst, dass ich meiner Tochter alles erzählen werde.

Ich würde ihr vom Hof erzählen, von Josef und dieser Juninacht, von dem großen Feuer, das unsere Zukunft verbrannt hat, bevor wir wissen konnten, ob wir eine hatten. Ich würde ihr von der Kälte erzählen, die mich die Schönheit hat sehen lassen, dank deren ich mich ihrem Vater nahegefühlt habe. Viel näher als in dieser Nacht einer einzigen Umarmung. Ich wollte, dass mein Kind wusste, dass es geboren wurde, weil ich es wollte, aber auch, weil ich diesem Mann folgen wollte. Das Wichtigste war, dass ich ihn geliebt hatte; ich liebte ihn so, wie er in meiner Erinnerung blieb.

Ohne zu wissen, warum und wie, stieg gemeinsam mit dieser Erinnerung das Bild einer sagenhaften Königin in mir auf. Deren Geschichte hatte mir meine Mutter oft erzählt, als ich klein war:

Krok, der Herrscher der Tschechen, regierte gerecht über sein Land. Er hatte keinen männlichen Nachfolger, sondern drei Töchter. Die Jüngste, die sehr weise war, wurde nach seinem Tod als Königin auf den Thron berufen.

Doch mit der Zeit ertrugen die Fürsten es nicht mehr, dass eine Frau über das Land herrschte. Sie forderten sie auf, einen

Mann zu heiraten, den sie respektieren und als König anerkennen konnten, in der Hoffnung, dass sie diesen Mann unter ihnen, den Fürsten und Adligen, wählen würde. Die Königin hörte auf den Rat der Fürsten.

Sie schickte Boten aus, die in einem fernen Winkel des Landes einen Bauern fanden, der sein Feld bestellte. Er sollte ihr Mann und der König werden. Der Bauer namens Přemysl war zwar zuerst verdrossen, weil er seine Arbeit vorzeitig beenden musste, folgte dann aber den Boten der Königin und nahm die königliche Berufung an. Die Ehe war glücklich und begründete ein schönes und langes Geblüt von Königen.

Die Fürsten, die nicht von einer Frau regiert werden wollten, obwohl diese die legitime Erbin und für ihre Weisheit und Gerechtigkeit bekannt war, zogen es also vor, von einem Bauern regiert zu werden. Einem Mann. Immerhin konnte die Königin wenigstens ihren Ehemann selbst auswählen.

Ich möchte, dass auch meine Tochter ihre Wahl treffen kann, dass man ihr nicht den Willen der anderen aufzwingt.

Sie soll Libuše heißen. Liba.

Buch II

LIBUŠE

6

Vor mir auf dem Tisch liegt ein makellos weißes Stoffquadrat ausgebreitet. Wenn ich mit den Fingern darüber streiche, dann kitzelt es mich sacht. Mama Marie bügelt die Stoffe, bevor wir zu arbeiten beginnen. Dieses hier ist ziemlich groß, schön glatt und im Augenblick noch ein bisschen steif. Es wird mir wohl bis zum Ende der Schulferien Gesellschaft leisten. Diese Vorstellung gefällt mir.

Normalerweise helfe ich Mama Marie beim Besticken großer Tischdecken mit sechs oder acht dazu passenden Servietten. Abends und an den Wochenenden arbeiten wir zusammen für die Genossenschaft des Kunsthandwerks. Wir sticken nur Muster, die genehmigt worden sind. Tischdecken und Servietten verkaufen sich sehr gut in der Stadt, so sagt man uns. Die Genossenschaftsvorsitzende, die Mama Marie die Arbeit bringt, hat ihre eigene Theorie dazu. Sie sagt, die Städter haben ihre Wurzeln verloren und kaufen sich diese daher in Form von Stickereien auf den Tischdecken.

Die heutige Bestellung ist von anderer Art: Die neue Kassiererin im Lebensmittelladen hat für den Geburtstag ihrer Mutter ein Zierdeckchen bestellt.

»Ich weiß nicht, was ich ihr kaufen könnte, das für mich noch erschwinglich ist. Verstehen Sie, sie hat für ihr Alter schon alles und manche Sachen sogar mehrfach. Man weiß wirklich nicht mehr, was man ihr zu Weihnachten und zu ihrem Geburtstag schenken soll. Zweimal im Jahr zerbreche ich mir den Kopf. Vor ein paar Jahren haben wir auch noch ihren Namenstag gefeiert, aber zum Glück hat sie darauf jetzt keine Lust mehr. Mir passt das ehrlich gesagt gut in den Kram, denn ich kann ihr ja schlecht gar nichts zum Geburtstag oder zu Weihnachten schenken. Sie ist immerhin meine Mutter, oder? Es ist bestimmt eine Ewigkeit her, dass man ihr ein besticktes Zierdeckchen geschenkt hat. Sie hat sicher vergessen, zu welchem Anlass sie das neue Deckchen bekommen hat. Außerdem bin ich mir sicher, dass es seinen Schrank nie verlassen hat. Und eure Stickarbeiten werden sie an die gute alte Zeit erinnern. Versteht ihr, was ich meine?«

Wir verstanden sehr wohl; Mama Marie schlug ihr einen vernünftigen Preis vor, und die Sache war abgemacht. Das Sticken übernehme ich dann. Da die Decke zu einem Schattendasein im Schrank verurteilt ist, kann ich unbesorgt üben und sie mit neuen Motiven oder auch solchen aus früheren Zeiten besticken. Im Scherz habe ich vorgeschlagen, die Widmung *Geschenk zu Mamas Geburtstag* und *1961,* das Jahr meines dreizehnten Geburtstags, aufzusticken, so würde die Kassiererin weder das Datum noch den Anlass vergessen. Das kam natürlich nicht gut an. Mama Marie ist da streng, keine Scherze, man muss gute Arbeit leisten. Der Schrank kann jederzeit geöffnet werden, und man muss immer auf seine Arbeit stolz sein können. Trotzdem macht es mich weniger nervös, wenn ich für den Schrank sticken soll.

Am anspruchsvollsten sind die Stickereien für die traditionellen Trachten. Sie werden selten, diese großen Stickarbeiten. Ein paar Hochzeiten in traditionsbewussten Familien, gelegentlich eine Mitgift für ein Baby. Früher gehörte das Sticken zum Alltag. Man verriet einiges von seiner Persönlichkeit, je nachdem was für ein Hemd, was für einen Rock oder welche bestickten Bänder man trug. Mama Marie zufolge gaben die Stickereien Auskunft über den Geburtsort und die örtlichen Sitten und Gebräuche, den sozialen Status und vor allem die Qualität der Stickerin. Sticken ist Frauensache, aber ich finde, dass die schönsten Stickereien von Männern getragen werden. Sie sind nüchterner, klarer. Die Stickverzierungen an den Hosen ziehen sich an den Schenkeln hinunter. Die Hemden haben hübsche Kragen und weite Ärmel; o ja, das ist schön. Rot, eine fröhliche Farbe zum Arbeiten, meine Lieblingsfarbe, beherrscht die Motive. An den überreich bestickten Trachten der Frauen erkennt man am Ende gar nichts mehr. Die Motive werden zu Farbexplosionen, das ist sehr kunstvoll und spektakulär, aber alles vermischt sich darin. Manche Bänder und andere Teile der Trachten haben nur schlichte Verzierungen, das sind die schönsten. Dummerweise sollen ebendiese Teile unsichtbar sein, so wie die Unterröcke beispielsweise.

Das erste Mal, dass man mir erlaubte, Bänder zu tragen, die ich selbst bestickt hatte, war bei der Hochzeit von Magdalena, meiner Mama Magdina. Das war kurz vor meinem siebten Geburtstag, und ich hatte schon einige Garnspulen aufgebraucht. Meine Fingerspitzen spürten kaum noch das Stechen der Nadeln, und es bestand keine Gefahr mehr, dass die weißen Stoffe mit Blut befleckt wurden. Ich kannte viele Motive, die ich schon an kleinen Servietten ausprobiert hatte.

Einige davon bewahrte ich wie Kostbarkeiten in einer bemalten Holzschachtel auf, zu der nur ich einen Schlüssel habe. Mama Magdalena hat sie mir geschenkt, es ist ein Geschenk zur Geburt. Sie ist meine Schachtel für Geheimnisse, für Träume, für frohe Momente. Ich muss sie regelmäßig leeren, um Platz zu schaffen, denn ich lege Papierzettel mit meinen Wünschen hinein, die nie in Erfüllung gehen.

Es macht mir Spaß, diese Wünsche aufzuschreiben und wieder zu lesen, und es macht mir Spaß, die Papierstücke danach zwischen meinen Fingern zu zerknüllen, sie wieder auseinanderzufalten und dann in tausend Stückchen zu zerreißen. Dann lege ich diese Überbleibsel von Träumen und Wünschen in meine Handfläche und puste sie an. Alles fliegt davon. Wenn das Papier gut zerknüllt ist und die Stückchen wirklich klein sind, dann drehen sie sich sanft im Fallen und formen hübsche Arabesken wie beim Sticken. Es sieht aus, als würden sie glänzen. Zum Schluss fege ich alles zusammen.

Das Einzige, was meine Holzschachtel nie verlässt, ist ein sehr schönes und rätselhaftes Nähetui. Es war immer schon in der Schachtel, Mama Magdalena hat es mir geschenkt, glaube ich. Man könnte meinen, es stamme aus einer anderen Welt.

Ich habe keine Erinnerung an den Tag oder den Anlass, zu dem es mir geschenkt wurde. Ich betrachte es, halte es in meinen Händen und lausche der Geschichte, die es mir erzählt, woher es kommt und warum es sich in meiner Traumschachtel befindet.

Ich habe bemerkt, dass Wünsche sich ändern, und manchmal will man sogar das Gegenteil von dem, was man früher begehrte. Wie bei der Hochzeit von Mama Magdalena. Ich wollte sie, sehnte sie dabei, schrieb darüber, und dann …

Jetzt habe ich mein weißes Quadrat lange genug betrachtet und gestreichelt, ich sehe vor mir, wie es sein wird, wenn es erst einmal fertig ist. Die Kassiererin des Lebensmittelladens wird zufrieden sein. Ich werde das Quadrat mit einem Kreuzstich in Rot einfassen und eine zweite Umrahmung in einem dunkleren Rot sticken. Ich werde zwei Tauben in die Ecken setzen, vermutlich in Blau, und am Ende in die Mitte eine schöne Rose, rosa mit Dunkelrot für die Schatten. Ich werde eine Knospe vor dem Aufblühen hinzufügen. Das weist darauf hin, wie man das Deckchen auf den Tisch legen soll, die Blumen zu sich, wenn man alleine ist, oder aber den Gästen zugewandt, wenn man Besuch hat. Unter uns nennen wir unsere asymmetrischen Stickereien »die kleinen Aufmerksamkeiten für die Welt«.

Die Nadel und das rote Garn liegen auf dem weißen Viereck, auf dem noch alles möglich ist. Rot, der Blutfaden, der Lebensfaden. Auch wenn ich meine Stickarbeiten gern mit dem roten Garn beginne, lässt sein Anblick auf dem weißen Stoff mich manchmal erschauern. Mit jedem Faden entfliehe ich mehr der Realität. Das Garn entführt mich in ferne Welten; manchmal lausche ich in die Stille um den Tisch, selten höre ich dabei Radio.

Der erste Stich in den Stoff hat etwas Dramatisches an sich. Er ist wie eine Verletzung, sichtbar und unsichtbar zugleich. Hat man die Arbeit erst einmal begonnen, dann gibt es kein Zurück mehr. Die Einstiche der Nadeln sind unauslöschliche Narben. Sie sind für immer in den Stoff eingeprägt, selbst wenn man die Stickerei wieder entfernt.

Ich ziehe den Faden durch das Nadelöhr, das ist die Vermählung.

Ich erinnere mich an diesen Tag, als Mama Marie mir lange Bänder brachte. Sie waren ziemlich breit, man konnte eine schöne Schärpe mit einer großen Schleife im Rücken daraus machen, für einen festlichen, am Saum bestickten Faltenrock. Dieser Rock für festliche Anlässe war ein Hochzeitsgeschenk von Mama Marie. Ich durfte auf die Bänder sticken, was mir gefiel. Zu Hause sprach, lachte, weinte man seit Wochen über nichts anderes mehr …

Mama Marie hatte mir eröffnet, dass ich nach der Heirat bei meiner Mutter leben würde, bei ihr, bei ihnen, bei ihrem Mann, in einem anderen Haus im Nachbardorf. Meine Bänder konnten also nicht besonders fröhlich sein, denn ich hatte nicht die geringste Lust, Mama Marie zu verlassen.

Nicht, dass ich Mama Magdina, die meine richtige Mutter ist, die, die mich geboren hat, nicht liebe; allerdings war es auch

Mama Marie, die mir geholfen hat, auf die Welt zu kommen, als Hebamme. Aber ich hasste den Kerl, den Magdina heiraten wollte und der heute ihr Mann ist. Er hasste mich ebenso, und zwar, das ist meine Überzeugung, schon lange, bevor er mich überhaupt gesehen hatte. Sozusagen aus Prinzip.

Ich spürte es schon, als er zum ersten Mal das Haus betrat, kurz nachdem Mama Marie und die alte Tereza, die Mutter dieses Kerls, diese Hochzeit arrangiert hatten.

Magdalena, meine Magdina, ist nicht dumm und hat sich diesen Typen nicht ausgesucht. Viel lieber hätte sie dessen Bruder geheiratet, mit dem sie in der Ziegelei zusammenarbeitete, die gut dreißig Kilometer von uns entfernt war. In der Nähe der Ziegelei hatte meine Mutter eine winzige Eineinhalbzimmerwohnung gemietet, in der man erstickte, wenn man zu zweit war. Deswegen bin ich nach meiner Geburt bei Mama Marie geblieben, um die frische Landluft zu atmen und um Magdina nicht zu stören, die arbeiten musste, um unseren Lebensunterhalt zu verdienen und sich irgendwann ein eigenes Leben aufzubauen.

Dieses eigene Leben wollte sie sich mit Franta aufbauen. Im Sommer holte er sie samstags ab, um abends mit ihr zum Tanzen zu gehen. Wir vergnügten uns dort alle. Was für eine Freude, Magdina tanzen zu sehen! Anfänglich hielt sie sich gerade und steif, dann, nach ein paar Umdrehungen, war sie immer noch gerade, aber ganz biegsam. Und am Ende des Abends lächelte sie und kniff die Augen zusammen wie eine Katze, die in der Sonne einschläft. Solange der Tanz dauerte, vergaß sie ihren Alltag und wurde wieder eine junge Frau, die so schön war, dass jeder mit ihr tanzen wollte. Rose und ich hüpften wie verrückt am Rand des Tanzbodens herum, und Mama Marie überwachte ihre Truppe. Die Nachbarinnen schüttelten anfänglich in demonstrativer Verwunderung den Kopf. Später kamen sie eine nach der anderen wie zufällig zu Mama Marie und brachten ihr Stickereien zum

Ausbessern oder alte Hemden oder Tischdecken zum Flicken, um Genaueres in Erfahrung zu bringen. So brachte uns das Tanzen sogar noch Aufträge herein. Mama Marie war immer wortkarg gewesen, die Frauen mussten mehrere Male und in Scharen kommen, um etwas aus ihr herauszubekommen. Nach einigen Monaten war klar, dass Magdalena einen Verehrer hatte, dass er es ehrlich meinte und vor allem, dass er »wusste«. Man hatte ihm von mir erzählt.

Man muss dazu klarstellen, dass wir Bastarde aus Tradition sind, das wird bei uns von Generation zu Generation weitergegeben, so wie manche Bäcker oder Könige aus Tradition sind. Heute gibt es keine Bäcker mehr. Mama Marie zufolge, die ihr Brot für die Woche selbst zu Hause backt, wurden sie durch industrielle Backbetriebe ersetzt, die seelenloses Brot ausspucken. Auch Könige existieren nicht mehr, sie wurden ihrerseits durch die Kommunistische Partei ersetzt. Heute muss man Kommunist aus familiärer Tradition sein. Der Vorteil beim Kommunismus ist, dass das jeder werden kann, während es nur einen einzigen König pro Land gibt.

Wie dem auch sei, tschechische Könige haben wir schon seit Jahrhunderten nicht mehr. Seit dem Ende des 15. Jahrhunderts waren wir an gekrönte Häupter aus fremden Ländern gewöhnt, fast allesamt Habsburger. Und ich finde, es tut weniger weh, einen König zu verlieren, der nicht von hier stammt. Ärgerlicher ist die Sache mit den Bäckern.

Abgesehen davon, dass wir eine Familie von Bastarden sind, sind wir auch keine Kommunisten, sondern Stickerinnen aus familiärer Tradition. Die findet man immer seltener. In unserem Dorf sind wir die einzigen, die noch in der Lage sind, die Trachten mit den Farben und den Techniken zu besticken, die der Tradition entsprechen. Magdina ist eine gute und schnelle Stickerin. Ihre Stickereien sind sehr sorgfältig, sie erfindet keine neuen

Motive, aber die alten beherrscht sie perfekt. Die beste Stickerin ist natürlich Mama Marie. Es ist seltsam, wie flink und geschickt sie mit ihren dicken und kaputten Fingerspitzen arbeiten kann.

Mama Maries Hände sind mir immer schon ein Rätsel gewesen. Sie können ungemein zart sein, wenn sie mir über den Rücken streicht, was sie für meinen Geschmack im Übrigen zu selten tut, erstaunlich präzise sticken oder gnadenlos fest zupacken, wenn sie das Schwein in den Stall führt – und beides gleichzeitig, wenn sie einem Kind bei der Geburt hilft.

So, der erste rote Faden ist aufgebraucht. Ein hübscher Anfang ... Ein Bild aus dem Kindergarten kommt mir in den Sinn.

Ich würde mich lieber nicht daran erinnern. Aber das Gedächtnis ist etwas sehr Eigenartiges. Manchmal habe ich den Eindruck, dass es unabhängig von meinem Willen existiert und völlig unkontrollierbar ist. Ich wähle nicht aus, welche Momente sich in den Windungen meines Kopfes festsetzen und welche darin verlöschen. Manche Erinnerungen widersetzen sich und wandern weiter darin umher, rufen sich mir wieder ins Gedächtnis, werden mit mir älter. Bei anderen hätte ich gerne gehabt, dass sie länger anhalten, den Glanz und die Frische jenes Augenblicks bewahren, in dem sie entstanden sind, aber sie verschwinden.

Das Sticken hilft mir. Beim Vergessen und beim Erinnern.

Ich habe gelernt, die Ereignisse, die ich vergessen will, zusammen mit dem Faden aufzureihen, und im gleichen Maße, wie das Motiv auf dem Stoff Gestalt annimmt, verwandelt sich das Ereignis in dieses Motiv. Genauso verhält es sich in anderen Fällen, wenn ich mir etwas gut einprägen will; mit dem realen Faden fädele ich gleichzeitig das auf, was ich in Erinnerung behalten will, und dann fließt es in das Motiv ein. Dadurch wird es unmerklich abgewandelt. Ich allein erkenne diese kleinen Abweichungen – diese kleinen Fehler –, die mich an das erinnern, was ich nicht vergessen wollte.

Das ist mein Geheimnis, und nur Mama Marie kennt es. Es ist unmöglich, irgendetwas vor ihr zu verheimlichen. Zumindest fast.

Sie hat zum Beispiel genau gemerkt, wenn ich mit verheultem Gesicht aus der Schule nach Hause kam, auch wenn ich es zu verbergen versuchte. Das war vor der Heirat. Um heimzukommen, muss man den Weiher umrunden und die Böschung bis zu der kleinen Geländestufe hinter dem Schild, welches das Dorfende markiert, hinaufsteigen. Die Lehrerin begleitete mich jeden Tag bis zum Beginn des Anstiegs, danach nahm sie den Bus. Das war immer ein schweigsamer Gang. Sie wusste nicht, was sie mir sagen sollte, und ich hatte ihr auch nichts zu erzählen. Kaum hatte sie mir den Rücken zugewendet, da öffneten sich die Schleusen meines Kummers, und ich weinte aus tiefster Seele während des kurzen Aufstiegs. Auf dem Pfad, kurz bevor ich daheim ankam, schluchzte ich. Ich bemühte mich, die Spuren meiner Tränen abzuwischen.

Denn in unserer Familie wird nicht geweint, und falls es doch passiert, darf man das nicht zur Schau stellen.

Anfangs ging Rose, Magdalenas kleine Halbschwester, die also älter ist als ich, in dieselbe Schule, in die Grundschule; sie war in der Klasse der Großen und beschützte mich vor den anderen. Später ging sie in eine andere Schule in einem größeren Dorf, etwa zwanzig Minuten mit dem Bus von uns entfernt. Die Kinder hatten keinen Grund mehr, sich Witze und bissige Bemerkungen über mich zu verkneifen. Leider hat mein Gedächtnis sie unversehrt gespeichert – für immer, wie es scheint.

Man beschimpfte mich als ein Ungeheuer, das zwei Mütter habe, aber keinen Vater. Allerdings wurde mir das auf eine Weise unter die Nase gerieben, die für Kinder zu unverblümt war. Die

Erkenntnis, dass die Kinder nur nachplapperten, was sie zu Hause hörten, traf mich schwer, und sie schockiert mich auch im Rückblick noch. Je weniger die Schulkinder verstanden, was sie sagten, umso schonungsloser wurde ihre Grausamkeit.

Einmal begleitete mich die Lehrerin bis nach Hause. Das war unangenehm, denn ich konnte mein tägliches Tränenquantum nicht loswerden. Wie schwer es fiel, die Tränen zurückzuhalten! Sie wollte mit Mama Marie sprechen. Man schickte mich ins Haus, die beiden Frauen blieben bei geschlossenen Fenstern draußen. Ich schluckte meine Tränen hinunter. Die Lehrerin war eine junge Frau aus der Stadt, die erst im Herbst in unser Dorf gekommen war, eine frischgebackene Absolventin der Schule zur Fabrikation von Lehrerinnen, die um das Wohlergehen der ganzen Welt besorgt waren. Die Unterhaltung war sehr kurz, ich habe nichts davon gehört. Am nächsten Morgen jedoch nahm Mama Marie die Sache in die Hand.

Sie postierte sich vor der Schule, wo niemand sie erwartete, und verlangte Einlass. Niemand wagte sich ihr zu widersetzen. Sie rief mich vor aller Welt beim Namen und sagte dann mit einer durchdringenden Stimme, die ich so noch nicht von ihr gekannt hatte: »Wie es scheint, möchtest du nicht als Bastard beschimpft werden, obwohl du doch einer bist? Nimm das Leben, wie es kommt, aber gib nie klein bei, vor allem nicht vor diesen beschränkten Kleingeistern hier! Du kannst nicht vor dem, was du bist, fliehen, aber es gibt verschiedene Arten, damit umzugehen. Gib den Leuten nie Grund, Mitleid mit dir zu haben; nichts verwandelt sich schneller in Hass als Mitleid. Nach der Liebe.«

Dann machte sie auf dem Absatz kehrt und ging nach Hause. An diesem Nachmittag kam ich mit trockenen Augen und erhobenen Hauptes nach Hause. Nicht wegen dem, was sie gesagt hatte, das hatte ich so genau gar nicht verstanden. Was ich dagegen sehr wohl begriffen hatte, war, dass sie sich in Wirklichkeit an die Lehrerin und die Schüler gewandt hatte. Ich war einfach hingerissen, dass sie mich vor aller Welt verteidigt hatte.

Wir haben nie mehr über diesen Vorfall gesprochen, doch ihre Worte haben sich ebenso wie ihre klare und deutliche Stimme ein für alle Mal in meinem Gedächtnis eingegraben. Es war nicht nötig, sie in einer Stickerei zu verbergen.

Ich hätte glauben können, dass alles gut werden würde. Aber ich sollte schon bald von Magdinas Hochzeit erfahren.

Ich habe Mama Maries Ehemann nicht kennengelernt, denn ich war noch nicht auf der Welt, als er starb. Rose erinnert sich ein bisschen an ihn, sie ist immerhin fünf Jahre älter als ich, und Aloïs war ihr Vater. Sie erinnert sich an einen großen Mann in einem großen Saal, an einen Tresen aus geschnitztem Holz, an den Geruch von Bier, Gemüsesuppe und Gulasch, das Mama Marie am Samstagabend zubereitete und das am Sonntag noch besser schmeckte, sofern noch etwas übrig geblieben war. Sie erinnert sich auch an das Kläffen und das Gebrüll der Hunde.

Rose ist jetzt siebzehn Jahre alt und wird bestimmt bald einen Mann finden. Sie ist hübsch, hat eine Pfirsichhaut, weiße, regelmäßige Zähne, funkelnde Augen, eine Wespentaille und ein Becken, mit dem man zweimal im Jahr Kinder produzieren könnte. Das stammt nicht von mir, so redet man im Dorf. Vor allem im Lebensmittelladen. Die junge Kassiererin kennt alle Einwohner und redet sich von morgens bis abends den Mund über die Welt fusselig, und unsere Familie gehört zu ihrer Welt.

Nach Magdinas Hochzeit zog ich zu ihr und ihrem Mann ins Nachbardorf. Zum Glück kehrten wir jeden Freitag und ausnahmslos an allen Feiertagen in das kleine Haus von Mama Marie zurück. Zum Glück! Ich konnte ihr nicht sagen, wie gerne ich weiter mit ihr und Rose zusammengelebt hätte.

Als ich ungefähr zwei Jahre nach der Heirat ein großes Drama provozierte, kehrten wir hierher zurück, und alles kam wieder in Ordnung. Wenn ich das gewusst hätte, hätte ich alles schon viel früher gesagt. Ich war so eifersüchtig auf Rose. Sie ist die richtige Tochter von Marie und kann und muss bei ihr leben. Ich entdeckte erst kurz vor der Hochzeit, dass ich in Wahrheit die Tochter von Magdalena war. Rose genoss es, dass ich zur Enkelin degradiert wurde und bei meiner Mutter leben musste. Für mich war Mama Marie meine Mutter, genauso wie sie Roses Mutter war. Magdalena war für mich schlicht und einfach Magdina. Sie kam am Wochenende und war sehr nett und zärtlich in den ersten Momenten des Wiedersehens, dann ging sie ohne Vorwarnung mit einem tiefen Seufzer und verlegen um sich blickend auf Distanz zu mir, als wäre ihr etwas sehr Ernstes klar geworden. Manchmal dachte ich, sie hätte Angst, jemand könnte sie bei ihrer Zärtlichkeit mir gegenüber ertappen. Sie roch nach Bus, einem leichten Duft von Stadt, nach Papierkram, denn sie arbeitete in den Büros der Ziegelei. Sie brachte etwas mit, das ich für mich »das Unbekannte« nannte. Magdina sprach oft über die Stadt, ich weiß nicht genau, über welche, ihr Name blieb in einer gewissen Unbestimmtheit verborgen. Ich wollte auch einmal in die Stadt gehen, aber nur um zu schauen, denn davon abgesehen ging es mir sehr gut bei Mama Marie.

Jetzt ein neuer Faden, ich nehme die schwere, dunkelrote Farbe, die Farbe von sehr dickem Blut, die Farbe des Lebens.

Normalerweise beginne ich meine Arbeit mit den hellen, sanften Farben. Die Bordüren meiner Tischdecken sind hell und breit, großzügig, würde Mama Magdina sagen. Manchmal mache ich eine Durchbruchstickerei, und danach nehme ich das kräftigste Rot, um das Muster zu vervollständigen und meine Stickerei aufzulockern. Wenn ich Kreuzstiche mache, dann vermischen sich die unterschiedlichen Farbtöne, umschlingen einander, verfolgen und betonen sich wechselseitig. Sie erzählen sich gegenseitig die Geschichten, die mir durch den Kopf schwirren. Auf diese Weise gelingt es mir, mich aus der Welt zurückzuziehen und gleichzeitig anwesend zu sei. Dann bedrückt mich Mama Maries Schweigen nicht mehr, das von Mama Magdina tut mir nicht weh, und ich höre Roses Geplapper nicht mehr. Rose ist keine Stickerin, für uns ist sie eine Geschichtenvorleserin und für die Allgemeinheit eine Unruhestifterin (sagt Magdina). Ich höre Rose nur dann wirklich zu, wenn sie uns Märchen und Romane vorliest, die sie aus der Bibliothek in der Stadt entliehen hat.

Vor Kurzem hat sie uns einen französischen Roman vorgelesen, einen Roman von Alexandre Dumas. Wie schön das war! Zum Weinen. Sie hat ihn an einem Samstag am späten Nachmittag begonnen – nie zuvor haben wir bis so tief in die Nacht hinein gestickt. Am Sonntag haben wir schon früh weitergelesen, aber wir sind nicht fertig geworden mit dem Buch und mussten die ganze Woche auf die Fortsetzung warten. Ich war richtig ungeduldig, dabei wusste ich, dass die schöne Kameliendame an Krankheit, Liebe und schrecklichen Menschen sterben würde. Rose, diese dumme Kuh, hatte es mir erzählt. Sie liest die letzten Seiten eines Buches immer erst allein, bevor sie uns den Schluss vorliest, und zwar, wie sie mir gestanden hat, um nicht vor uns allen in Tränen auszubrechen. Das glaube ich ihr, trotzdem hätte sie mir das Ende nicht verraten dürfen. Wie auch immer, ich habe trotzdem geweint. Bei schönen Geschichten darf man das auch.

Als sie das Buch von Alexandre Dumas zuschlug, sagte ich: »Irgendwann möchte ich Paris sehen, es muss wunderschön sein.«

Meine zwei Mamas seufzten.

»Und ihr, wohin würdet ihr gerne fahren? Los, sagt schon.«

»Ich würde gerne nach Wien fahren, oder in die Schweiz zum Beispiel«, antwortete Mama Magdina.

»Ach ja?«

Ich war enttäuscht, ich weiß nicht, warum. Die Idee erschien mir wirklich bizarr, ich finde weder Wien noch die Schweiz in irgendeiner Hinsicht reizvoll. Trotzdem sah Mama Magdina mich mit diesem Ausdruck an, der bedeutete: ›Aber das weißt du doch, ich habe es dir schon erzählt.‹

»Nein, nein, nein, ich bleibe bei meiner Wahl, Paris, das bringt einen zum Träumen, nicht?«

»Ja, das bringt einen zum Träumen«, wiederholte Mama Magdina mit leicht enttäuschtem Seufzen.

»Paris ist bestimmt schon seit ewigen Zeiten nicht mehr so, wie es in diesem Roman dargestellt wurde, du kannst also ganz beruhigt weiterträumen. Und außerdem möchte ich euch darauf hinweisen, dass auch in diesem Roman wieder eine Frau das Opfer ist«, erwiderte Mama Marie.

Das nötigte mir nur ein Schulterzucken ab.

»Und du, Mama Marie, wohin würdest du gehen?«, fragte ich.

»Nirgendwohin. Mir gefällt es hier.«

Wir glaubten ihr nicht. Nun mischte sich auch Rose ein.

»Na gut, aber wovon träumst du?«

Mama Marie unterbrach ihre Stickarbeit, legte die Hände auf die Knie, lehnte sich zurück und hob den Blick. Sie ließ ihn über die Decke wandern, wir konnten ihr nicht mehr folgen. Ihr Hals wurde länger, man hätte meinen können, dass ihre Falten sich glätteten. Ein leises Lächeln erschien auf ihren für gewöhnlich zusammengepressten Lippen. Sie war ganz anders, um nicht zu sagen, schön, sie hätte prachtvoll ausgesehen, wenn sie das Kopftuch abgenommen hätte, das ihre Haare verbarg. Niemand wagte sich zu bewegen, es kam mir so vor, als würde Magdina nicht einmal mehr atmen. Wir hingen gleichsam in der Luft, wir schwebten, während wir auf Mama Maries Traum warteten. Wir wussten nicht, wie uns geschah, aber wir wussten, dass ein Zauber wirkte. Die Zeit war nur angehalten, es war keine tote Zeit, sondern eine verlangsamte Zeit, so verlangsamt, dass sie vergaß, weiter zu vergehen. Man hätte diese seltsame Stille schneiden können oder auffädeln wie ein Stickgarn, eine ganz und gar schweigsame Stickarbeit, sie wäre … wie wäre sie gewesen?

Plötzlich kehrte Mama Maries Blick zurück, ihr Kinn sank langsam auf die Brust, und sie nahm wortlos ihre Arbeit wieder auf.

Rose öffnete den Mund, sie wollte Marie wohl noch einmal drängen, ihren Traum, das Ziel ihres Blicks, zu schildern. Aber Magdina rempelte sie mit dem Ellbogen an und sagte mit ganz leiser Stimme: »Lass sie, das war ein Augenblick der Gnade!«, und sie lächelte leise, ganz gerührt und glücklich über ich weiß nicht was. Ich habe mich erst über Mama Marie geärgert. Es war nicht richtig, dass sie uns nichts sagte. Wie Rose hätte auch ich gerne gewusst, wovon sie träumte.

Wo war sie in jenem Augenblick der Entrücktheit? Hat sie uns nichts gesagt, weil dort kein Platz für uns, ihre Töchter und ihre Enkelin, war? Wollte sie nicht, dass wir sie in dieser anderen Welt störten? War ihr Traum so unaussprechlich? Dann wollte ich ihn umso mehr kennenlernen. Doch mit den Kreuzstichen, die sich in meinem Stickrahmen zu neuen Formen vereinten, schwand meine Unzufriedenheit allmählich dahin. Sie verging mit jedem neuen Einstich der Nadel in den Stoff, und ich sagte mir, dass Träumen doch etwas Wunderbares war. Träumen verwandelt eine fast sechzig Jahre alte Frau mit einem ausladenden Hintern und einem Kopftuch in eine schöne junge Frau, in deren Augen die Sterne heller aufleuchten als die, die in einer mondlosen Nacht am Himmel stehen! Mama Marie war wie aus der Welt gefallen, sie hatte ihre gewöhnliche Erscheinung hinter sich gelassen; sie wirkte größer. Das ist es, Mama Marie strahlte und wurde zu Marie, sie war keine Mutter oder Großmutter mehr.

Im Verlauf dieser Lektüre keimte in mir eine Liebe zu Paris auf, zu Alexandre Dumas, zu den Büchern und den Kamelien, Blumen, die ich nie gesehen hatte, weil sie bei uns auf dem Land nicht wachsen. Es gefiel mir, etwas zu lieben, wovon ich nicht die blasseste Ahnung hatte. Die Beschreibungen der Blume oder der Stadt Paris verrieten nur wenig, alles blieb der Vorstellungskraft überlassen. Als ich erfuhr, dass dieser Alexandre Dumas der Sohn des gleichnamigen Vaters war, schloss ich den Vater ganz selbstverständlich in meine Zuneigung mit ein, weil es den einen ja nicht ohne den anderen gab und weil ich einen sehr ausgeprägten Familiensinn habe. Ich flehte Rose an, alle Bücher von Alexandre Dumas in der Bücherei auszuleihen. Zuerst war sie einverstanden, als sie aber erkannte, wie umfangreich sein Werk war, bedauerte sie ihr Versprechen zutiefst. Ich bin sicher, dass wir am Ende des ersten Romans alle in einem Paris unserer Fantasie spazieren gingen, denn das Schweigen war nicht mehr dasselbe wie davor.

Vor dem Zubettgehen fragte ich: »Können wir nach Paris fahren?«

»So eine Frage kann wirklich nur dir einfallen«, antwortete Mama Magdina.

Mama Marie beendete diese sehr kurze Diskussion mit einem »Nein«, das wie ein Peitschenhieb durch die Luft knallte. Der Zauber zerbrach.

Am nächsten Morgen sah ich in dem großen Atlas, der auf dem Regal in Mama Maries Zimmer thronte, nach, wo Paris lag. Überrascht stellte ich fest, dass diese Stadt wirklich auf der Karte existierte. Ich erinnere mich, dass ich ein leises Gefühl der Enttäuschung verspürte, es hätte mir gefallen, wenn die Stadt einfach von Dumas' Sohn erfunden worden wäre und wir nicht hinfahren könnten, weil sie gar nicht existierte. Aber nein, Paris gab es wirklich und wahrhaftig, es lag an einer gewundenen blauen Linie, der Seine.

Bevor ich mich auf den Weg zur Schule machte, ermahnte Mama Marie mich: »Du brauchst deiner Lehrerin nicht mit Paris auf den Wecker zu gehen.«

Später begriff ich, warum nur ich eine solche Frage stellen konnte. Die Älteren wussten schon, dass es für uns unmöglich war, in den Westen zu fahren.

Ich hätte gerne gewusst, wovon Magdina träumte, bevor sie geheiratet hat. Sicher nicht von so einem Leben, wie es auf ihre Hochzeit folgte. Schon die Art und Weise, wie diese Ehe arrangiert wurde, war seltsam.

Die alte Tereza, eine verdorrte und verschrumpelte Frau, die ganz gebückt ging, kam alleine. Wo war ihr Sohn Franta, der nette Kerl, der Magdina am Samstagabend zum Tanzen ausführte? Er war nicht dabei. Da wussten wir, dass etwas nicht stimmte. Normalerweise hätte der schöne Freier mit seiner Mutter kommen müssen. So hätten die Jungen, also das Paar, am Ende der Diskussionen ein bisschen Zeit zusammen gehabt, um die Übereinkunft ihrer Familien zu genießen.

Die Atmosphäre im Raum war angespannt. Ich wollte unbedingt bis zum Schluss dabeibleiben, immerhin sollte meine Mutter verheiratet werden. Ich setzte also diese hochkonzentrierte Miene auf, um zu signalisieren, dass ich gänzlich in meine Stickerei vertieft war.

Mama Marie hatte den Tischvorsitz inne wie ein König oder vielmehr wie eine Königin. Ihr gegenüber saß genau unter der Lampe, also sehr gut beleuchtet, diese sorgfältig gekleidete, aber durch und durch reizlose Frau. Man fragte sich wirklich, wie sie es zu einem Jungen wie Franta gebracht hatte, der so graziös tanzen und die Mädchen so schwungvoll herumwirbeln konnte.

Sie kam direkt zur Sache.

»Du willst meinen Sohn?«

Zumindest konnte man hoffen, dass sie schnell wieder verschwinden würde.

»Meine Tochter will ihn, und wie es aussieht, will er sie auch gerne.«

Mama Marie ließ sich auf nichts ein, jeder sollte für sich selbst sprechen.

»Ich bin vielleicht bereit, darüber zu reden, mal sehen«, raunte die alte Tereza.

Mama Marie antwortete mit harter Stimme und zeigte dabei zur Tür: »Rede oder geh.«

Die alte Tereza atmete tief ein.

»Nun ja, ich habe zwei Söhne.«

Sie sprach das Wort »Söhne« mit solchem Stolz aus, als wäre es ein größerer Verdienst, einen Jungen zu gebären als ein Mädchen, dabei kann Mama Marie bezeugen, dass es genau der gleiche Aufruhr ist. Das heißt, der Schmerz, die Erschöpfung und schließlich die Erleichterung, wenn alles gut gegangen und vorbei ist. Was die Freude anbelangt, da wird es kritisch. Die Männer finden es aufregender, bei ihrem Baby einen kleinen Schniepel zu sehen, man weiß nicht, warum. Sie machen ein Mordsgewese darum. Warum schließen die Frauen sich dieser vollkommen unverständlichen Meinung der Männer an? Sie sollten ihr Geschlecht und ihre Interessen verteidigen, oder nicht? Es sei denn, sie unterwerfen sich, um zu gefallen – ich weiß nicht. Ich wollte all diese Fragen schon lange Marie stellen, nur bekommt man nicht leicht eine Antwort von ihr.

»Der Ältere muss als Erster in den Stand der Ehe treten, der Zweite ist zu jung, er ist vier Jahre jünger als deine Tochter. In puncto Männlichkeit ist bei dem Älteren alles in Ordnung. Und wie ich sehe, ist bei deiner Tochter in puncto Weiblichkeit auch alles in Ordnung.«

Sie blickte mich mit Nachdruck an für den Fall, dass jemand ihre Anspielung nicht begriffen hatte. Sie beendete ihren Satz, indem sie die Hände in der Luft ausbreitete, als wollte sie sagen, dass Worte sich erübrigten.

Mama Marie erwiderte: »Ich kenne deinen ersten Sohn, vergiss das nicht, wir wissen beide, warum er so ist, wie er ist. Das Dorf ist klein.«

Die alte Tereza verstummte, senkte jedoch nicht den Blick.

Ich hörte aufmerksam zu und widmete mich dabei noch eifriger meiner Stickarbeit.

Mama Maries Stimme ist wie kaltes Metall.

»Du wolltest ihn nicht haben, diesen Jungen, stimmt's? Und du willst ihn immer noch nicht. Er erinnert dich an deine eigenen Fehltritte.«

»Er wurde ehelich geboren«, zischte die alte Tereza.

»Drei Monate nach der Hochzeit«, höhnte Mama Marie, »und du hast ihm nie gesagt, warum er hinkt, stimmt's, dass du mit einer Stricknadel oder etwas anderem herumgestochert hast, um ihn wegzumachen.«

»Ich wiederhole, er ist ehelich geboren, sein Vater war da. Er kann den beiden hier seinen Namen geben« – sie zeigte mit einer abrupten Bewegung ihres spitzen Kinns auf Mama Magdina und mich – »sobald deine Tochter einen Sohn zur Welt gebracht hat.«

»Nein, meine Enkelin hat ihren Namen, und er steht ihr gut zu Gesicht. Dein Sohn heiratet meine Tochter, danach macht sie, was sie will. Aber meine Enkelin wird er mit dem Namen nehmen, der ihr gehört.«

Die zwei Frauen musterten sich lange. Magdalena sagte nichts. Keinen Ton brachte sie heraus. Sie hatte die Zähne so fest zusammengebissen, dass ihre Wangen weiß und hart wurden. Ich war gleichzeitig überrascht und enttäuscht darüber, dass Mama Marie diese Frau nicht auf der Stelle aus dem Haus geworfen hatte. Warum diskutierte sie mit ihr? Immerhin wollte sie uns ein Hinkebein andrehen!

Die Stimme der alten Tereza war honigsüß.

»Du Starrkopf! Warum sollte dieses Mädchen nicht unseren Namen annehmen? Alles würde wieder seine Ordnung haben. Warum nicht die Vergangenheit auslöschen?«

»Die Vergangenheit ist immer da.«

Mama Marie stemmte ihre beiden Hände in die Taille und atmete tief ein.

»Magdalena hat sich den anderen ausgesucht. Du willst den Hinkenden bei den Bastardweibern loswerden. Du willst dich als etwas Besseres aufspielen und uns retten? Wovor? Welche Gnade willst du uns gewähren? Ich will deine verlogene Großzügigkeit nicht, wir wissen, wer wir sind. Wir haben unseren Namen zu tragen, und er wird Bestand haben. Wenn du den richtigen Sohn hergibst, dann bekommst du deine kleine Familie, so wie du es wünschst. Magdalena ist in der Tat gesund. Ich habe ihren Bauch gesehen. Du willst Nachkommen, wir wollen den Namen behalten.«

Die große Schweigerin, die schweigsame Witwe, die strenge Mutter, die Frau ohne Freunde, die Einzelgängerin, die für gewöhnlich, wenn überhaupt, eine Frage nur mit einer Silbe oder einem kurzen Satz beantwortete, hat gesprochen. Normalerweise verteilte sie schneidende und manchmal zornentbrannte Blicke, auf die man gerne verzichtet hätte. Dafür hätte man gerne mehr von jenen Blicken bekommen, die sanft, zärtlich und lächelnd waren. Mama Marie ist eine Kriegerin, sie nimmt das Leben jeden Morgen in Angriff, als sollte es nicht nur ihr letzter Tag werden, sondern der letzte der ganzen Welt. Wenn sie jedoch bei der

Geburt eines Kindes hilft, dann lässt sie ihren Panzer vor dem Wunder des Lebens fallen, sie ist präzise, aufmerksam und bereit, anstelle der Mutter zu atmen, falls nötig, um das Kind zu retten. Magdina sagt, bei den Dutzenden von Entbindungen, bei denen sie mitwirkte, hat sie nur ein einziges Mal die Mutter verloren und kein Kind.

Warum also jagt Mama Marie die alte Tereza nicht zum Teufel? Wir wollen den falschen Sohn nicht haben. Ich will ihn nicht! Aber ich schweige.

Rose erschien im Türrahmen, die Unterredung, die nichts Freundschaftliches mehr hatte, hatte sie aufgeweckt. Sie musste früher ins Bett gehen als ich, weil am nächsten Tag sie an der Reihe war, morgens bei Sonnenaufgang noch vor der Schule nach den Kühen in der Genossenschaft zu sehen. Rose und ich, wir gehen jede Woche abwechselnd nachsehen, ob bei den Kühen alles in Ordnung ist. Die landwirtschaftliche Genossenschaft ist nicht weit von uns entfernt, wenn man über den Weg zwischen den Feldern abkürzt.

Dieser Weg erfordert Zeit, er lädt dazu ein, zu bummeln, die Felder und Wälder zu betrachten, je nach Jahreszeit Brombeeren, Äpfel oder Nüsse entlang der Straßengräben aufzulesen, und man kann dort mit nackten Füßen herumhüpfen. Kurz, es ist eine unterhaltsame Strecke, auf der man niemandem begegnet. Die Knospen der Blumen öffnen sich, die Spitzmäuse haben einen neuen Wurf, die Raben kommen früher im Jahr zurück oder fliegen später fort, um dem Frühling Platz zu machen. Nach einem Sommergewitter, das heftiger ausfiel als gewöhnlich, liegen die abgebrochenen Äste der alten Apfelbäume herum, um die kein Mensch sich kümmert. Niemand wüsste, dass diese kleinen Nichtigkeiten existieren, wenn Rose, Mama Magdina und ich nicht dort vorbeikämen. Man kann sich fast fragen, ob dieser Weg nicht eigens für uns existiert.

Ab morgen war Rose an der Reihe.

Die alte Tereza betrachtete Rose, die mit ihren zwölf Jahren schon die schöne Frau erahnen ließ, die sie heute geworden ist.

»Dieses Mädchen, das ist etwas anderes. Sie ist noch sehr jung, aber …«

Es fehlte nicht viel, und die alte Tereza hätte sich den Mund geleckt.

Mama Marie stand gleichzeitig mit der alten Tereza auf und verschränkte die Arme vor der Brust. Ihr Gesicht wirkte wieder ruhig.

An diesem Abend sprach niemand mehr ein Wort. Rose ging in ihr Zimmer zurück, Magdina begann, ihre Arbeit auf dem Tisch aufzuräumen, Mama Marie sperrte die Eingangstür hinter der Besucherin mit dem Schlüssel ab. Ich schlüpfte in das kleine Bett in Mama Maries Zimmer, ohne das leiseste Geräusch zu machen. Ich glaube, wir haben alle einen kalten Luftzug gespürt, als die Tür hinter der alten Tereza ins Schloss fiel.

Die Hochzeit war wirklich traurig.

Ein weiterer roter Faden ist aufgebraucht.

Ich werde sofort einen neuen nehmen, um nicht aus dem Rhythmus zu kommen. Bei einer sauberen und ordentlichen Arbeit kann man nicht den geringsten Übergang erkennen, im besten Fall auf beiden Seiten, auf der Unter- wie auf der Oberseite. Der Faden muss die richtige Länge haben, so lang wie der Unterarm der Stickerin, damit man bequem sticken kann. So verwirrt er sich nicht und macht keine verräterischen Knoten, die die Arbeit verderben. Dann muss man die Stiche gut festziehen, man darf sie nicht einschnüren, nur gut festziehen. Mit der Zeit werden sie schließlich eins mit der Tischdecke. So kommt es, dass die alltäglich benutzten Stickarbeiten, die mit dem Stoff verschmelzen, am schönsten sind.

Das erinnert mich an einen Tag vor ein paar Jahren, als wir in Handarbeit einige Sticharten lernten. Wir sollten unsere Initialen auf ein Taschentuch sticken. Ich langweilte mich entsetzlich. Die anderen Mädchen schwatzten, aber mit mir wollte niemand reden. Ich stickte zwei M und ein L als Initialen und fand, dass sie mir gut gelungen waren.

Die Genossin Lehrerin wollte wissen, was sie bedeuteten.

»Maria Magdalena Libuše«, antwortete ich

»Das sollen deine Initialen sein? Verstehst du die Anweisung nicht? Fang noch mal an und mach deine Initialen wie alle anderen.«

Ich bin nicht wie alle anderen, das wusste sie genau. Nie im Leben werde ich die Initialen sticken, die sie verlangt. Ich wusste genau, dass sie die von Magdinas neuem Nachnamen sehen wollte. Damit würde ich klein beigeben und in der Masse der Schüler aufgehen, genau wie sie sagte: wie alle anderen. Aber Mama Marie hatte sich klar ausgedrückt: Ich hatte meinen eigenen Namen, und das genügte. Zu ihrem großen Ärger musste die Genossin Lehrerin trotzdem die Qualität meiner Arbeit anerkennen und mir eine gute Note geben.

Noch ein Faden, wieder dunkelrot.

Die Garne liegen in dem Weidenkorb zwischen mir und Mama Marie. Jede von uns greift auf ihrer Seite hinein, um die Farbe auszuwählen, dann misst man die richtige Fadenlänge ab, streckt sich und dreht zwei- oder dreimal den Kopf, um die steifen Muskeln zu lockern. In einem anderen Korb wartet eine zweite Arbeit auf mich.

Weiße Hemden aus feiner Baumwolle für meinen kleinen Bruder und für das Baby, das jeden Tag zur Welt kommen kann. Schlichte Hemden mit einem Saum aus Kreuzstich, wirklich reizend. Mein kleiner Bruder Jozifek trägt sie mit Vergnügen, besonders das eine, das ihm wie ein schönes Kleid bis zu den Knien reicht. Er rennt darin mit ausgebreiteten Armen herum. Wenn er in diesem Hemd auf der Wiese hinter dem Haus umherläuft, sieht er aus wie ein Schmetterling, der es nicht schafft abzuheben, ohne dass ihm das etwas ausmacht. Er lacht, dann bleibt er stehen. Jozifek, der Erstgeborene, der Sohn, wie es sich gehört, ist schnell gekommen. Er war ein rundliches, ruhiges und schönes Baby. Die Ruhe ist ihm geblieben, aber inzwischen ist er eher mager. Er hat eine helle Haut, helle Augen, helle Haare. Er kommt schnell außer Atem. Mama Marie wollte ihn zum Arzt schicken und hatte das zu Mama Magdina gesagt, die mit ihrem Mann darüber gesprochen hatte. Er wurde wütend, brüllte aus vollem Hals, dass sein Sohn keinen Arzt bräuchte, weil er schön, stark und kerngesund war. Er will nicht wahrhaben, dass Jozifek manchmal beim Atmen pfeift,.

Zurzeit genießt Mama Magdina das Leben in vollen Zügen. Sie ist rund und weich, sie riecht gut. Wenn sie schwanger ist, sieht sie prachtvoll aus, vor allem aber ist sie unberührbar. Sie hat lange auf das zweite Kind gewartet, beinahe fünf Jahre. Mama Marie hat natürlich bei Jozifeks Geburt Beistand geleistet, und sie hat bestätigt, dass der Leib noch fruchtbar war. Magdina hoffte, schnell wieder schwanger zu werden, um sich zu erholen, denn wenn Magdina schwanger ist, schlägt ihr Mann sie nicht. Sie stellt sich vor mich oder besser gesagt, sie versteckt mich hinter sich, indem sie ihren Bauch vorschiebt, dann sagt sie kein Wort mehr. Das reicht, es braucht keine langen Reden. Der Hinkende lässt seine Hand und seinen Stock sinken, dann geht er einen trinken, damit seine Wut verraucht.

Das erste Mal hat er Magdina in der Hochzeitsnacht geschlagen. Weil ich damals noch klein war, habe ich mehrere Monate gebraucht, bis ich das begriff. Nicht einmal Magdinas blaue Flecken habe ich gesehen. Sie wollte das so. Aber als ich dann selbst eine Tracht Prügel bezog, konnte ich die Augen nicht mehr vor der Wahrheit verschließen.

Einmal ging ich nachts in ihr Schlafzimmer, weil ich Magdinas Schluchzen gehört hatte. Ich dachte, sie wäre ganz alleine, weil man in unserer Familie alleine weint. Ich dachte, Mama Marie würde ihr genauso fehlen wie mir und dass sie deshalb weinte. Ich glaube, ich hätte gerne deswegen mit ihr zusammen geweint.

Magdina lag wie ein Häufchen Elend auf dem Bett und verbarg ihr Gesicht im Kopfkissen, aber sie war nicht allein. Er war da, stand über sie gebeugt und schlug sie so heftig mit einem Ledergürtel, dass ihm der Schweiß in Strömen herablief. Ohne Hose sah man sein mageres und leicht verkrümmtes, haariges und hässliches Bein.

Er trug eines der Hemden, die ich bestickt hatte. Das versetzte mich beinahe noch mehr in Rage als die Tatsache, dass er meine Mutter verprügelte. Als würde das Hemd mich zur Komplizin machen, als würde er sie mit meinem Einverständnis, vor meinen Augen schlagen.

Die Tür knarzte. Er hörte auf zu schlagen, er war so erstaunt über meine Anwesenheit, dass seine Hand in der Luft erstarrte. Magdina hob irritiert über die lange Pause zwischen den Schlägen den Kopf vom Kissen und stieß einen entsetzten Schrei aus.

Und er höhnte: »Was gibt es da zu glotzen? Wir spielen Ostern. Es ist normal, dass sie geschlagen wird, oder?«

»N-n-nein, jetzt ist nicht Ostern«, stammelte ich und schüttelte dabei den Kopf von einer Seite zur anderen, um sicherzugehen, dass meine Antwort bei ihm ankam.

Tatsächlich haben in unserem mährischen Dorf die Jungen am Ostermontagmorgen das Recht, die Mädchen mit geflochtenen Osterruten, meist aus Weidenzweigen, auf den Hintern und die Oberschenkel zu schlagen. Wir besticken die Bänder für die

Osterruten, mit denen die Männer sie schmücken. Die Mädchen tun so, als würden sie davonlaufen und sich verstecken, dann lassen sie sich fangen. Eigentlich geht es nicht um die Schläge, sondern um das ganze Drumherum. Während die Jungen die Ruten flechten, verzieren die Mädchen die Eier. Eier bemalen und verzieren ist genauso kompliziert wie Sticken. Die Männer bekommen sie als Belohnung dafür, dass sie die Mädchen gut geschlagen haben. Ich mag Ostern nicht. Zu Hause bemalen wir keine Eier, nur ich in der Schule. Niemand kommt, um uns zu schlagen. Meine Mamas sind froh darüber, vor allem Mama Marie, die sagt, dass das ein barbarischer Brauch sei. Mir würde es schon Spaß machen, durch den Garten zu rennen, zu kreischen, zu lachen und in Osterreimen um ein Ei als Belohnung gebeten zu werden, und ich würde der Rute eines Jungen sogar noch ein Band extra spendieren. Es gibt einen Tag im Jahr, an dem man die Mädchen schlagen darf, aber nicht, um sie zum Weinen zu bringen, sondern zum Lachen.

Der Hinkende schrie: »Ich entscheide, wann Ostern ist.«

Auch Magdina sagte Nein, ohne dass sie sich rühren konnte, denn er hatte sich auf sie gesetzt. Er wickelte den Gürtel um sein Handgelenk und stieg dann aus dem Bett. Er humpelte auf mich zu und versuchte mich dann an der Schulter zu packen. Dem ersten Fausthieb wich ich nicht aus, wie versteinert blieb ich unter seinem wilden Blick stehen; seine blutunterlaufenen Augen nagelten mich an Ort und Stelle fest. Der Schmerz auf meiner Backe beförderte mich in die Gegenwart zurück. Ich riss mich von ihm los.

Ich rannte. Ich lief aus dem Zimmer. Hinkend und geifernd verfolgte er mich bis in die Küche. Ich stellte mich an die Tischseite ihm gegenüber; er bewegte sich nach links, ich auch, er bewegte sich nach rechts, ich auch. Wir umkreisten mehrmals den Tisch, bis er vor Anstrengung zu Boden fiel.

Er sah aus wie ein Pfannkuchen, der beim Wenden nicht aufgefangen wurde, schön platt ausgebreitet lag er da; sein Gürtel war in die andere Ecke des Zimmers geflogen, seine Nase blutete. Er schlug mit beiden Händen auf den Boden wie ein kleiner Junge, dessen Launen nicht erfüllt werden. Ich fing an, laut zu lachen. Wie gut das tat!

Und in meinem Kopf hallte ein Gutenachtlied für Kinder wider, dessen Text sich geändert hatte: *Er soll verrecken, er soll verrecken, er soll verrecken jetzt sofort, er soll verrecken, er soll verrecken.*

Er brüllte: »Magdalena, Magda! Scheiße, wo bist du, Magdalena?«

Sie kam ebenfalls hinkend herbeigerannt. Ein kleines Blutrinnsal lief über ihre Wange, an ihrem Augenbrauenbogen klaffte eine Wunde. Die roten Fäden, die ich auf die weißen Quadrate lege, bevor ich mit dem Sticken beginne, erinnern mich immer an diese Nacht.

Magdina half dem Hinkenden aufzustehen.

In meinem Kopf hämmerte pausenlos der Satz: *Er soll verrecken, er soll verrecken, er soll verrecken.*

Ohne mich zu rühren, sah ich zu, wie Magdina ihm half.

Als sie in die Küche kam, wo ich wie am selben Platz festgenagelt auf sie wartete, fragte ich sie: »Warum tust du das?«

»Er ist unglücklich mit seinem kranken Bein. Und außerdem ist er mein Mann.«

»Er ist nicht der Richtige!«

»Trotzdem ist er mein Mann.« Sie seufzte tief. Dann sagte sie: »Du kannst das nicht verstehen, du bist zu jung.«

»Doch, ich verstehe sehr gut. Du hast den falschen Mann geheiratet. Er ist böse. Wir müssen es Mama Marie sagen, wir müssen weg von hier.«

»Meine kleine Liba, du wirst es niemandem sagen, und wir

werden nirgendwohin gehen. Wir haben keinen Ort, wohin wir gehen könnten. Und ich will auch nicht dorthin zurückkehren, woher wir kommen.«

Ich flehte sie an: »Ich will zu Mama Marie zurück.«

Sie nahm mein Kinn in ihre Hände und hob meinen Kopf an ihr Gesicht.

»Du hast es ihm ordentlich gezeigt, hm? Du hast ihn zur Schnecke gemacht, gut, sehr gut.«

Sie lächelte, aber ihre Augen blieben traurig.

»Warum läufst du nicht weg, wenn er Ostern spielen will? Er wird dich nicht einfangen.«

Mama Magdina streichelte meine Wange.

»Also gut, ich erzähle Mama Marie nichts davon.« Und in meinem Kopf fügte ich hinzu: »Sie wird von alleine draufkommen, sie ist nicht dumm und blind wie ich.«

»Es ist spät. Ab ins Bett jetzt«, sagte sie, als ob nichts wäre, und sie brachte mich in mein Zimmer. Zuerst sah sie nach Jozifek in seiner Wiege. Er schlief so tief, dass das Haus hätte einstürzen können, ohne dass er sich einen Millimeter bewegt hätte. Er pfiff nur ein kleines bisschen. Dann streifte sie mit ihren geschwollenen Lippen ganz sachte meine Stirn. Dieser Kuss verbrannte mir die Haut, er tat mir mehr weh als der Schlag des Hinkenden. Ich stelle mir vor, dass die Kälber ein solches Brennen spüren müssen, wenn man ihnen das rot glühende Eisen aufdrückt, das sie mit dem Namen ihres Besitzers brandmarkt. Nicht dass ich mich als Magdinas Eigentum gefühlt hätte, das nicht, aber in die Enge getrieben; in einer Situation, aus der ich keinen Ausweg sah.

Ich steckte meinen linken Daumen in den Mund, schob ihn zwischen meine Zähne und presste sie sehr fest zusammen. Während ich auf meinen Daumen biss, schwor ich mir, dass ich nie wieder das Kalb sein würde, das man mit dem roten Eisen brandmarkte, selbst wenn dieses Eisen die Lippen meiner Mutter sein sollten, und dass ich nie die Kuh sein würde, die man ins Schlachthaus führte. Denn genau das war Magdina an ihrem Hochzeitstag, die Kuh, die man ins Schlachthaus führte. Dieses Versprechen schmeckte heiß und schwer, mein Blut begann auf meine Zunge zu tropfen, das Blut, das aus meinem linken Daumen floss.

Am nächsten Morgen konnte Magdina kaum gehen, ihr Gesicht war von den Schlägen gezeichnet, und sie wich meinem Blick aus. Er dagegen sah mir direkt in die Augen und sagte zu mir: »Eines Tages werde ich dich erwischen. Dafür wirst du mir bezahlen. Bis dahin wird deine Hurenmutter die Schläge für dich einstecken.«

Es tut mir leid, es tut mir leid, es tut mir leid, Mama.

Ich dachte das so intensiv, dass es mir wohl ins Gesicht geschrieben stand, denn er lachte höhnisch. Die Raben machen das gleiche Geräusch zu Beginn des Winters, ein dumpfes Geräusch, das lange im Kopf nachhallt.

Drei Wochen später verkündete Magdina, dass sie schwanger war.

Die Schläge hörten auf. Aber das Kind kam nicht. Sie verlor es nach einigen Wochen, obwohl ihr Leib noch immer gebärfähig war, wie Mama Marie sagte. Wie so viele andere …

Ich muss mich sehr konzentrieren, wenn ich den Faden in die Nadel einfädle, ich denke an nichts anderes mehr. Das ist ein angenehmer Moment.

Ich sage mir, dass es wirklich schade ist, dass immer weniger Menschen täglich bestickte Kleidung tragen. Selbst bei Hochzeiten ziehen die Leute sich heute anders an, sie nennen es »nach Städterart«, modern. Die Männer sind herausgeputzt wie für eine Beerdigung, die Mädchen ganz in Weiß und mit großen Blumensträußen in der Hand, um ihre Bedeutung herauszustellen. Mama Marie bekümmert das sehr und mich auch. Nicht dass wir

Traditionalisten wären, aber das war ein kleiner Nebenverdienst für uns, zusätzlich zum Lohn der Genossenschaft und der winzigen Witwenrente, die Mama Marie bekommt. Sie ist nichts wert, weil ihr Mann Kapitalist war. So nennen einen die Leute, sobald man ein Wirtshaus hat, das einigermaßen läuft. Oder vielmehr: sobald man ein Wirtshaus *hatte*, das *lief*, denn es ist schon einige Jahre her, dass das Wirtshaus »in die Hände der Partei überging«. Magdinas Mann behauptet das, und in diesem Punkt hat er recht. Er selbst wäre gern der Besitzer geworden. Ich frage mich, ob es nicht besser ist, dass die Kommunisten es bekommen haben,

So, mein Faden ist in der Nadel, was mich lächeln lässt.

Mama Marie fädelt praktisch ohne hinzusehen ein, obwohl sie zum Lesen eine dicke, schwere Brille mit schwarzem Gestell tragen muss, die ihr ein strenges Aussehen verleiht. Es lohnt sich, ihr dabei zuzusehen. Die winzige Nadel verschwindet zwischen ihren Fingern, mit der anderen Hand hält sie den Faden. Sie befeuchtet ihn schnell mit der Zungenspitze, zwirbelt ihn mit einer knappen und schnörkellosen Bewegung zwischen Daumen und Zeigefinger und fädelt ihn dann in einem Zug in das Nadelöhr ein. Anschließend ergreift sie mit ihren kurzen Nägeln, die sie jeden Sonntag schneidet und feilt, das Ende auf der anderen Seite. Und das war's.

Ich kneife ein Auge zusammen, das rechte Auge, um einzufädeln, und ich ziele mit dem anderen, dem linken.

Mama Marie ist der Mensch, den ich am besten kenne und am meisten liebe auf der Welt. Allein ihr zuzusehen, wie sie im Herbst mit ihrer außergewöhnlichen Eleganz die Kartoffeln in dem kleinen, von der Genossenschaft zugewiesenen Feld aufsammelt, ist ein Vergnügen. Sie hält sich gerade wie ein Königin, wenn sie die Futtereimer für die Schweine auskippt, und sie macht die unglaublichsten Frisuren mit Roses oder meinen Haaren … Und wenn sie einen Raum betritt, sofern sie bereit ist, einen zu betreten, sieht man nur noch sie. Mama Marie verlässt das Haus nicht mehr oft, um nicht zu sagen, gar nicht mehr, seitdem man uns aus ihrem Wirtshaus hinausgeworfen hat.

Ich erinnere mich an einen bizarren und schrecklichen Samstag kurz nach der Hochzeit meiner Mutter Magdalena im Jahre 1956, das weiß ich genau.

Mama Magdalena und ich wohnten damals bei ihrem hinkenden Ehemann, aber am Wochenende halfen wir im Wirtshaus aus. »Es war ein seltsames Jahr«, so sagt man heute noch hinter vorgehaltener Hand. Im Grunde sagte man seit 1953 ständig, dass es seltsame Zeiten waren. Seit dem Tod Stalins und unseres Präsidenten Gottwald – beide sind im März ebenjenes Jahres gestorben, Gottwald kurz nachdem er von Stalins Beerdigung zurückkehrte –, lag so etwas wie Veränderung in der Luft. Antonin Zápotocký, der frühere Ministerpräsident, der jetzt Gottwald als Präsident beerbte, schien etwas gemäßigter, toleranter als sein Vorgänger zu sein. In den Zeitungen und im Radio bezeichnete man uns als Waisen des Vaters der Völker oder auch der Väter der Völker, damit keiner sich zurückgesetzt fühlte. Die Atmosphäre war bedrückend, die Leute weinten viel. Auch das kam mir, uns, seltsam vor, denn die Menschen weinten vor allem in der Öffentlichkeit. Es war, als ob sie mit roten Augen gesehen werden wollten. Ich erinnere mich allerdings, dass Mama Marie nicht traurig war. Das Ganze ließ sie vollkommen kalt, sie hatte genug mit ihrer eigenen Familie zu tun, ohne sich um ein ganzes Volk und irgendwelche Väter zu kümmern, die nicht die unseren waren. Davon abgesehen, fehlen uns die Väter etwa? Mama Marie nicht, so viel steht fest.

Im Sommer 1956 hörten wir also im Radio, dass die russische Armee nach Polen entsandt worden war, damit sie sich dort um die Demonstrationen der Arbeiter kümmerte. Anschließend musste dieselbe Armee im Herbst in Budapest einrücken, um die Konterrevolution zu bekämpfen und den Frieden zu erhalten. Alle waren beunruhigt. Magdinas Ehemann wiederholte ein ums andere Mal, das sei nur dummes Zeug, reine Vorwände, fügte jedoch hinzu, dass wir parieren müssten, um uns die Russen vom Leibe zu halten. Ich studierte den Weltatlas, um zu sehen, wie weit Polen, Russland und Budapest von uns entfernt waren.

Unglücklicherweise hatte Magdinas Mann recht. Ein paar Wochen vor diesem berühmten Samstag war im Gasthaus davon die Rede, dass das Vermögen der Bourgeoisie und der Industriellen im Land neu bewertet werden sollte. Zuerst machte sich niemand in unserem Dorf darüber Gedanken, arbeiteten als Selbstständige hier doch nur noch ein Schuster, ein Lebensmittelhändler und zwei Automechaniker – der eine reparierte die Traktoren der Genossenschaft und der andere die Busse und die Autos etwa von der Post.

Auch an unser Gasthaus verschwendeten wir in diesem Zusammenhang keinen Gedanken.

Der »Hotel«-Teil war seit langer Zeit außer Betrieb, und in den ehemaligen Ställen hielten wir ein paar Hühner und ein Schwein. Jedes Jahr kauften wir ein Milchschwein in der Genossenschaft. Es war ein namenloses Schwein. Wir mästeten es ein paar Monate, und im Januar schlachtete Mama Marie das Tier ohne Gefühlsregung, es musste eben sein. Hinter dem Wirtshaus hatten wir einen großen Gemüsegarten, in dem Mama Marie Gemüse anpflanzte, und ein Stück weiter entfernt gab es einen Obstgarten. Wir hatten treue Stammkunden, und das ganze Dorf wartete mit Spannung auf die ersten Mahlzeiten nach der Jagderöffnung, die köstlich waren. Im Winter organisierte Mama Marie mit dem Frauenkomitee der Kunsthandwerksgenossenschaft oder mit der freiwilligen Feuerwehr zwei Bälle mit Musik, die jeweils bis zum

Morgengrauen dauerten und natürlich mit eine Tombola abgerundet wurden, ohne die ein Ball undenkbar war.

An jenem besagten bizarren und schrecklichen Samstag im Jahre 1956 suchte uns der Bürgermeister auf, der zugleich Sekretär der Kommunistischen Partei des Dorfs war. Er wurde von vier oder fünf Männern aus dem Bürgermeisteramt begleitet. Beim Eintreten nahmen sie ihre Mützen nicht ab, riefen nicht das übliche laute und muntere »Guten Tag« und gingen auch nicht direkt zu ihren Stammplätzen. Nein, sie blieben linkisch, mit Papieren in der Hand, am Eingang stehen. Wir bereiteten den Saal für den Abend vor und hoben die Stühle von den Tischen, weil wir nach dem Mittagsbetrieb den Boden gewischt hatten. Rose und ich verteilten die Stühle und stellten die Aschenbecher, die wir gespült und auf sauberen, gebügelten Tüchern hatten trocknen lassen, an ihren Platz zurück.

Als sie eintraten, ließen wir die Hände sinken. Man musste kein Hellseher sein, um zu merken, dass es ein Problem gab.

»Kann ich euch gar nichts anbieten heute? Warum seid ihr denn hier?«

Mama Marie kam wie immer ohne Umschweife zur Sache.

»Hör zu, Marie, wir haben neue Anweisungen bekommen. Es wird Veränderungen geben«, sagte der Bürgermeister.

»Veränderungen?«

»Eigentlich hätten wir das schon vor ein oder zwei Monaten machen müssen, aber … wir wollten dich verschonen, du bist eine gute Genossin und …«

»Nein, ich bin niemandes Genossin. Ich mache nur meine Arbeit.«

»Das ist es ja eben.«

Der Bürgermeister schlug sich mit der flachen Hand auf den Schenkel. Das Geräusch war sehr laut.

»Was genau?«

»Das genau ist das Problem.«

»Problem? Ist es jetzt ein Problem, wenn man seine Arbeit macht?«

»Siehst du, da eben liegt das Problem. Dass du keine Genossin bist, also, du bist nicht in der Partei, du bist zu unabhängig, und außerdem hast du Angestellte.«

»Angestellte? Die Mädchen, die mir in den Stoßzeiten aushelfen? Ich bezahle sie anständig. Meine Mädchen gehen nur mich etwas an, und die Partei hat nicht darin herumzuschnüffeln.«

Es ist nie gut, wenn Mama Marie sich ereifert. In diesem Fall war es, als ob ihr Zorn dieser Delegation gelegen kam und ihnen die Aufgabe erleichterte.

Der Bürgermeister verkündete: »Wir müssen dir einen Erlass bekannt geben.«

Er atmete tief ein, faltete das Papier auseinander und trat vor, bis er die Schulter seines zweiten Sekretärs berührte. Er begann zu lesen und hob den Blick kein einziges Mal mehr zu Mama Marie.

»Marie, du bist nicht mehr die Eigentümerin dieses, äh … dieses Betriebs. Er wird hiermit beschlagnahmt und gehört von nun an der Gemeinde, dem Staat, also uns allen. Ist das klar? Du wirst weiter hier arbeiten, und du kannst weiter hier wohnen, wenn du das willst. Deine Miete wird das Nationalkomitee der Gemeinde von deinem Lohn abgeziehen. Falls du nicht hier wohnen willst, kannst du in deinem Häuschen leben, weil es klein genug ist, also ich meine, groß genug für dich und deine Tochter Rose. Davon abgesehen ist die Partei der Ansicht, dass keine Entschädigung gewährt werden kann.«

Wieder holte er tief Luft und fuhr fort, während sein Blick auf die Papiere geheftet blieb.

»Im Verfahren um die Beschlagnahmung des Wirtshauses wird keine Strafe verhängt, du hast es ja nur von deinem verstorbenen kapitalistischen Ehemann geerbt, der insofern ein Volksfeind war. So, ach ja, im Namen der Republik und des Volkes. Das war's.«

Der Bürgermeister schwitzte. Wenn er gestikulierte, öffnete sich seine Jacke und gab den Blick auf große Schweißflecken unter seinen Achseln frei.

Es war nicht leicht, diesen Erlass vorzulesen. Jeder kannte Marie, und Marie kannte jeden, und zwar gut. Sie hatte wahrscheinlich ihren Frauen, Schwestern und Töchtern in den intimen Momenten der Geburt beigestanden. Wenn sie nicht deren eigene Kinder entbunden hatte, dann hatte sie zumindest die Neffen und Nichten dieser Männer entbunden. Wie hatten sie den Mut aufgebracht, hierherzukommen und auszusprechen, was sie soeben verkündet hatten? Beschämt erröteten sie alle, sie waren alles andere als stolz auf sich.

»Du sagst nichts dazu, Marie?«, fragte der Bürgermeister besorgt.

Marie stand noch aufrechter als sonst.

»Weißt du, Marie, dieser Erlass liegt seit Monaten bei uns, wir wollten das nicht, aber nicht einmal unser Dorf ist vollkommen unberührt vom Lauf der Welt und ihren Schändlichkeiten; nächste Woche stattet man uns einen Besuch ab, einen sehr offiziellen Besuch, und wenn wir das nicht in Ordnung bringen, dann bekommen wir Probleme. Alle. Wir haben sogar eine Kopie deines Parteiausweises an das Zentralkomitee geschickt, verstehst du.«

Der Zweite Sekretär versetzte dem Bürgermeister einen Stoß in die Rippen.

»Was denn? Es ist besser, wenn sie es weiß.«

»Aber sie wird uns umbringen, so wie sie ihre Schweine mit einem einzigen Messerstich schlachtet, ich habe sie letztes Jahr dabei gesehen«, erwiderte der Zweite Sekretär leise und blass vor Angst.

»Nein, wir müssen es ihr sagen, stimmt's, Marie?«

Und der Bürgermeister wandte sich wieder an uns.

»Der Ausweis sollte deine Kooperationsbereitschaft demonstrieren, verstehst du, um Zeit zu gewinnen. Allerdings hat deine Unterschrift den Präsidenten des Regionalkomitees nicht überzeugt.«

Er atmete schwer.

»Der Präsident des Regionalkomitees, der Genosse Jan, hat nicht geglaubt, dass du in die Partei eingetreten bist. Er ist zu Recht verärgert, es stimmt, dass wir getrickst haben. Es war zu deinem Wohl. Sagst du gar nichts?«

»Ich hab es dir gesagt, sie ist wie diese bornierte Marta. Sie gibt ein schlechtes Beispiel. Komm, gehen wir.«

Und der zweite Sekretär zog den Bürgermeister am Ärmel zum Ausgang.

»Was für eine Marta? Wir haben keine Marta im Dorf.«

Der Bürgermeister riss die Augen auf.

»Die Frau des Präsidenten der Republik.«

»Von welchem Präsidenten sprichst du? Marie Zápotocká, die Frau unseres Präsidenten, ist eine überzeugte Kommunistin. Du bist vielleicht blöd, wieso ziehst du die Frau des Präsidenten in diese Geschichte hinein?«

Man konnte alles hören, so leise sie auch flüsterten.

»Nein, doch, die Frau von Präsident Gottwald, dem toten, bei der ist es das Gleiche. Seine Frau Marta ist auch nie in die Kommunistische Partei eingetreten, obwohl ihr Mann der Präsident der Republik war. Und ein Bastard war sie auch!«

Der Zweite Sekretär flüsterte nun nicht mehr. Es machte ihm sogar richtig Spaß. Klement Gottwald, der früher so gefürchtete Präsident, war drei Jahre zuvor gestorben, man konnte jetzt über seine Frau sagen, was man wollte. Sie lebte zwar noch, hatte aber keine Macht mehr. Und war immer noch nicht in der Partei.

Der Hinkende lag uns pausenlos in den Ohren mit seinen düsteren Tiraden über die Sowjetunion und deren Unterstützung des kommunistischen Regimes der Tschechoslowakei. Seiner Meinung nach gab es keine Hoffnung mehr, dass der Druck der Kommunistischen Partei nachlassen würde und die Leute ein bisschen aufatmen könnten. Zápotocký wolle vielleicht die Daumenschrauben etwas lockern, aber der Generalsekretär der Partei, der linientreue Antonín Josef Novotný, wisse das zu verhindern. Das System und die Partei saßen mittlerweile zu fest im Sattel. Im Gegenteil, diejenigen, die Zweifel am Regime, an seiner Qualität oder seiner Legitimität äußerten, wurden kaltgestellt, eingesperrt oder verschwanden, so hieß es. Selbst im Wirtshaus, wo man früher alles Mögliche hörte, hitzige Streitereien und leidenschaftliche Diskussionen, verstummten die Stimmen immer mehr; man sprach nun über Belanglosigkeiten, und selbst das immer ängstlicher.

Der Bürgermeister erregte sich: »Diese Marta ist die Witwe des Präsidenten. Unsere Marie ist die Witwe eines Kapitalisten. Das ist doch nicht das Gleiche, oder?«

»Na und? Man muss in die Partei eintreten und basta. Sie wird uns nicht auf die Nerven fallen, weil wir ihr Bestes wollen, ja? Diese ganzen Weiber, die sich als Prinzessinnen aufführen.«

Der Zweite Sekretär kam immer mehr in Fahrt, er schrie nun laut in den leeren Wirtshaussaal.

»Und außerdem sind sie alle …«

»Ja? Was?«

Der Bürgermeister wurde nun vollkommen von seinem Zweiten Sekretär an die Wand gespielt.

»Das weiß doch jeder hier. Außerdem wollte sie nicht einmal eine rote Fahne bei der Beerdigung ihres Mannes, dem Kapitalisten!«

Der Zweite Sekretär machte eine unbestimmte Handbewegung.

Es stimmt, dass diese Marta, die Witwe des kommunistischen Präsidenten, der Partei einiges Kopfzerbrechen bereitet hatte. Komisch, sie war genauso unehelich geboren wie er. Er war eigentlich Schreiner und hatte seine Abstammung von einem unbekannten Vater als Argument im Klassenkampf benutzt. Weder Marta noch Marie hätten je die Welt mit ihrem persönlichen Schicksal belästigt.

Der Zweite Sekretär verstummte, der Bürgermeister ergriff eingeschüchtert wieder das Wort. »Genosse Jan hat gesagt, er würde persönlich die Räumlichkeiten des Gemeindesaals besichtigen, denn das Gasthaus wird umbenannt werden, und es wird eine offizielle Einweihungsfeier mit Musik, Banderolen im ganzen Dorf und allem Drumherum geben. Das wird wunderbar, und es wird in einer Woche stattfinden. Die Mädchen können dir dann dabei helfen. Sogar die kleine Liba ist schon fleißig, das ist gut so … das ist gut; wie alt bist du denn?«

Ich wollte ihm antworten: acht Jahre bald, aber als ich das Gesicht von Mama Marie sah, zuckte ich nur mit der Schulter. Der Bürgermeister wartete auch gar nicht auf eine Antwort.

»Marie, ich bin froh, dass du es so ruhig aufnimmst, denn letzten Endes sind Vorschriften eben Vorschriften, stimmt's? Damit ist die Sache erledigt, wir sehen uns heute Abend, ja? Du musst nur noch dieses Papier unterschreiben, dass du informiert wurdest und einverstanden bist, ja?«

Ich wagte kaum zu atmen, die Spannung war mit Händen greifbar.

»So rede doch endlich, Marie, sag etwas!«

Die Nerven der Männer waren zum Zerreißen gespannt, und Mama Marie war noch immer nicht bereit, den Mund zu öffnen.

»Dann nicke wenigstens als Zeichen der Zustimmung, ich muss im Bericht vermerken, dass du einverstanden bist. Und dann musst du unterschreiben, jawohl. Ich lese dir also jetzt die eidesstattliche Erklärung vor, in der steht, dass du mit allem, was gesagt wurde, einverstanden bist. Wir haben alles vorbereitet, siehst du, dann ist das erledigt, wir können sie in die Stadt schicken, und der Fall ist vom Tisch. Ja? Also, soll ich vorlesen?«

Schweigen.

»Gut, ich lese. Außerdem, falls du nicht einverstanden bist, unterschreiben wir einfach für dich, denn das ist eine Vorschrift, und die Unterschrift ist obligatorisch. Soll ich jetzt vorlesen?«

Und nun, in diesem blanken Schweigen, erhob sich Mama Marie majestätisch und umrundete den Tresen mit einer solchen Anmut, dass alle Männer auf Erden vor Lust, mit ihr zu tanzen, gewinselt hätten.

Die Genossen stürzten kopflos davon und ließen die Tür hinter sich weit offen.

Unser Lachen begleitete sie noch sehr lange. Ja, wir haben so schallend gelacht wie nie zuvor und nie wieder danach.

An diesem Abend öffnete das Wirtshaus nicht, im Übrigen kam auch niemand. Es war ein Tag ohne den Tropfen eines Getränks und ein Tag der Trauer im Dorf. Maries Wirtshaus war Geschichte. Und selbst wenn ein paar Dorfbewohner als Prozession und auf Knien angekrochen wären, niemand hätte sich bereit erklärt, sie zu bedienen.

Mama Marie und Rose ließen sich endgültig in dem Häuschen auf der anderen Seite des Weihers abseits des Dorfs nieder. Später sagte man uns, dass der Bürgermeister die Unterschrift von Mama Marie unter der berühmten eidesstattlichen Erklärung, die als Einwilligung in die Beschlagnahmung des Gasthauses galt, hatte fälschen müssen.

Mich interessierte in diesem Augenblick allerdings etwas ganz anderes.

»Sag mal, Mama Marie, ich wusste gar nicht, dass du so furzen kannst?«

Es stimmte, nie hatte ich meine Großmutter furzen, rülpsen oder ihren Bauch auch nur rumoren hören.

»Es gibt Momente im Leben, in denen man sich ausdrücken können muss, meine Liebe. Abgesehen davon sagte meine eigene Großmutter gerne, dass ein guter Furz so viel wert sei wie zehn Ärzte. Der heutige gehört zwar zu denen, die nichts besser machen, aber er brachte mir eine große Erleichterung.«

Die Erleichterung durch ihren Furz hatte auch ich gespürt. Er war so freimütig und stark, dass meine eigenen Eingeweide vor Freude darüber gebebt hatten.

Es war das erste Mal, dass man mir von der Großmutter meiner Großmutter, von jemandem aus ihrer Familie, aus meiner Familie vor ihr, erzählte. Für mich war Mama Marie unvergleichlich, die Erste und die Einzige. Vor ihr gab es niemanden, und danach gab es uns, ihre Nachkommenschaft.

Das Wirtshaus bekam einen anderen Namen und fand schnell einen neuen Gastwirt – einen Genossen Gastwirt. Man darf ein Wirtshaus nie zwei Tage hintereinander geschlossen lassen. Die Stammgäste verlieren sehr schnell ihre Gewohnheiten, sehen sich woanders um, etwa im Nachbardorf. Der Durst frisst die Kilometer und treibt selbst die größten Faulpelze voran.

Eine offizielle Einweihung war angekündigt worden, fand aber gar nicht statt. In der Nacht vor dem Fest holte die Geheimpolizei den Genossen Jan ab. Sein Prozess war genauso absurd wie die Beschlagnahmung des Wirtshauses, aber niemand in der Familie war darüber erschüttert. Mama Magdina sagte, dass er seine Verhaftung bestimmt seinen beständigen lautstarken und vollmundigen Reden zu verdanken hatte, mit denen er den Leuten zunehmend auf die Nerven gefallen war. Sie fügte hinzu, dass ihn seine rhetorischen Höhenflüge in Sphären geführt hatten, die er nicht mehr beherrschte, und dass er anderen wie sich selbst weniger Schaden zugefügt hätte, wenn er auf dem Boden der Tatsachen, der Kühe und der Tiere geblieben wäre.

»Fehlgeleiteter Enthusiasmus ist ebenso gefährlich wie Dummheit. Das Einzige, was dieser Mann fertiggebracht hat, war, dreimal dieselbe Scheune anzuzünden, bis sie in Rauch aufging und zu Asche zerfiel, eine Kuh zu stehlen und ein Wirtshaus zu schließen. Das ist kein großes Verdienst.«

Damit war die Diskussion über das Wirtshaus und den Genossen Jan ein für alle Mal abgeschlossen.

Nach Magdinas vierter Fehlgeburt kam ich ins Grübeln und stellte Mama Marie eine Frage. »Was ist eine Fehlgeburt? Rose will es mir nicht sagen, und Magdina behauptet, ich sei zu klein dafür.«

»Beide haben recht«, antwortete Mama Marie. »Warum willst du das auch wissen?«

»Na ja, Mama Magdina hat eine ganze Menge davon.«

An diesem Tag erfuhr ich nicht, was eine Fehlgeburt war. Stattdessen wurde ich Zeuge eines heftigen Streits, der zwischen meinen beiden Mamas ausbrach. Sie waren so sehr außer sich, dass sie sogar vergaßen, mich aus dem Zimmer zu jagen. Zuerst schrien beide so laut und gleichzeitig, dass es unmöglich war, auch nur das Geringste zu verstehen. Am Ende herrschte Marie aber Magdina an, dass man sich nicht von einem Vollidioten den Bauch zerfetzen lassen dürfe. Da konnte ich nur zustimmen!

Magdina erwiderte kreischend, dass dies immer noch das beste Mittel sei, um uns zu beschützen. Wenn ihr Mann so darauf versessen war, Söhne zu bekommen, war es eine gute Lösung, ihn auf eine Schwangerschaft hoffen zu lassen, vor allem, weil an manchen ihrer Fehlgeburten mehr falsch als echt gewesen sei. An diesem Punkt verstand ich endgültig rein gar nichts mehr, aber Mama Marie beruhigte sich schließlich und seufzte sogar vor Erleichterung.

Mama Magdina rief, dass sie voller Ungeduld auf den Witwenstand wartete, den Mama Marie ihr vor der Heirat in den verlockendsten Farben ausgemalt hatte: Nicht zuletzt mit dieser Hoffnung habe Marie, sie, Magdina, doch dazu gebracht, einen Mann zu heiraten, der älter war als sie – und krank.

Mama Marie antwortete, dass es ihr wirklich leidtue, aber der Schweinehund sei doch zäher als vermutet.

In diesem Moment wusste ich mit Bestimmtheit, dass ich nicht die Einzige war, der dieser Gedanke durch den Kopf hallte: *Er soll verrecken, er soll verrecken, er soll verrecken.*

Die gute Nachricht dieses Tages war, dass wir nach dem heftigen Streit, der zwischen meinen zwei Mamas ausbrach, in Mama Maries Haus zurückkehrten. Ich klammerte mich wie eine Zecke an diese Neuigkeit, die mir half, die rohe Auseinandersetzung zu vergessen. Obwohl wir gezwungen waren, den Hinkenden zu Mama Marie mitzunehmen, war ich selig.

Kurz nach unserem Einzug bei Mama Marie kamen neue Bewohner ins Dorf. Eine Familie mit zwei Jungen zog in eines der Häuser der Deutschen ein, die seit vielen Jahren leer standen. Der Ältere hieß Antonin. Er war ein Jahr älter als ich und ging in meine Klasse. Er war keineswegs dumm, musste aber zur Strafe ein Schuljahr wiederholen. Warum genau, das sagte man uns nicht, und er selbst wusste es auch nicht. Da wir beide Außenseiter in unserer Klasse waren, wurden Antonin und ich schnell Freunde. Er gestand mir, dass er als kleines Kind adoptiert worden sei, und ließ mich schwören, dass ich sein Geheimnis niemandem verraten würde, was ich auch versprach. Seine entfernte Verwandte, die jetzt seine Mutter geworden war, eine ziemlich verschlossene und strenge Frau, war mit einem Mann ohne Fehl und Tadel, seinem neuen Vater, verheiratet. Seine leiblichen Eltern hingegen waren aus seinem Leben verschwunden. Nicht einmal an ihre Gesichter konnte er sich erinnern.

Er war ganz anders als sein Bruder Petrik, der zwei Jahre jünger war als er und von zarter Konstitution. In mancher Hinsicht ähnelte er meinem Bruder Jozifek. Er hatte leuchtende Augen und wollte Dichter werden. Seine Eltern waren todunglücklich, weil sie nicht wussten, wie er auf diese bizarre Idee verfallen war. Antonin sagte irgendwann, dass Petrik vielleicht auch ein Adoptivkind war oder vielleicht sogar einfach vom Himmel gefallen war, so sehr liebte er es, die Sterne zu betrachten. Petrik lachte über die Idee, er sei vom Himmel gefallen, und blieb mehrere Nächte hindurch wach, um seinen »Heimatstern« auszusuchen.

Einige Zeit später bezog eine alleinstehende ältere Dame den anderen Teil von Antonins und Petriks Haus. Sie führte eine schattenhafte Existenz. Man sah sie morgens in den Bus steigen und abends nach Hause kommen. Sie sprach mit niemandem, kaufte zum großen Leidwesen der Kassiererin nicht im Dorfladen ein, ging nie ins Gasthaus. Man wusste nur, dass sie irgendwo in der Stadt arbeitete.

»Allein, allein wie ein Holzpflock, wie ein Bär«, sagte Antonin. »Vielleicht will sie, dass man sie vergisst?«

Und tatsächlich vergaßen wir sie mit der Zeit.

Wenn ich nicht sticke, verbringe ich meine Freizeit mit Antonin und Petrik. Ich erzähle ihnen den Inhalt der Bücher, die Rose uns vorliest. Antonin erfindet Maschinen, um zu den Sternen zu fliegen, und Petrik sagt Gedichte für uns auf, die er heimlich schreibt und in denen er uns »die kristallinen Seelen« nennt, was, wie ich finde, sehr schön klingt.

Heute haben wir den 21. August 1961, ich habe noch sehr viel zu sticken, und Rose hat noch viele Bücher zu lesen. Tief in mir gärt immer noch dieser Wunsch, einmal nach Paris zu fahren, ein kostbares Geheimnis, aber ich weiß jetzt, dass es wirklich schwierig werden wird. Im Radio wurde bekannt gegeben, dass in Berlin eine Mauer gebaut wird, mitten in der Stadt, um die Deutschen vor den Deutschen zu schützen. Hier sagen die Leute, dass das weit weg sei – bestimmt, um sich selbst zu beruhigen. Der Hinkende verkündet, dass diese Mauer nur die Spitze des Eisbergs sei. Ich verstehe nicht, was genau er damit sagen will, aber wenn es schon unmöglich ist, in einer Stadt von einem Viertel ins andere oder von einer Straße zur anderen zu gehen, wie soll man es dann erst schaffen, in ein anderes Land zu fahren? Wie könnte ich je nach Paris gelangen?

Ich würde gerne mit meiner Nadel und meinem roten oder blauen Faden die Zeit verlangsamen …

Wenn ich mit dieser Stickarbeit fertig bin, wird mein kleiner Bruder oder meine kleine Schwester auf der Welt sein. Dann werden wir an Mama Maries Häuschen ein Zimmer anbauen, die notwendigen Arbeiten sind schon im Gang. Und Antonin wird auf ein gutes Gymnasium in der Großstadt wechseln und nur noch am Wochenende in den Ort zurückkommen.

Wenn ich mit dieser Stickarbeit fertig bin, werde auch ich fortziehen und in einer anderen Stadt zur Schule gehen. Ich muss fort, auch weil ich dreizehn bin und meine Regel bekommen habe, und weil Mama Marie hofft, dass ich studieren kann.

Ich hoffe, dass ich Antonin jeden Samstag und Sonntag wiedersehen werde.

Petrik wird ganz allein hierbleiben mit seinen Gedichten und auf unsere Rückkehr warten.

7

An der Kreuzung, an der sonst nie jemand vorbeikommt, hat sich heute eine Menschenmenge versammelt.

Ich weiß schon seit dem frühen Morgen, dass dieser 21. August 1968 ein außergewöhnlicher Tag ist. Alles riecht gut. Der Weizen schmückt sich mit einer goldenen Farbe, die Sommeräpfel machen den Herbstsorten Platz, die erste, noch schüchterne Kühle kündigt das Ende der Ferien an. Der Monat Juli ist wie im Flug vergangen, und die erste Augusthälfte ist mir zwischen den Fingern zerronnen, und das Wetter ist sehr schön.

Obwohl ich mich auf die kommende Jahreszeit freue, habe ich mir vorgenommen, die letzten zehn Augusttage noch einmal voll auszukosten.

Ich gehe auf der kleinen Straße, die hinter unserem Garten zur Genossenschaft führt. Der Weiher und das Dorf sind unsichtbar, sie liegen in der Mulde. Hier, auf der Straße zwischen den Feldern, bin ich dem Himmel näher, der heute sehr hoch ist. Ein paar weiße Wolken lassen das Blau des Himmels noch blauer erscheinen, und sie selbst wirken dadurch noch weißer. Ich summe leise vor mich hin: *Die Sonne scheint, die Sonne scheint für mich, nur für mich.*

Glücklich gehe ich dahin. Man könnte glauben, es sei Sonntag, dabei haben wir Mittwoch.

Die Luft vibriert gerade so viel, dass sie die Haut zärtlich streichelt. Nein, sinnlich. »Sinnlich«, das ist ein hübsches Wort.

Es ist komisch, wie bestimmte Worte mit bestimmten Dingen oder bestimmten Personen verknüpft sind. Das Wort »sinnlich« zum Beispiel ist mit Rose verknüpft. Meine liebe Tante Rose ist eine sinnliche Schönheit. Seit drei Jahren ist sie mit Franta verheiratet, dem Bruder des Hinkenden; Franta, der doch eigentlich Magdinas Auserwählter war. Ich habe Rose im Verdacht, dass sie das mit Absicht getan hat, dass sie Franta verführt und ihn danach geheiratet hat.

Da haben wir es, mein Kopf ist voll mit Rose und ihrer Sinnlichkeit.

Schwanger wirkte Rose sogar noch sinnlicher.

Der runde Bauch ließ ihre Figur nicht unförmig erscheinen, im Gegenteil, rund sah sie noch besser aus, sie war prachtvoll. Maßlos in ihrem Körper, maßlos in ihrem Lächeln, maßlos in ihrer Freude, Frantas Kind unter dem Herzen zu tragen. Auch er strahlte etwas einfältig in seinem Glück. Roses Schwangerschaft war trotz ihres schwierigen Charakters eine ziemlich unbeschwerte Zeit. Als Schwangere tat sie nur, was ihr passte, und wir gehorchten.

»Du solltest nicht hingehen«, hatte Mama Marie zu ihr gesagt, als sie kurz vor dem Termin stand, »du kümmerst dich heute nicht um die Kühe. Es ist drückend, ein Gewitter liegt in der Luft, das ist nicht gut für dich.«

Während Mama Marie das sagte, tastete sie den Bauch von Rose ab, die nicht auf sie hörte. Sie liebte es, ihren Bauch im Dorf vorzuführen.

»Ich habe noch mindestens eine Woche bis zur Geburt. Und außerdem werde ich mit Magdalena heimgehen. Mach dir keine Sorgen, Mama, wir sind noch vor dem Gewitter und vor Einbruch der Nacht zurück.«

Marie verdrehte verzweifelt die Augen und schüttelte nur mit dem Kopf.

Es war schon spätabends, als Magdina zurückkehrte, aber sie kam allein und sie rannte. Schon von Weitem hatten wir sie aufgeregt schreien hören, dass wir uns beeilen sollten und dass es Rose sehr schlecht ging. Franta nahm sein Fahrrad, um im Krankenhaus anzurufen, damit sie einen Krankenwagen schickten.

Mama Marie traf als Erste im Stall der Genossenschaft ein. Sie half der kleinen Olga beim Austritt aus dem Mutterleib, vertraute sie Magdalena an und kümmerte sich weiter um Rose, die zu stark blutete. Der Arzt bewunderte Mama Maries hochprofessionellen Einsatz, bevor er Rose ins Krankenhaus befördern ließ, um sie dort besser zu versorgen; sofern das möglich war, hatte er hinzugefügt.

Der Arzt wollte ganz allein mit Rose und dem Baby losfahren, aber noch bevor er den Mund aufmachen konnte, stiegen auch die zwei Mamas in den Krankenwagen.

Marie hielt Baby Olga auf dem Arm und befahl dem Fahrer, sich zu beeilen, für Rose kam es auf jede Minute an. Franta und ich kamen später dazu.

Nach meiner Ankunft im Krankenhaus sah ich Rose, die erschöpft und weiß wie ein Leintuch in ihrem Bett versank. Der Arzt wandte sich an Franta: »Es geht ihr gut. Sie wird es überleben. Dank ihr«, sagte er und zeigte auf Mama Marie. »Wir werden sie eine gute Woche hierbehalten, dann können beide nach Hause gehen. Ihrer Tochter geht es prächtig, mein Glückwunsch, Sie sind Vater. Das ist das Wichtigste.«

Da niemand ihm antwortete, verließ der Arzt unter höflichem Lächeln das Zimmer.

Franta hielt ungläubig seine Tochter im Arm und schluchzte gleichermaßen vor Vaterfreude wie aus Angst um Roses Gesundheitszustand.

Die alte Tereza kam ins Krankenhaus und geiferte: »Ein Mädchen, darum muss man doch nicht so ein Theater machen.«

»Sei still, Mutter, sie sind alle beide am Leben. Wir werden noch mehr Kinder bekommen, viel mehr. Jungen und auch Mädchen, nicht wahr, mein Schatz, wir werden eine große Familie sein«, sagte er und küsste Rose auf die Stirn.

Rose wandte den Kopf ab, ihre Augen standen voller Tränen, und Mama Marie flüsterte: »Nein, für sie ist es mit dem Kinderkriegen vorbei. Es wird keine mehr geben.«

Franta wollte es nicht glauben. »Was soll das heißen, keine mehr?«

»Frag den Arzt, er wird es dir erklären.«

Mama Marie hatte nicht die geringste Lust zu diskutieren, sie war von den Ereignissen überrumpelt und sehr unzufrieden darüber, dass ihre eigene Tochter nach der Entbindung im Krankenhaus lag.

Tereza kochte vor Wut. »Und das alles wegen eines Mädchens, das hat sich ja gelohnt. Und unser Name? Zwei solchen Weibsbildern habe ich meine Jungen gegeben.«

Mama Marie ihrerseits: »Halt die Klappe, Tereza, halt die Klappe! Du kannst nur noch darauf hoffen, dass deine Enkelin einen Bastard bekommt, um diesen Namen weiterzugeben, an dem du so hängst. Es wäre vielleicht anders gekommen, wenn du damals die Wahl der jungen Leute respektiert hättest. Wie dem auch sei, jetzt hast du eine schöne und kräftige Enkelin, ein prächtiges Baby. Freu dich für deinen Sohn und wünsche ihnen Glück.«

Tereza verließ das Zimmer, ohne Olga, meine kleine Cousine, eines Blickes zu würdigen.

Olga ist heute zwei Jahre alt.

Nach der Entbindung war Rose so traurig, dass niemand glaubte, je wieder ein Lächeln auf ihrem hübschen Gesicht zu sehen. Mit dreiundzwanzig Jahren war sie von ihrer Schwiegermutter verstoßen worden und lebte mit einen Mann zusammen, der wieder viel mehr in Magdalena verliebt war als in sie.

Doch Roses Sinnlichkeit erlosch nicht mit ihrer Mutterschaft, ganz und gar nicht. In dem Wissen, jetzt unfruchtbar zu sein, lasse sie so ziemlich jeden Kerl in den Genuss ihrer Reize kommen, tuschelt man im Dorf. Genaueres weiß ich darüber nicht. Franta trinkt immer mehr, und Olga wächst heran unter den Fittichen von Mama Marie und Magdina und den meinen, sofern ich zu Hause bin. Rose sieht jedenfalls trotz allem ziemlich glücklich aus.

Wieder ein anderes Wort, das mir in den Sinn kommt: »Glücklich sein« oder »Glück«.

Man kann schon wegen nichts glücklich sein. Ich frage mich, ob das nicht das perfekteste Glück ist, glücklich sein wegen nichts. Und darum zu wissen. Dass man sich dessen bewusst wird, das macht dieses Glück so kostbar und so strahlend.

Wie oft habe ich die Leute bedauernd und voller Sehnsucht nach diesem Glück, das sie nicht gebührend ausgekostet hatten, sagen hören: »Ach, wie glücklich waren wir damals, aber wir wussten es nicht.« Handelte es sich dabei schlicht um eine Täuschung, um das Geschwätz alter Leute? Ich hatte mir vorgenommen, dass ich nach dem Glück Ausschau halten und es genießen würde, wenn es in meine Nähe käme.

Von Zeit zu Zeit hinterfrage ich meinen Gemütszustand. Ist das, was ich jetzt, genau in diesem Moment, empfinde, Glück? Schwer zu sagen. Als ich die Frage den Menschen in meiner Umgebung stellte, wurde mir klar, dass das Glück nicht leicht zu fassen ist.

Bei manchen ist es so, als ob es nicht einmal existiert, denn ihnen fällt keine Antwort darauf ein. Wenn man wenigstens eine Ahnung vom Glück hat, dann reagiert man, selbst wenn einem die Worte fehlen, mit einem Lächeln, einer vielsagenden Geste oder einem Blick, der sich in den Erinnerungen an ein vergangenes Glück verliert.

Mama Marie zum Beispiel hörte abrupt auf, Kartoffeln zu schälen, und dachte ziemlich lange nach, dann musterte sie mich aufmerksam. Ich mag es gerne, wenn Mama Marie mich ansieht, ihr Blick versichert mich mit Nachdruck meines Daseins.

»Das ist mal eine Frage, die es verdient, gestellt zu werden. Meine Kleine, das Glück ist wie eine Tasse Kaffee, die man in seinem eigenen Tempo austrinkt.«

Ihre Antwort verblüffte mich, ich weiß nicht, was ich erwartet hatte, aber keine Geschichte von einer Tasse Kaffee. Kaffee also, in einer großen, angeschlagenen Tasse mit einem dicken Henkel, die am Rand sowie auf dem Henkel mit einer feinen blauen Linie verziert ist. Es stimmt, dass sie Tee, Milch, Wasser und Kaffee nur aus dieser Tasse trinkt. Selten aus einem Glas, nie aus einer anderen Tasse.

Seitdem beobachte ich sie beim Kaffeetrinken. Sie trinkt ihn sehr heiß und sehr schnell. Wenn sie ihn nicht sofort austrinkt, dann leert sie die Tasse in den Eimer, in den wir die Reste für das Schwein werfen. Das Schwein trinkt also den Kaffee meiner Großmutter. Sie lacht darüber und sagt, das sei der Grund, weshalb ihr Schwein jedes Jahr so quicklebendig, fidel und in Form ist, wenn man es im Winter tötet. Tatsächlich ist das kein Wunder, denn es teilt die kleinen gestohlenen Glücksmomente meiner Großmutter.

Ich glaube, dass Rose unter den bewundernden Pfiffen der Typen von der Genossenschaft glücklich ist; Magdina ist es, wenn sie die Kühe herumführt; Petrik ist sehr glücklich, wenn er die Sterne betrachte; Antonin, wenn er mir über die Haare streicht. Er gibt es zwar nicht zu, aber seine Augen sagen es. Ich habe die Kassiererin im Lebensmittelladen nach ihrer Vorstellung vom Glück gefragt. Sie antwortete mir, ich solle vorsichtig sein mit solchen Fragen, man müsse zuerst an das Glück aller denken und dürfe sich erst danach mit unseren kleinen Leben beschäftigen.

Es stimmt, dass man uns ständig mit dem kollektiven Glück belämmert, aber das ist nicht das, was mich interessiert.

Und ich? Ich bin glücklich jetzt, heute, während ich gehe.

Ich halte mich gerader, ich trage den Kopf höher, ich wiege mich mehr in den Hüften als gewöhnlich. Meine Arme streifen im Hin- und Herschwingen die Hüften, verlieren sich zeitweise in den Falten meines gelben Kleids mit roten Blumen. Ich stelle einen Fuß vor den anderen, mit einer weder zu langen noch zu kurzen Bewegung, die Schultern sind etwas nach hinten gezogen, der Kopf manchmal leicht geneigt, die Augen zusammengekniffen und nur so weit geöffnet, dass ich die Straße sehe. All dessen bin ich mir genau bewusst.

Ich würde gerne bis ans Ende der Welt gehen, ohne Ziel, ohne zeitliche Beschränkung, auf unbekannten Straßen, die von Sommerapfel- oder Nussbäumen gesäumt werden, mit Feldern, so weit das Auge reicht, fernen Wäldern, in einer hügeligen Landschaft, die gerade so offen ist, dass sich der Horizont weitet. Mit einem Mal wird mir bewusst, dass ich durch genau so eine Landschaft wandere. Ich finde mich in meiner Vorstellung wieder: eine Harmonie zwischen Wollen und Sein. Meine Brust schwillt an vor Glück, Freude darüber, dass ich jetzt, in diesem Moment hier lebe, wallt in mir auf. Und ich fühle mich plötzlich schön.

In einem Buch habe ich gelesen, dass Frauen auf verschiedene Art und Weise schön sein können. Sie verstehen es, sich schön zu machen, um den Männern zu gefallen. Sie verstehen es, sich schön zu machen, um anderen Frauen zu imponieren. Die schönsten aber sind schön für sich selbst. Beim Lesen war mir das nicht ganz klar, aber während ich auf dieser Straße dahinging, verstand ich. Ich konnte nur dann sehr schön sein und mich so fühlen, glücklich sein und es genießen, wenn ich ganz alleine war.

Deswegen ärgerte ich mich, als ich diese Menschenmenge an der Kreuzung erblickte, an der normalerweise nie das Geringste passiert, an der mir in meinem ganzen Leben, glaube ich, noch keine Menschenseele zu Fuß, auf dem Rad oder im Auto begegnet ist.

Drei Traktoren der Genossenschaft blockierten die Straße, außerdem ein Mähdrescher, er war ganz komisch abgestellt, und seine Tür stand offen. Der Mähdrescher stand quer auf der Straße, er hing mit einem Rad über dem Straßengraben in der Luft. Von Weitem erinnerte er an ein riesiges Insekt, das ohnmächtig mit den Beinen in der Luft zappelte. Das war wirklich seltsam. Normalerweise kümmern sich die Männer um die Maschinen; je größer und stärker sie sind, umso mehr Aufmerksamkeit wird ihnen zuteil.

Auf der anderen Straßenseite saß eine Gruppe von Männern am Rand des Straßengrabens. Ich erkannte sie auf der Stelle, alle außer einen, der aufrecht stand.

Auch Antonin war unter ihnen, er saß an einem Ende der Reihe. Ich mag es nicht, wenn er mit den anderen Männern des Dorfs zusammen ist. Er kann ihrer Gesellschaft nicht entkommen, aber er schätzt sie nicht besonders.

Antonin und ich mögen einander, aber wir zeigen das nicht so gerne. Der Dorfklatsch hätte uns viel zu früh verheiratet und unsere Liebe vielleicht verdorben, sofern sie sich eines Tages einstellen sollte. Ich gestehe, dass es mir Spaß machte, mir ein Leben mit ihm fern von hier auszumalen. Wir würden Petrik mitnehmen. Er würde uns seine Gedichte vorlesen und seine »kristalline Seele« befreien, wie er es nennt. Vor ein paar Wochen hat Petrik eine Lehre in der Metzgerabteilung des Lebensmittelladens begonnen. Wann immer ich Zeit finde, schaue ich bei ihm vorbei. Er ist immer guter Dinge. Vor Kurzem versicherte er mir, dass das Universum wohl geordnet sei: »Schau dir zum Beispiel die Sterne an, sie sind weit genug weg, damit wir von ihnen träumen, und nah genug, damit wir sie sehen können.«

Keine Sterne an der Kreuzung. In der Gruppe befanden sich der Hinkende und mein kleiner Bruder Jozifek. Mein anderer kleiner Bruder Karlik war mit Mama Magdina zu Hause geblieben. Ich begriff, warum ein Kollege meines Stiefvaters ihn vorhin abgeholt hatte. Sie hatten Mama Magdina zu Hilfe gerufen, um den Hinkenden auf den Traktor zu hieven.

Gegenüber der Traube von Männern und den Landwirtschaftsmaschinen, mitten auf der Straße, stand ein junger Mann.

Es war ein Fremder, der da stand. Groß und breitschultrig. Seine weizenblonden, dichten Haare im Bürstenschnitt standen unter seiner Militärmütze hervor, in deren Mitte der kleine rote Stern funkelte. Er hatte die Beine fest in den Boden gepflanzt und stand so breitbeinig da, dass er lange Zeit aufrecht und gerade stehen konnte. Ein junger Mann mit gelassener und ungerührter Miene. Als wollte er sagen, dass er Zeit hatte. Viel Zeit. Alle Zeit der Welt. Und die unsere auch.

Die Burschen bei uns sind ganz ansehnlich, aber man begegnet nur selten einem jungen Mann mit dieser Statur, der einen Kopf größer ist als ich. Und wenn ich näher herangehen würde, um ihn besser zu sehen … Aber die Idee hätte mir nicht einmal in den Sinn kommen dürfen. Ihm näher kommen! Der blonde junge Mann rührte sich nicht. Nur sein Blick folgte mir. Sein Blick traf für einen Wimpernschlag seiner Augen den meinen, und das Blau darin wurde noch heller.

Bloß nicht stehen bleiben, bloß nicht den Rhythmus meiner Schritte verändern, vor allem nicht den Kopf drehen, vor allem nicht den Blick senken, vor allem nicht vergessen, mich beim nächsten Schritt ein bisschen mehr in den Hüften zu wiegen, vor allem die kleine Musik in meinem Kopf behalten; diese kleine

Musik, die mir helfen würde, die Kreuzung schnell und so unauffällig wie möglich zu überqueren.

Die Männer saßen dicht aneinandergedrängt am Straßengraben. Sie glichen einer Bande fröhlicher Kumpane, abgesehen davon, dass unter ihrer scheinbaren Fröhlichkeit ein beklemmender Ernst spürbar war. Sie hatten den Hals zwischen die Schultern gezogen und waren alle angespannt. Von Zeit zu Zeit tippten sie mit dem Zeigefinger auf ihre Uhr, um deutlich zu machen, dass sie Mittagspause hatten. Niemand kam vorbei, sie machten Brotzeit. Und tatsächlich hatten alle ein Stück trockenes Brot in der Hand, sie kauten oder taten so, als ob, mit einer unglaublichen Langsamkeit, als wollten sie den Soldaten vor sich verhöhnen. Sie starrten ihn alle an, diesen fremden jungen Soldaten. Er war wie eine Erscheinung.

Und wieder spürte ich seinen Blick auf mir.

Und sie folgten dann wohl dem seinen. Und sie sahen mich.

Alle Köpfe drehten sich in meine Richtung, als gehörten sie zu einem einzigen Körper. Wie in den Märchen, wenn der vielköpfige Drache seinen heißen Atem ausstößt. Ein leises Lächeln erschien kurz auf den Gesichtern aller Männer, sogar auf dem des jungen Unbekannten. Nervtötend, zum Aus-der-Haut-Fahren, diese verschwörerische Komplizenschaft zwischen Männern.

In die Ferne starren, trotz ihrer Blicke auf meinem Körper. Bis zu dieser Minute war der Tag so schön gewesen. Ich war schrecklich wütend auf die Gaffer, weil sie mir meinen Spaziergang verdarben. Mich von meinen Wolken in diesen Graben hinabstießen. Ich war zornig, und Angst ergriff mich, würde es je wieder einen so schönen Augenblick geben?

Aber was machten sie bloß alle hier?

Einer der Männer fragte den Hinkenden: »Ist das nicht deine Tochter?«

»Nein. Das ist Libuše.«

Prustendes Lachen ertönte aus der Reihe der Männer.

»Ziemlich lange her, dass wir sie gesehen haben. Sie wird ja eine richtige Schönheit«, fügte ein anderer hinzu.

»Halt's Maul«, gab der Hinkende zurück.

»Wir verstehen, dass du sie vor uns versteckst. Du hebst sie dir für dich selber auf, stimmt's?«

Die zwei Witzbolde lachten noch mehr.

Der Hinkende brüllte: »Willst du sie haben? Nimm sie, nur zu.«

Er massierte nervös sein linkes Bein und fuhr fort: »Wer will schon einen Bastard?«

Die Männer drehten sich erneut zu mir um. Ich beeilte mich, ich wollte nichts mehr hören. Die Stimme des Hinkenden drang noch an meine Ohren: »Ich verstecke sie nicht … sie ist in der Stadt, in der Schule, armer Dummkopf, du bist ja nie in so was gegangen.«

»Man merkt, dass Libuše nicht von dir ist, wie hätte sie es sonst angestellt, in die Schule zu gehen, hä?«

Alle lachten.

»Halt's Maul, sage ich dir. Dummer Sack. Schau meinen Sohn an, wie schön er ist!«

»Er ist von Magdalena, aber ist er auch von dir?«

Mein Stiefvater lief dunkelrot an; Pepa sollte lieber aufpassen. Mein Stiefvater besitzt eine erstaunliche Kraft und Schnelligkeit, obwohl er hinkt. Pepa, der Fahrer des Mähdreschers, ist ein Mordskerl, aber sanft und langsam. Seine Größe würde den Hinkenden nicht aufhalten.

Es war klar, dass Mama Magdina sich an diesem Abend auf eine ordentliche Tracht Prügel einstellen konnte. Der Hinkende hasste es, wenn er sie in der Öffentlichkeit verteidigen musste oder gezwungen war, irgendetwas Positives über sie zu sagen. Wenn ich in dem Moment, in dem seine Wut sich Bahn brach, zu Hause war, würde mir das Gleiche blühen.

Dann allerdings geschah etwas Ungewöhnliches. Üblicherweise endeten solche Wortgefechte in einer allgemeinen Schlägerei. Anschließend gingen alle nach Hause, um ihre kleinen und großen Wunden zu lecken, mit gekränktem Ego oder hochzufrieden, weil sie etwas zu erzählen hatten. Heute aber belassen sie es beim Reden, sie sind wie zusammengeschweißt, keine Schlägerei. Der fremde Soldat hat eine Art unsichtbare Barriere errichtet.

Plötzlich packt mich ein Unbehagen. Ich hoffe, dass der junge Mann wirklich ein Fremder ist und nicht versteht, was geredet wird. Für gewöhnlich bin ich gegen den Klatsch der Dorfbewohner immun, ich habe schon alles gehört. Jetzt aber will ich nicht, dass er ihn versteht, dass er mich im Licht ihrer Bemerkungen sieht.

Ich höre nichts mehr, und ich werde mich um nichts in der Welt umdrehen.

Warum sind sie bloß alle hier?

Mir fällt keine überzeugende Antwort ein. Ich muss über das auf dem Boden liegende, verbogene Straßenschild steigen, das aus seiner Betonverankerung neben dem Feldweg herausgerissen wurde. Das Schild an der Kreuzung einer kleinen Straße mit einem Feldweg wirkte schon fehl am Platze, als es noch aufrecht stand. Es kommt ohnehin nie jemand hier vorbei. Wozu der Aufwand, es heute niederzureißen? Pepa hat es wohl mit dem Mähdrescher über den Haufen gefahren, er ist grob und tollpatschig: Jedes Jahr richtet er irgendwo einen Schaden an.

Als er im vergangenen Jahr das letzte Feld abgeerntet hatte, fuhr Pepa hochzufrieden mit sich nach Hause, weil er schneller mit der Ernte fertig geworden war als das Nachbardorf und sogar noch vor den Gewittern. In seiner Freude und Eile hatte er das Brückengeländer gerammt. Es hatte dem Aufprall des Mähdreschers nicht widerstanden. Pepa wäre beinahe in den Bach gestürzt, der in unseren Teich fließt. Zum Glück ist der Bach weder reißend noch gefährlich, und der Graben ist beinahe flach. Vor zwei Monaten erst hat das Straßenbauamt ein neues Geländer angebracht. Der Genosse Vorsitzende der Genossenschaft war bei der Operation anwesend. Er bedauerte es, dass sie nicht noch zwei weitere Monate, bis zum Ende der Erntearbeiten in diesem Jahr, gewartet hatten, um den Bauarbeitern wenigstens eine Anreise zu ersparen. Weil er sicher war, dass Pepa wieder etwas kaputt machen würde. Und genauso ist es nun gekommen!

Ich beschleunige meine Schritte. Schon von Weitem sieht man, dass es in der Genossenschaft hoch hergeht. Der Hof ist schwarz vor Menschen wie beim Erntedankfest. Die Scheunen, die Lagerhallen und die Büros stehen weit offen, irgendwo in den Gebäuden klingeln die beiden Telefone, die die Genossenschaft besitzt. Niemand nimmt ab. Draußen wird erregt diskutiert, die Nervosität ist an den abgehackten Bewegungen spürbar, immer neue Menschen treffen ein, die wie ich den Kopf voller Fragen haben. Was ist bloß los?

Aus dem Lautsprecher, der am Strommast neben dem Tor befestigt ist, ertönt ein Knistern. Wie jedes Mal erreicht die Spannung im Augenblick der Ansage ihren Höhepunkt: Wird er funktionieren?

Alle Köpfe wenden sich dem Himmel, unserem Lautsprecher, entgegen, durch den die Informationen kommen. Wir warten …

Dieser Lautsprecher, der mit dem Büro des Genossen Vorsitzenden der Genossenschaft verbunden ist, wurde erst kürzlich angebracht. Der im Dorf funktioniert seit vielen Jahren, und das Gemeindekomitee informiert uns regelmäßig über die verschiedenen Ereignisse. Man kündigt die Parteiversammlungen im Bürgermeisteramt an, die Gedenkfeiern, die Trauerfeierlichkeiten, die Durchreise des einen oder anderen Würdenträgers in der Gegend, die Änderungen der Bushaltestellen, den Verlust des Hundes von Frau Sowieso, die Geburten, den Ertrag der Milchkühe, die Anzahl der Rübenreihen, die jede Familie zu hacken hat, das Datum des Balls der freiwilligen Feuerwehr und des Jägerballs, die Tage der Einsammlung der Kaninchenfelle, die Verteilung der Ernterechte für die Obstbäume an den Straßenrändern …

Der Vorsitzende der Genossenschaft wollte um jeden Preis die Entscheidungshoheit über die Informationen behalten, die die Genossenschaft betrafen. Es ärgerte ihn maßlos, dass er den Bürgermeister um die Erlaubnis bitten musste, die technischen Dienste des Bürgermeisteramts für die Ansagen zu benutzen. Die Genossenschaft lag außerhalb des Dorfs, man hatte die Leitungen noch nicht bis dorthin verlegt. Das Ganze war das Resultat eines Konkurrenzkampfs zwischen dem Genossen Bürgermeister und dem Genossen Vorsitzenden der Genossenschaft. Der Genosse Bürgermeister hatte sein Manöver geschickt eingefädelt und gewonnen.

Wenn also jemand von der Genossenschaft von Weitem die schrille Musik hörte, die einer Ansage vorausging, dann rannte er los, um alle zu informieren. Bis die Leute von der Genossenschaft im Dorf ankamen, war die Ansage vorbei. Niemand, mit Ausnahme derjenigen, die für die Tiere zuständig waren, kehrte zu seiner Arbeit zurück. Die Leute versammelten sich sofort in der Kneipe, um die Neuigkeiten zu hören, die sie verpasst hatten. Der Genosse Vorsitzende der Genossenschaft hatte seinen Sohn, einen geschickten Bastler, gebeten, ihm einen eigenen Lautsprecher für die Genossenschaft zu installieren. So kam es, dass sie die modernste Genossenschaft des Bezirks wurde. Die Hoffnung, dass die Leute informiert würden und gleichzeitig weiterarbeiteten, ging allerdings nicht in Erfüllung. Die Leute liefen trotzdem ins Dorf, um sicherzugehen, dass dort die gleiche Ansage gemacht worden war. Was tatsächlich nicht immer der Fall war. Und am Ende landeten sie wieder im Wirtshaus.

Heute knistert der Lautsprecher so unerträglich laut, dass man sich die Ohren zuhalten muss. Die Stimme des Präsidenten der Genossenschaft ist belegt. Er hustet, fasst sich und sagt endlich: »Wir haben Besuch.«

Im Hof breitet sich Schweigen aus, unterbrochen nur von einem Räuspern im Lautsprecher.

»Unsere Brüder, ja unsere Brudergenossen …«

»Sag es«, flüstert jemand dem Präsidenten ins Ohr.

»Nun also, unsere … sowjetischen Brudergenossen … sind zu Besuch gekommen.«

Im Hof werden mehrere Stimmen laut.

»Warum?«

Es gibt immer Leute, die anfangen mit dem Lautsprecher zu diskutieren und Antworten von der Maschine erhoffen. Heute lacht niemand darüber, alle wollen es wissen.

Die Stimme des Präsidenten bleibt zögerlich.

»Wir sind selbstverständlich erfreut, sie zu begrüßen, und wir werden ihnen unsere guten Ernteergebnisse vorführen. Nach ihrer Rückkehr werden sie den Behörden in ihrem Land darüber berichten.«

»Warum? Was ist das für ein Blödsinn?«

Der Lautsprecher verstummt. Nach einigen Momenten ungläubigen Schweigens ist klar, dass man uns nicht mehr sagen wird. Die Leute fangen alle gleichzeitig zu reden an.

»Ist das alles? Also ich bin überhaupt nicht erfreut über den Besuch von solchen Brüdern!«

»Was wollen sie bei uns?«

»Warum die Russen?«

»Wir sind nicht im Krieg, oder?«

»Hast du die Panzer gesehen? Anscheinend sind sie bis nach Prag gekommen.«

»Seit wann sind das unsere Brüder, die Genossen?«

»Sei still.«

»Es ist wieder wegen dieser Geschichten in Prag, liest du keine Zeitung?«

»Nein, ich lese keine Zeitung, es steht nichts zum Lesen drin.«

»Ein Freund kommt nicht bewaffnet zu dir, hast du nicht die Panzer alle gesehen, die in die Stadt gerollt sind?«

»Bist du blöd oder was? Er hat Bruder gesagt, nicht Freund.«

»Sei still, ich sage dir, dass die Panzer in Prag sind. Seit heute Nacht, die Schwester meines Schwagers hat angerufen.«

»Man kreuzt doch nicht einfach so mitten im August mit Panzern auf, wir haben schließlich was anderes zu tun, wir müssen das Getreide einbringen, die Ernte wartet nicht; wenn sie uns die Felder mit ihren Maschinen versauen, dann bekommen sie es mit mir zu tun.«

»Sei doch still, grundgütiger Gott, sei still.«

»Und du hältst die Klappe mit deinem Gott.«

»Sollen wir das Ernte- und Weinlesefest vorverlegen?«

»Wir haben sie nicht gebeten zu kommen, es wird nichts verschoben. Du bist verrückt.«

»Können wir auch zwei Feste machen?«

»Wie dämlich du sein kannst.«

»Wenn wir ein Fest zusammen feiern, dann sind wir wirklich Freunde. Du schießt nicht auf jemanden, mit dem du am Tag zuvor getanzt hast.«

»Man merkt, dass du während des Krieges noch ein Baby warst.«

»Wir sind nicht im Krieg. Sie sind als Brüder gekommen, hast du nicht gehört?«

»Du glaubst aber auch alles, was man dir erzählt. Kein Wunder, dass du nur zum Hühnerhüten taugst. Ich sage dir, dass sie überall sind. Und nicht nur die Russen, alle Armeen des Warschauer Pakts sind hier.«

Immer lauter werden die Meinungen vorgetragen, immer dichter scharen sich die Leute um den Lautsprecher. Obwohl ich nichts gesagt habe, bin ich in dem Menschengewühl gefangen und fühle mich eingeengt und umzingelt. Die Leute drängen sich so dicht an mich, dass ich kaum noch Luft bekomme. Ich habe das Gefühl, dass die Worte der anderen in mich eindringen und meine eigenen Gedanken ersticken. Nach Luft ringend, gehe ich zum Stall, einer langen, niedrigen Halle aus grauen und kalten Betonblöcken mit einem ebenso grauen Wellblechdach.

Rose, die Hüterin der Kühe, steht da und raucht eine Zigarette.

»Was machst du hier?«, fragt sie.

»Ich komme wegen der Kühe.«

»Denen geht es gut.«

Sie spricht so schnell, dass ich ihre Worte kaum verstehe.

»Geh nach Hause, und rühr dich nicht von der Stelle! Sag das auch allen anderen. Geht nicht aus dem Haus! Da braut sich etwas Schlimmes zusammen. Die Russen sind in der Nacht gekommen, frühmorgens haben sie in der Genossenschaft Station gemacht, um etwas zu essen aufzutreiben, aber wir dürfen nichts erzählen, also sag es nicht weiter. Auch die Russen reden kein Wort. Sie lächeln dämlich, man weiß nicht, auf wessen Befehl. Wir wissen nicht, wo sie sind, wie viele, warum. Das gefällt mir nicht.«

»Ach ja, ich habe einen an der Kreuzung gesehen. Er war ganz allein.«

Ich packe mit beiden Händen Roses Arm, sie legt mir den anderen Arm um die Schultern und küsst mich auf die Stirn.

»Geh nach Hause!«

Das letzte Mal, als sie mich so geküsst hat, war ich noch klein, vielleicht zehn Jahre, vielleicht noch jünger.

Meine Tante ist ein sinnliches, keinesfalls jedoch ein sentimentales Geschöpf: Geburtstage vergisst Rose mit irritierender Unbekümmertkeit, und kurz vor Weihnachten muss man sie mehrmals daran erinnern, nicht das Familienessen und vor allem nicht das Geschenk für ihre Tochter Olga zu vergessen. Dass sie mich hier spontan küsst, macht mir fast mehr Angst, als wenn ich eine Panzerkolonne auf der Straße gesehen hätte.

»Den Kühen geht es gut. Ansonsten weiß ich nicht.«

Mama Marie wirkt ruhig. Mama Magdinas Hände dagegen zittern leicht, sie war immer sensibler als Mama Marie. Wir drei sitzen vor einem sehr kalten Holundersirup am Tisch. Es ist die Zeit des Marmeladeeinkochens, der Geruch von Erdbeeren, Himbeeren, schwarzen und roten Johannisbeeren und Stachelbeeren erfüllt das Haus. In diesem fruchtigen und süßen Geruch scheint die Geschichte der Männer an der Kreuzung und der Ansage in der Genossenschaft nie existiert zu haben. Ich komme mir vor wie eine Lügnerin, als ich sie erzähle.

Mama Marie erklärt finster und entschlossen: »Wir müssen mehr Marmelade machen. Wir sammeln heute Nachmittag die Früchte, und am Abend kochen wir sie ein. Dann bringen wir alles in den zweiten Keller.«

»Wir haben nicht genug Zucker«, wendet Mama Magdina ein.

Ich biete an, mit dem Fahrrad ins Dorf zu fahren, um rasch welchen zu kaufen. Unterwegs, das war meine Hoffnung, könnte ich vielleicht ein paar Neuigkeiten aufschnappen.

Sie sind einverstanden und beauftragen mich, zusätzlich ein paar Tüten Mehl zu kaufen.

Antonin macht sich über mein Rad lustig. Er sagt, dass ihn dieses Rad an die Zeit der Habsburger Monarchie erinnert. Das ist mir egal. Es fährt gut, obwohl es schwer und ziemlich unbeweglich ist. Der Lenker ist massiv, der breite Sattel aus dickem dunkelbraunem Leder ruht auf drei Federn aus stellenweise verrostetem Metall, die aber noch vollkommen flexibel sind. Sie knarzen, aber sie sind flexibel. Die Räder sind riesig, und ihnen fehlen ein paar Speichen, aber das ist egal. Ich liebe dieses Rad, ich vertraue ihm. Auf der Steigung am Ufer des Weihers quietscht es und kündigt zu Hause mein Kommen an. Unsere Atemzüge vermischen sich und gehen schwer. Als ich vor Jahren auf diesem Fahrrad zu fahren begann, konnte ich nicht auf dem Sattel sitzen. Er war zu hoch für mich, oder meine Beine waren zu kurz. Ich radelte im Stehen, bewegte dabei die Arme von einer Seite zur anderen und fuhr im Zickzack auf der Straße hinter dem Garten bis zur Kreuzung, auf der nie jemand vorbeikam.

Mama Marie sieht, wie ich den Hof durchquere.

»Nimmst du den Weg hinter dem Garten?«

»Ja, ich sehe mal an der Kreuzung nach.«

»Trödele nicht herum! Vergiss den Zucker und das Mehl nicht. Wir müssen die Beeren sammeln, beeil dich!«

Der Rest der Ratschläge verliert sich in der Musik der Pedale.

Normalerweise macht sie sich keine Sorgen.

Doch seit einiger Zeit liegen die Nerven der unerschütterlichen Mama Marie blank. Ich glaube, es ist seit dem Besuch dieser unbekannten Dame vor einigen Wochen. Sie weiß nicht, dass ich sie gesehen habe, und ich werde es ihr auch nicht verraten. Ich war früher als geplant aus der Stadt zurückgekehrt. Weil die letzte Schulstunde ausfiel, erwischte ich den Bus um vierzehn Uhr. Das Haus schien leer zu sein, als ich mich durch den Garten näherte. Ohne nachzusehen, ob jemand da war, nutzte ich die Gelegenheit und ging, ausgehungert und erschöpft von meiner Woche, schnurstracks in die Küche. Von der anderen Seite des

Hauses drangen unbekannte Stimmen zu mir, genauer gesagt, eine unbekannte Stimme. Mama Marie stand in der Eingangstür und versperrte mir die Sicht. Man konnte hören, dass der Besuch ihr missfiel. Ich schlüpfte in Mama Maries Zimmer, das nach vorne hinausgeht, um etwas zu sehen.

Die Besucherin war eine schöne Frau, ungefähr im Alter von Mama Magdina. Schlank, groß, mit einem schwarzen Bubikopf und einem ziemlich kurzen Rock, der den Blick auf ihre formvollendeten Beine freigab. Sie trug unglaublich schöne Pumps – mein Gott, was für Schuhe. Und die Bluse erst … selbst aus der Ferne konnte man die Feinheit des Stoffs und seine Luftigkeit sehen und spüren. Ich bin mir sicher, dass sie ein raffiniertes und hauchzartes Parfum benutzte. In ihrer Unergründlichkeit erinnerte sie mich an die Jazzsängerinnen, zumindest stellte ich mir sie so vor. Jazz war verboten, Antonin und ich hörten diese Musik manchmal heimlich mit seinem alten Radio, wenn es ihm gelang, einen österreichischen Sender zu empfangen. Möglicherweise war es der Haarschnitt dieser Frau, der mich auf solche Gedanken brachte.

Die beiden Frauen, die in allem das Gegenteil voneinander waren, beobachteten sich nur noch. Offensichtlich hatten sie sich nichts mehr zu sagen. Schade. Ich hätte gerne erfahren, warum sie gekommen war. Ich habe gesehen, dass sie Mama Marie anblickte, ohne mit der Wimper zu zucken; ihre Augen waren hellblau. Es brauchte Mut, um Mama Maries Blick standzuhalten.

Die schöne Fremde wühlte in ihrer kostbaren Handtasche und holte dann einen Umschlag hervor, der kleiner als üblich war. Sie streckte ihn Mama Marie entgegen, die ihn zögernd nahm und wie so viel anderen Kleinkram in die große Vordertasche ihrer Schürze steckte. Die Dame schickte sich an zu gehen; ich machte eine Bewegung, die wohl ihre Aufmerksamkeit erregte, und sie sah mich. Doch sie tat nichts, das Mama Marie verriet, dass noch jemand anders im Haus sein könnte. Sie stieg in ein Auto, das ebenso außergewöhnlich war wie sie, und fuhr davon.

Ich packte meine Tasche, rannte in den Garten und tat so, als wäre ich gerade eben vom Bahnhof gekommen. Gerade rechtzeitig, um zu sehen, wie Mama Marie den Umschlag in den Korb für das Anzündpapier warf. Später nahm ich ihn an mich. Das Parfum des Umschlags enttäuschte mich nicht. Wunderbar. Ich öffnete ihn nicht sofort aus Angst, Mama Marie könnte mich erwischen und das Parfum mich verraten. Ich steckte ihn unberührt in meine Geheimschachtel, die abgesehen von dem alten Stick-etui leer war. Keine Träume oder Wünsche mehr auf zerknülltem, zerkautem und zerrissenen Papier.

Über all den anstehenden Aufgaben hatte ich die Besucherin und den Umschlag vergessen. Die Geschichte fiel mir erst wieder ein, als ich auf dem Rad zur Kreuzung unterwegs war. Komisch, welche Verbindungen man zwischen Dingen herstellt, wie Fremdartiges sich anzieht. Der junge Mann in Uniform ließ mich an eine schöne, fremdartige und mit Sicherheit fremdländische Frau denken.

Eine Ausländerin, das ist es. Sie sprachen in einer fremden Sprache miteinander, auf Deutsch, deswegen habe ich nichts verstanden. Nicht etwa, weil die dicken Vorhänge im Zimmer die Geräusche dämpften, nein, das war nicht der Grund, weshalb ich nichts verstehen konnte.

Schwer vorstellbar, dass meine Großmutter und vielleicht auch meine Mutter eine Sprache sprechen, die ich nicht verstehe, als kämen sie aus einer anderen Welt. Das macht sie für mich zu Fremden, so wie diese andere Frau oder diesen Soldaten. Außerdem sieht man es hier seit dem Ende des Krieges nicht so gerne, wenn jemand Deutsch spricht, die Grenze ist wohl zu nah. Ja, Deutsch ist hier ein Makel, auch wenn wir zumindest die Hälfte der Deutschen, die aus der DDR, als Brüder und Brudergenossen betrachten sollen.

Die Kreuzung kommt näher.

Die Traktoren und der Mähdrescher sind verschwunden, die beschädigten Straßengräben tragen die Spuren ihrer Anwesenheit. Der Soldat geht auf der Straße auf und ab, fünf Schritte hin, fünf Schritte zurück, gemessen, regelmäßig. Direkt bevor er kehrtgemacht hat, habe ich ihn gesehen, genau gesehen und ihn angeblickt. Er hat das Gleiche getan. Schnell biege ich in die erste Abzweigung nach rechts ein und gehe hinter der Kirche zum Lebensmittelladen hinab.

An diesem Abend kommt der Hinkende nicht nach Hause. Erst im Morgengrauen hören wir das Geräusch seines so speziellen Gangs auf dem Weg. Niemand schläft in dieser Nacht. Jede von uns weiß, dass alle in der nächtlichen Stille wach liegen, aber keine wagt es, zur anderen zu gehen, sich in ihre Arme zu schmiegen und Angst und Befürchtungen miteinander zu teilen. Wir machen es wie die Schnecken, ziehen den Kopf und vor allem die Empfindungen bis ins tiefste Innerste ein.

Ich ertappe mich selbst dabei, wie ich auf meinen linken Daumen beiße. Seit zwei Jahren, seitdem ich in der Berufsschule bin, um Buchhalterin zu werden, ist kein Blut mehr aus diesem Finger geflossen, ja sogar mein Nagel ist wieder richtig nachgewachsen. Manchmal, wenn ich Prüfungen habe oder längere Zeit zu Hause verbringe, bin ich stark versucht, meine Daumen zwischen die Zähne zu stecken und die Haut aufzureißen, in das zarte Fleisch um den Nagel zu beißen, daran zu ziehen und es mit der Zungenspitze zu bewegen. Aber ich halte mich zurück.

In dieser Nacht nicht. Der erste Tropfen Blut hat einen feinen Salzgeschmack, er ist warm.

Der Hinkende riecht nach Alkohol und ist extrem erregt. Mein kleiner Bruder Jozifek kann ihn nur mit Mühe aufrecht halten. Mama Magdina eilt ihm zu Hilfe, um den Vater zu Bett zu bringen, und kümmert sich dann um den Kleinen. Er versucht, ihr von dem Tag und dem ereignisreichen Abend zu erzählen, aber er schläft ein, bevor er den ersten Satz zu Ende gebracht hat.

In dieser Nacht werden wir nicht geschlagen, weder meine Mutter noch ich. Am nächsten Tag herrscht eine furchterregende Ruhe. Es ist also etwas Wichtiges im Gange.

Sobald es hell wird, fahre ich mit dem Rad zur Kreuzung.

Der Soldat ist dort, er sitzt unter dem Nussbaum, meinem Lieblingsbaum unter all denen, die kilometerlang diesen Weg säumen. Mit einem Satz springt er auf und setzt hastig, ein wenig schief, seine Mütze auf. Das Knarzen des Fahrrads hat ihn wohl aus seinem Halbschlaf gerissen. Man kann nur leicht dösen, wenn man so unter einem Baum sitzt.

Ohne mich umzudrehen, flitze ich vorbei, zuerst zur Genossenschaft, dann zum Lebensmittelgeschäft. Im Dorf geht das Gerücht um, dass die Sache gelaufen ist, die Russen sind hier und bleiben es auch. Wir haben Glück, unser Bezirk kommt ziemlich gut weg: keine Garnison, keine zwangsweise in den Häusern einquartierten Offiziere, keine Waffen und keine Militärmanöver auf dem Land. Das Leben kann beinahe wie vorher weitergehen. Beinahe.

Im Übrigen fragt man sich, warum die Russen auf dem Weg nach Prag durch einen Ort marschiert sind, der so weit abseits von ihrer Route liegt.

Im Lebensmittelladen bilden sich ständig neue Grüppchen und lösen sich wieder auf, vor den Milchprodukten wie vor den Wurstregalen; man diskutiert, um zu diskutieren. Die Schultern werden hochgezogen wie die Augenbrauen, man reckt mit verschwörerischer Miene das Kinn vor; manchmal fasst man sich am Unterarm oder klopft sich freundschaftlich auf den Rücken, die Leute haben das Bedürfnis, sich anzufassen und sich ihrer Anwesenheit zu versichern. Von Zeit zu Zeit kommt jemand mit einer Information, man hofft auf eine aktuelle Neuigkeit. Aber nein, nichts Interessantes, niemand weiß etwas. Es ist, als ob das Land unter einem Deckel liegt, in einem Topf, nichts geht hinein, nichts dringt heraus. Man lässt uns auf kleiner Flamme schmoren.

Die Kassiererin, die größte Klatschtante von allen, herrscht im Zentrum dieser Diskussionen, während die Kunden ihre Einkäufe auf das stillstehende Band legen (die Konstruktion hat wegen der fehlerhaften Verkabelung nie funktioniert). Nachdem sie die Preise eingetippt hat, hilft sie den Kunden beim Verstauen der Einkäufe in den stumpfgrauen Einkaufstaschen der Kunden. Währenddessen redet sie pausenlos. Sie ist der Auffassung, dass die Russen sich ganz einfach verirrt hätten. »Nachdem sie aus dem Osten gekommen sind, hätten sie nach oben abbiegen müssen, anstatt weiter geradeaus vorzurücken, aber wenn man ein Land ohne Karte besetzt, dann darf man sich natürlich nicht wundern. Sie hätten einfach nach dem Weg fragen müssen, womöglich haben sie ja sogar gefragt, aber womöglich hat man ihnen nicht die richtige Antwort gegeben oder man hat ihnen überhaupt nicht geantwortet, denn mal unter uns gesagt, wer spricht schon Russisch bei uns auf dem Land? Die Alten vielleicht, die, die sich an den letzten Krieg erinnern, und selbst die … Aber so viel ist sicher, wenn sie sich wirklich bei uns festsetzen, dann wird man sie uns beibringen, diese Brudersprache, damit wir unsern Beschützern den richtigen Weg zeigen können. Es gibt natürlich auch noch die Schilder, auf die man sich aber kaum verlassen kann. Denn die Schilder werden von den Leuten aufgestellt, und auf die Leute ist kein Verlass, das weiß man ja. Und dann muss man noch bedenken, dass man die Schilder in die falsche

Richtung drehen oder sogar umwerfen kann, man weiß ja nie. Es passiert ja so leicht, dass man den falschen Weg einschlägt.«

Sicher ist, dass man von dem Gerede der Kassiererin spätestens nach einer Viertelstunde Kopfweh bekommt. Heute allerdings könnte es sich lohnen, ihr zuzuhören und womöglich eine Unze Wahrheit aus ihrem Redestrom herauszufischen. Denn heute hat sie vielleicht recht. Der russische Soldat wirkte verloren, vergessen und im Stich gelassen.

Die Tage vergehen in einer dumpfen Anspannung. Er ist immer noch da, wahrscheinlich der einzige Russe im ganzen Bezirk.

Weisungsgemäß bewacht er die Kreuzung; tagsüber im Stehen, nachts setzt er sich unter den Baum, unter meinen Nussbaum. Der Nimbus des Soldaten hat gelitten. Seine weizenblonden Haare glänzen nicht mehr wie am ersten Tag, seine Uniform ist staubig, seine Haut ein wenig zerknittert und grau, die Ringe unter den Augen verraten seine Erschöpfung, seine Wangen sind eingefallen, und ich denke mir, dass er Hunger haben muss.

Gestern und vorgestern habe ich mich im Schutz der dunklen Augustnacht meinem Nussbaum genähert. Ich kenne den Weg, bei Tag wie bei Nacht. Ich habe mich wie eine Katze so nahe wie möglich an den Soldaten angeschlichen und dann ein Päckchen abgelegt. Mama Magdina hat mit den Früchten, die vom Marmeladeeinkochen übrig geblieben waren, Kuchen gebacken. Meine kleinen Brüder haben es nicht geschafft, alles aufzuessen, und ich habe mein Stück auch zur Seite gelegt. Das reicht sicher nicht aus, um einen Mann von seiner Statur satt zu machen, aber es ist jedenfalls besser als nichts.

Fünf Tage, fünf Tage ist er jetzt schon da, und niemand hat gesehen, dass er sich im Dorf oder in der Genossenschaft etwas zu essen geholt hat.

Das Wetter ist schön, der Tag neigt sich dem Ende entgegen, aber es ist noch immer heiß. Ich bin schweißgebadet. So schnell ich konnte, bin ich mit dem Fahrrad vom Lebensmittelladen zurückgekehrt. Sobald ich auf dem Weg oben war, habe ich noch kräftiger in die Pedale getreten. Der Nussbaum rückt näher. Ich bremse, komme abrupt vor ihm zum Stehen. Kaum habe ich den Fuß auf den Boden gesetzt, reiche ich ihm den halben Laib Brot, den ich gerade gekauft habe. Er ist noch warm; schwer zu sagen, ob das Brot die Wärme des Ofens oder die meines Körpers ausstrahlt.

Er zögert. Eine Sekunde. Nimmt dann das Brot und beißt hinein. Meine bäuerlichen Vorfahren würden voller Freude zuschauen, wie ein Mann so hingebungsvoll und freudig Brot isst. Es ist wunderbar. Ich lächle, er lässt mich nicht aus den Augen. Ich spüre körperlich seine Befriedigung zu essen, in dieses frische, feste, fast schwarze Brot, halb Weizen, halb Roggen, mit Kreuzkümmel gewürzt, zu beißen. Es riecht nach der Erde, aus der es entstanden ist.

Danke, dass du mich so ansiehst, denke ich bei mir, *danke, danke, tausend Dank.*

Für ihn bin ich nichts weiter als ein Mädchen, das ihm ein Stück Brot gibt, weil er Hunger hat. Nie zuvor habe ich dieses Gefühl erlebt, nicht einmal mit Antonin, diese Freiheit, einfach da zu sein, ohne mich rechtfertigen zu müssen. Ich bin nicht mehr der Bastard des Dorfs, die Tochter eines Bastards. Ich bin diesem ausgehungerten und von seiner Truppe an der gottverlassensten Kreuzung der Welt vergessenen Eindringling, der vergeblich darauf wartet, dass man ihn holt oder ihm einen neuen Befehl erteilt oder dass man ihm befiehlt, nach Hause zu gehen, keinerlei Rechenschaft schuldig. Denn er muss schließlich auch ein »Zuhause« haben, oder nicht? Er muss auch irgendjemandes Sohn sein, eine andere Person sein als dieser Mensch, der sich in einem Land verirrt hat, das sich auf seine Anwesenheit dort nicht den geringsten Reim machen kann. Zum ersten Mal isst er das Brot dieses Landes. Er wirkt sehr bewegt. Ich hole die Flasche Milch aus meiner Tasche und reiche sie ihm. Ich muss wohl umkehren und noch mal einkaufen, unmöglich kann ich mit einer leeren Einkaufstasche nach Hause kommen.

Das ist mein letzter vernünftiger Gedanke vor dem Sturz, dem Sturz in seine Arme.

Die Welt entschwand. Für wie lange?

Ich liege in seiner Armbeuge, vergehe mit geschlossenen Augen in seinem männlichen Geruch; zum ersten Mal ist dieser Geruch so nahe, er ist stark, ich genieße ihn, ich finde ihn … ich finde ihn …Ich spüre seine Erregung, die mich ansteckt und in einen Sinnestaumel fallen lässt. Ich suche nach Worten, um diese neuen Empfindungen zu benennen, und plötzlich zieht mich eine unerwartete Kraft nach oben, begleitet von einem furchtbaren Schmerz. Die Zeit überschlägt sich.

Jemand zerrt mich an den Haaren und brüllt so laut, dass mir fast das Trommelfell platzt.

Ein anderer Geruch.

Der beißende und strenge Schweißgeruch von kaltem Tabak und warmem Bier, die rasende Wut.

Der Hinkende wäre beinahe auf mich gefallen, als er mich aus den Armen des Soldaten riss, der auch völlig überrascht war von der Gewalt des Angriffs. Ich will mich aus seinem Griff befreien, aber meine Haare sind lang, bieten ihm reichlich Angriffsfläche, um sie um seine Faust zu wickeln. Er hält mich fest. Ich hebe die Hände zum Kopf hoch, und mein Kleid – ich habe das gelbe Kleid mit den roten Blumen angezogen, das mir so gut steht –, das aufgeknöpfte Kleid fällt zu Boden.

Er brüllt von Neuem.

Ich schaffe es nicht, es zu fassen zu bekommen und mich zu

bedecken. Ich drehe den Kopf, so weit ich kann, und schreie: »Lauf, lauf! Er kann nur einen von uns umbringen.«

Hat er diese wenigen Worte verstanden? Hat er mich gehört? Habe ich in meiner Panik und Angst überhaupt einen Ton herausgebracht? Ich denke mir, dass das wahrscheinlich die einzige Liebeserklärung meines Lebens sein wird.

Ja, der Hinkende muss sich zwischen ihm und mir entscheiden. Er kann keinem Mann nachlaufen, der zwar erschöpft ist und dessen Hose halb herabhängt, der aber zwei gesunde Beine hat. Und ich werde brav sein. Das weiß er. Es macht ihm zwar nicht ganz so viel Spaß, mich zu schlagen wie Mama Magdina, aber jetzt habe ich ihm ein Geschenk gemacht. Ich habe einen Fehler begangen, er hat allen Grund, mich umzubringen.

Erste Ohrfeige.

Die zweite folgt auf der Stelle. Dann weitere. Ich zähle sie nicht. Meine Aufmerksamkeit ist woanders. Ich konzentriere mich auf etwas anderes, ich spüre, wie etwas zwischen meinen Schenkeln fließt. Ich presse sie fest zusammen, ich möchte den Samen des jungen Soldaten bewahren, um ihn später mit meinen Fingern dort innen zu spüren, in diesem Innen, das ich gerade mit ihm zusammen entdeckt habe … sofern ich nicht tot bin, bevor ich dazu Zeit habe.

Ich knie jetzt, kauere mich zusammen und bekomme Fußtritte in den Bauch. Habe ich Schmerzen? Der Hinkende trieft vor Hass, von seiner Stirn fallen Tropfen auf meinen Rücken, er spuckt auf mich; es ist mir egal, er hat meine Haare losgelassen, die Haut auf meinem Schädel ist ganz überrascht davon und brennt, am liebsten hätte ich, dass man mir den Kopf abschraubt. Ein Schlag mit dem Stock, dann senkt sich Schwärze in einer Totenstille auf mich herab. Ich verschwinde.

Zurück.

Die Schwärze ist laut und stinkt.

Ich bin ganz schwer; nein, ich werde erdrückt. Ich rieche den Geschmack der warmen, fetten, schwarzen Erde, der heimischen Erde. Hat man mich lebendig begraben?

Gerade eben noch oder vor Jahrhunderten, ich weiß nicht, in den Armen des jungen Mannes war es Sommer; wer und wo bin ich jetzt? Mich aufraffen, mich konzentrieren, meine Gedanken im Zaum halten, herausfinden, was vor sich geht.

Ich atme.

Ich bewege mich.

Nein, ich werde bewegt, immer noch Schläge. Nur dass diese Schocks jetzt in mir sind, was für eine schreckliche Vorstellung, ich ahne, woher diese Schläge kommen, die mich ins Leben zurückbefördern. Der Hinkende ist dabei, mich zu vergewaltigen.

Wenn man sein stoßendes und klagendes Ächzen hört, könnte man meinen, dass er mehr darunter leidet als ich.

Er soll verrecken, er soll verrecken, er soll verrecken, wiederhole ich im Rhythmus der Körper, mein linker Daumen ist, ich weiß nicht wie, in meinen Mund gekommen. Ich beiße, ich nage, der Geschmack des Bluts vermischt mit dem der Erde hält mich am Leben.

Ein Schrei, er räuspert sich, dann zieht er sich zurück.

Ruhe. Alles ist jetzt ruhig.

Würde er mich umbringen, wenn ich die Augen einen Spalt weit öffnen würde?

Es wäre mir recht. Also mache ich es.

Ich sehe nichts, mein Gesicht ist im Gras vergraben. Mir wird bewusst, dass ich auf dem Bauch liege, und ich höre von sehr, sehr weit her ein Versprechen, das vor so langer Zeit gegeben wurde, dass ich es für verjährt gehalten hatte: »Eines Tages werde ich dich erwischen.«

Er hat es wahr gemacht.

Machen wir Schluss. Ich bewege mich. Es ist schwierig.

Kein befreiender Gnadenstoß.

»Wenn du redest, bring ich dich um, du Schlampe.«

Er zieht seine Hose hoch und packt seinen Stock.

»Ich werde diesen Hurensohn finden und ihn mir vorknöpfen. Er ist so gut wie tot, und das ist deine Schuld. Wenn ich ihn nicht umbringe, dann tun es die anderen.«

Deshalb lässt er mich also am Leben, um mir diese Schuld aufzubürden, an die er mich jederzeit erinnern kann. Ich erbreche mich.

Es wird Nacht.

Sobald ich mich bewegen will, verlöscht jedes Mal das Licht, ich weiß nicht, wie lange das so geht. Der Schmerz ist so stark, dass ich wieder ohnmächtig werde und in die Finsternis gleite. Jetzt ist es vorbei. Ich werde nicht mehr die Besinnung verlieren, ich sehe, dass das Licht sanft wird. Es löst sich in einem erst gelblichen, später leicht violetten Grau auf. Kurz darauf verblassen die Farben, die Nacht bricht an. In meinem Kopf überschlägt sich alles.

Er hat mich nicht getötet, immerhin, er hat mich am Leben gelassen. Noch vor wenigen Minuten wäre ich zufrieden, ja sogar dankbar gewesen, wenn er mir den Rest gegeben hätte.

Eine innere Stimme hämmert mir ein, dass ich nicht einschlafen darf: *Beweg dich, beweg dich, steh auf,* immer wieder.

Ich habe das Gefühl, über mir selbst zu schweben, in einem dichten Nebel, der mich aber nicht daran hindert zu sehen oder zu denken. Ich möchte davonfliegen, aber das Gewicht meines Körpers zieht mich nach unten, ich fühle mich wie in zwei Teile gespalten, der Körper steckt in der schwarzen Erde, und der Geist ist davon losgelöst, verloren. Sie erkennen sich nicht.

Ich bin nicht mehr unschuldig, all das ist vorbei, vorbei für mich. Von nun an muss ich die beiden Hälften wieder vereinen, Körper und Geist, wieder ganz werden, eins, eine Person, ein Ich, ein »anderes Ich«, aber ich trotz allem.

Mit einem Fetzen meines heruntergerissenen Kleids reinige ich mich zwischen den Schenkeln. Voller Ekel wische ich das mit dem Sperma der zwei Männer vermischte Blut ab und meine Tränen dazu.

Meine Hände wandern über meinen ganzen Körper.

Nichts gebrochen, keine offenen Wunden, stellenweise einige Kratzer, die brennen, das muss man desinfizieren. Blaue Flecken, die in ein paar Stunden zutage treten werden. Die Bilanz all dieser Verletzungen und Blutergüsse zu ziehen hilft mir, wieder auf die Beine zu kommen. Danach muss ich noch den Drang unterdrücken, bei jedem Schritt zu erbrechen.

Ich fahre mit meiner Bestandsaufnahme fort, nun mit der inneren.

In einem Moment ist man noch naiv, unschuldig, rein, im Nichtwissen. In der nächsten Sekunde ist es vorbei damit. Unwiderruflich. Man ist nicht mehr unschuldig, aber was weiß man deswegen mehr?

Eine unverhoffte Kraft regt sich in mir, ein sehr starkes Band zum Leben. Sie befiehlt mir, aufzustehen, mich aufrecht zu halten, vorwärts zu gehen. Ich werde mir Legitimität besorgen, einen Vater, den Namen, den ich dem ungeborenen Kind geben werde, falls ich schwanger werden sollte. Und in meinem Kopf summt die leise Melodie: *Keinen Bastard in die Welt setzen, keinen Bastard, keinen Bastard.*

Ich mache mich auf den Weg zu Antonin. Wir treffen uns, so oft es geht. Wir haben uns gern; genau, wir haben uns gern, so ist es, ich sage es mir immer wieder vor, und seit einiger Zeit blickt er mich nicht mehr wie früher an. Er blickt mich an und sieht eine Frau, das hat er mir beim letzten Mal errötend gestanden.

Die zwei Kilometer, die mich von seinem Haus trennen, sind unglaublich lang. Ich taumle vorwärts … Er ist so weit weg, der Tag meines einsamen und sonnigen Spaziergangs, an dem alles gut roch, alles so angenehm war.

Sechs Tage, genau sechs Tage.

Seit dem 21. August 1968, seit sechs Tagen, ist die Welt eine andere, das wird mir nun, da mein eigenes Leben auf den Kopf gestellt wurde, bewusst. Ja, die Welt hat mein kleines Leben eingeholt. Eine auf der Windschutzscheibe zerquetschte Fliege? Nein, ich bin eine Frau, die sich einen Vater für ihr Kind besorgen wird. Heute ist der 27. August, alles ist vorbei. Jetzt geht es nur noch ums Überleben.

»Die Hoffnung ruht in uns«, hatte die Kassiererin gesagt.

Dummes Gerede. Und doch ertappe ich mich dabei, wie ich lange an die Kassiererin des Lebensmittelladens denke. Ich sehe ihr rundliches, lächelndes Gesicht vor mir. Sie zog die Augenbrauen hoch, während sie von der Rede Dubčeks, des Generalsekretärs der Kommunistischen Partei, nach seiner Rückkehr erzählte. Drei Tage lang war er verschwunden gewesen. Heute hat man erfahren, dass er gegen seinen Willen in Moskau festgehalten wurde. Es kam im Radio.

In der Stimme der Kassiererin lag eine unbestimmte Verehrung, eine Bewunderung für diesen Mann, der sich an die am Boden zerstörte Nation wandte, an die Nation, die nicht begriff, warum sie zerstört wurde.

»Er hat so langsam gesprochen, man hätte es für ein Diktat für Schulkinder halten können, weißt du, einfach unglaublich.«

»Und, hat er lange geredet? Hat er etwas erklärt?«, fragt Rose, deren Einkäufe auf dem Laufband ausgebreitet sind.

Rose hat ihren Dienst in der Genossenschaft beendet, sie kauft ein paar Kleinigkeiten ein; und zwei, sieh an, heute nimmt sie drei, drei Joghurts für Olga, bevor sie nach Hause flitzt.

Die Kassiererin ruft: »Aber natürlich hat er lange geredet. Es hat seine Zeit gedauert, das kannst du mir glauben!«

»Und was hat er gesagt? Ich war bei den Tieren, sie warten nicht, es gibt Sachen, gegen die kannst du nichts ausrichten, sie haben Hunger, wenn es Zeit ist, und außerdem muss man ihre Scheiße wegputzen, Dubček hin oder her«, erklärt Rose.

»Genau. Im Großen und Ganzen hat er erklärt, dass wir in der Scheiße stecken.«

»Ach so, na dann! Ihr hättet nur mich zu fragen brauchen, ich weiß sehr gut, dass wir in der Scheiße stecken, und zwar bis zum Hals.«

Und Rose setzt zu ihrer Lieblingstirade über die unzufriedenen Kühe an.

»Man muss sie rauslassen, diese armen Tiere, denn wenn man sie ihr ganzes Leben lang in falsch gebauten Ställen einsperrt, die entweder zu zugig oder zu kalt und einfach nicht richtig sauber zu halten sind, dann werden sie verrückt, die Kühe, so viel steht fest. Wenn du sie nicht ins Freie lässt, dann finden sie das gute Gras nicht mehr alleine, aber nur zu, wenn man kranke Kühe will, Kühe, die keine Kühe mehr sind, die nicht mehr alleine grasen können, wenn man das will, kein Problem, aber ohne mich. Eines Tages werde ich meine Schürze an den Nagel hängen, dann habt ihr diese armen Tiere am Hals, aber noch schlimmer ist nämlich, das wisst ihr nicht, aber ich werde es euch sagen: Wir müssen die Milchleistung fälschen, als könnten die Kühe unter solchen Bedingungen so viel Milch geben. Natürlich glaubt das kein Mensch, aber trotzdem muss ich diese Papiere jeden Tag falsch ausfüllen. Wenn man die ganze Milch trinken müsste, die diese Kühe angeblich liefern, dann könnte das ganze Land einmal in der Woche ein Milchbad nehmen, wie die andere da, Kleopatra, vor ein paar Tagen war im Radio von ihr die Rede, und wir hätten alle eine Babyhaut. Also, es stimmt, wir stecken in der Scheiße.«

Rose und die Kassiererin reden wie aus einem Mund. Wenn Rose erst einmal auf dieses Thema gekommen ist, dann ist sie nicht mehr zu bremsen. In ihrem überschäumenden Redefluss spürt man die ganze Energie, die sie in ihre Worte legt. Mit den Tieren ist es das Gleiche, sie tun gut daran zu parieren, wenn sie sie auf die Weide lässt, keine Sperenzchen, bei aller Liebe, die sie ihnen entgegenbringt.

Magdina und Rose, zwei Halbschwestern, die die Kühe der Genossenschaft versorgen. Magdina arbeitet zwar in den Büros der Genossenschaft, seitdem wir vor vielen Jahren zu Mama Marie zurückgekehrt sind, aber sie macht Überstunden bei den Kühen. Mama Marie setzt nie einen Fuß in die Genossenschaft, doch sie erkundigt sich jeden Tag nach den Kühen. Ich mache mit Unterstützung von Mama Magdina eine Ausbildung zur Buchhalterin in der Stadt. Zum Glück ist sie nicht weit weg, so kann ich jeden Freitagabend nach Hause kommen und schaue bei den Tieren vorbei. Abwechselnd lassen wir diese seit zwanzig Jahren eingesperrten Kühe auf der Wiese hinter dem Stall frische Luft schnuppern. Es sind viele, mehr als hundert. Ich glaube, dass die Leute von der Genossenschaft wissen, dass wir sie herauslassen, und dass alle darüber Stillschweigen bewahren.

Dubčeks Rede war das absolute Gegenteil vom Redeschwall der Mädchen. Sie können einfach nicht langsam sprechen. Jetzt waren sie für einen Moment verstummt, und Petrik hinter dem Tresen der Metzgereiabteilung nutzte die Gelegenheit, um zu sagen: »Langsam, sie war sehr langsam. Man spürte den Geschmack der bitteren Tränen, die er beim Reden hinunterschluckte. Es ist eine Kunst, die Stille zum Reden zu bringen.«

Petrik, mein zarter Petrik. Ich hatte ihn schon ein paar Tage nicht mehr gesehen, obwohl wir uns im Sommer bei Einbruch der Nacht immer an den Bänken am Weiherufer trafen und seine Gedichte lasen. Er nannte mich immer wieder seine kristalline Seele, forderte mich auf, klar und rein zu bleiben, lud mich ein, die Sterne zu betrachten und mit ihm zu ihnen aufzusteigen. Er scherzte, indem er jeden Abend einen anderen Stern zum Heimatstern erkor. Antonin kam später dazu, wenn er mit seiner Erntearbeit in der Genossenschaft fertig war.

Seit der Ankunft der Russen haben wir uns nicht mehr gesehen.

Heute war er im Geschäft, in seiner Fleisch- und Wurstabteilung. Hinter ihm hingen zwei Schweinehälften und ein paar Salamis. In der Hand hielt er das Hackbeil für die Rinderkoteletts. Ein feiner Blutfaden, der den weißen Ärmel seines Arbeitskittels beflecken würde, rann an seinem Unterarm entlang und bildete langsam eine Lache auf dem Hackklotz, auf den er seinen anderen Arm stützte. Seine Finger badeten in seinem eigenen Blut. In seiner Handfläche war ein tiefer Schnitt, er kümmerte sich nicht im Geringsten darum.

»Da haben wir es, er hat sich wieder verletzt, dieser Unglücksrabe. Warum haben sie den bloß in die Metzgerei gesteckt.«

Die Kassiererin hat ihren Posten hinter der Registrierkasse verlassen, ist ganz nahe an Rose herangetreten und hat ihr ins Ohr geflüstert: »Ich muss dir was sagen, sie wollen diesen Kerl ausschalten. Sie haben mich auch nach meiner Meinung dazu gefragt.«

Sie war ja so stolz.

»Ausschalten? Was soll das heißen? Welchen Kerl?«

Rose spielte die Dumme.

»Den Russen. Er ist ein Feind, er kauft nicht mal was zum Essen. Und nach Dubčeks Rede, stell dir vor.«

Rose lachte laut auf.

»Ach so, der Typ da, der Fremde. Aber wir sind nicht im Krieg, oder?«

»Warte hier, ich erkläre es dir gleich. Ich muss mich erst um diesen Lehrling kümmern«, sagte sie eilig zu Rose.

Ich bemühte mich, mich wie immer zu verhalten, mir nichts anmerken zu lassen, aber ich musste ihn warnen.

Schließlich eilte die Kassiererin ganz aufgeregt zu dem neben der Betriebstür befestigten Erste-Hilfe-Kasten und murmelte dabei, dass man ihn mit einem solchen Lehrling bald wieder auffüllen müsste. Der Vorrat an Alkohol, Gaze und Verbänden schmolz dahin wie Schnee im Frühling. Sie nahm Petrik am Arm, schob seinen Ärmel hoch und zog ihn zum Waschbecken. Petrik schien vollkommen woanders zu sein, nicht mehr und nicht weniger als üblich, aber in seinen Augen lag etwas Ernstes.

Er, der Dichter, sollte Metzger werden, so hatte es sein Vater entschieden und auch die Partei. Antonin hingegen studiert an der Universität, um Bauingenieur zu werden, aber an den Wochenenden und in den Ferien kommt er zu seinen Eltern ins Dorf zurück, um in der Genossenschaft mitzuhelfen. Wie alle anderen.

Petrik sieht unglaublich aus in dieser Metzgeraufmachung, er mit seinen dünnen Handgelenken, den schmalen Schultern und den hervortretenden Augen. Er wirkt überrascht darüber, dass er von dieser Welt ist.

Abgesehen von den Abenden auf der Bank sehen wir uns kaum noch. Aber immerhin oft genug, um meine Tage zu erhellen und mich mit der Welt wieder zu versöhnen, wenn ich ihm im Geschäft begegne. Manchmal tauschen wir nur Höflichkeiten aus, und er sagt ganz wunderbare Dinge, die direkt aus einem anderen Jahrhundert oder von einem anderen Planeten kommen. Vor Kurzem hat er dünne Salamischeiben in ein Blatt Einwickelpapier gesteckt und innen ein paar Zeilen notiert:

Kristalline Seele,
weißt du, dass dein Sturz sanft sein wird,
in den Wolken der Liebe schwebend wie ein Engel,
wirst du auf ewig von dieser elenden Welt errettet sein.

Ich habe diese Zeilen geliebt.

Petrik gab mir ein Zeichen mit der Hand, mit der unverletzten, dann zog er leicht einen Mundwinkel in die Höhe. Es sah aus wie ein Lächeln oder eher wie ein schlichter Gruß, bevor er sich von der Kassiererin in das Hinterzimmer ziehen ließ, wo sie ihn versorgen würde.

Ich konnte das Geschäft verlassen, ich hatte meine Einkäufe schon bezahlt, das noch warme Brot und die Milch. Rose musste warten, bis die Kassiererin mit dem Verarzten fertig war und zurückkam. Sie hatten noch einiges zu besprechen.

Was wäre passiert, wenn Rose vor mir an der Kasse gewesen wäre? Vielleicht nichts. Rose hätte auf mich gewartet, und wir hätten beide einen anderen Weg genommen. Sie hätte mich nach Hause begleitet, oder ich wäre mit zu ihr gegangen, um ihre kleine Tochter Olga in die Arme zu schließen. Warum habe ich nicht auf Rose gewartet, um mit ihr heimzugehen? Warum hat sie ihre Einkäufe nicht stehen lassen, um mich zu begleiten? Hätte man sie gewarnt? Sie wollte vor allem ihre zwei, nein, ihre drei Joghurts für Olga. Es ist zu spät, um den Lauf der Welt mit »Warums« zurückzudrehen.

Zum Glück taucht endlich Antonins Haus vor mir auf. Mein Körper hat sich daran erinnert, wie man geht. Im Wohnzimmer brennt Licht. Ich werde auf die andere Seite gehen. Ich hoffe, dass Antonin nicht mit seinen Eltern fernsieht, sondern in seinem Zimmer technische Fachzeitschriften liest. Ein leiser Lichtschimmer bestärkt mich in dieser Hoffnung.

Ich klopfe ans Fenster seines Zimmers. Er öffnet und flüstert: »Ah, du kommst gerade recht. Komm rein, schnell, schnell. Ich habe heute Nachmittag an meinem Radio gebastelt, ich versuche, ausländische Sender hereinzubekommen, um zu hören, was sie über uns erzählen. Beeil dich, damit niemand uns sieht. Pass auf die Antenne auf.«

Leicht gesagt, dass ich mich beeilen soll. Mir tut alles weh, und das muss ich um jeden Preis verbergen; die schwache Beleuchtung im Zimmer kommt mir gelegen. Ich frage ihn nicht einmal, ob Petrik mit seiner Verletzung an der Hand nach Hause gekommen ist, er muss in seinem Zimmer sein. Die beiden haben Glück, jeder hat sein eigenes Zimmer, nicht groß, aber jeder seines. In dem von Antonin hat man den alten Boden des Bauernhofs mit den breiten, schlecht zusammengefügten und knarzenden Dielenbrettern belassen. Wir wissen, auf welche man nicht treten darf. Das hat uns schon als Kinder sehr geholfen und heute wieder. Seine Mutter sieht mich nicht besonders gerne – warum auch immer.

Antonin legt kurz den Finger auf den Mund, macht »psst« und schließt dann das Fenster. Er beschäftigt sich mit seinen Radioantennen, einer Ansammlung ineinander verknäulter Metallkleiderbügel. Das Ergebnis sieht aus wie eine erstaunliche Skulptur. Manchmal denke ich mir, dass Antonin ein Künstler sein müsste, wie Petrik. Aber er will nichts davon wissen. Seiner Meinung nach ist die Kunst eine unklare Angelegenheit, bei der nichts sicher und auf nichts Verlass ist. Und lächelnd fügt er hinzu, dass ich das schönste Kunstwerk bin, das er je gesehen hat.

Es tut mir so leid, ihn zu enttäuschen. Bis heute war ich klar, rein, Quellwasser, kristallin.

Antonin ist total aufgeregt über Dubčeks Rede, er spricht über nichts anderes. Langsam habe ich die Nase voll von dieser Rede, die ich nicht gehört habe.

Antonin behauptet, dass diese Rede entscheidend für unsere Zukunft ist, er sagt, von historischer Bedeutung. Noch nie hat Antonin so viel geredet wie heute Abend. Immer wieder fordert er mich auf, still zu sein, wo ich doch gar nichts sage, er fummelt an seiner Konstruktion herum, dreht an den Knöpfen, zieht an Drähten, an den Kleiderbügeln, den Vorhängen, schließt die Tür ab und lauscht dann mit einem Finger auf dem Mund und den anderen in die Luft gestreckt, als warte er auf ein Signal.

Er will die Sender der ganzen Welt hören. Kein Jazz heute Abend, er sucht die Reden, die Debatten. Nichts sonst.

Leise ruft er aus: »Wenigstens einmal spricht man über uns in der Welt, ist dir das klar?«

Nein, das ist mir überhaupt nicht klar. Ich wende ein: »Aber du sprichst überhaupt keine Fremdsprache, woher willst du wissen, dass man über uns redet? Oder ob man gut oder schlecht über uns redet? Und woher willst du wissen, ob sie Lügen oder die Wahrheit erzählen? Und wo ist sie überhaupt, diese verdammte Wahrheit?«

Er reißt die Augen auf vor Verblüffung darüber, dass die kleine Libuša ihm solche Fragen stellt. Ich wundere mich auch.

»Was ist los mit dir?«, fragt er, während seine Hand auf meiner Schulter ruht.

Es tut etwas weh, aber das nehme ich in Kauf.

»Ich habe Angst, Antonin, große Angst.«

»Wir sollten von hier fortgehen«, sagt er.

»Wie bitte?«

»Ja, abhauen. Diesen Saustall verlassen, Libuša, weit, weit, sehr weit weg.«

»Antonin?«

»Verstehst du nicht? Wir sind verloren. Gib mir ein paar Tage, und wir gehen über die Grenze. Durch den Wald, da gibt es einen Pfad.«

Was für eine unerhörte, geradezu lächerliche Idee. Wirklich? Vielleicht weniger, als man zunächst denkt.

Ich könnte mich dadurch vor der Gefahr in Sicherheit bringen, noch einmal vom Hinkenden vergewaltigt zu werden. Wenn er es einmal getan hat, was soll ihn dann daran hindern, wieder damit anzufangen?

Ich, ich dachte an eine Heirat mit Antonin; er schlägt mir die Flucht vor. Die Idee von Paris erwacht wieder in meinem Kopf. Ich ertappe mich beim Träumen; er ist zum Glück ernst.

Unser Land, er denkt an unser so schönes und so junges Land, sagt er zu mir. Das derzeitige Regime ist 1948 an die Macht gekommen, im Jahr unserer Geburt. Wir sind gleich alt, mein Land, das so alt und so jung zugleich ist, und ich, die so jung und so alt und so erschöpft ist. Es kommt mir so vor, als würde die Zeit sich um sich selbst drehen, als hätte ich schon alles gesehen. Antonin spricht von Verrat und Vergewaltigung – ach! Wenn er wüsste! Er will kein Opfer sein. Aber er wird eines sein. Meines.

Antonins Arme umfassen mich freundschaftlich, viel zu freundschaftlich für meinen Geschmack heute Abend. Ich brauche keinen Genossen Antonin, keinen Freund Antonin. Heute Abend brauche ich den Geliebten Antonin.

Ich dränge mich noch mehr an ihn, suche mit meiner Nase und mit meinem Mund den Zwischenraum zwischen den Knöpfen seines Hemds, um seine Haut zu riechen. Ich atme langsam, meine Arme wandern über seinen Rücken, ich knöpfe sein Hemd auf, mein Kleid gleitet ganz von selbst hinab.

Er ist verwirrt und überrascht. Er lächelt schüchtern.

»Ich wollte nicht …«

Nun spiele ich die Überraschte.

»Ach ja?«

»Na ja, schon, ich glaube, natürlich, ich weiß nicht, was passiert ist.«

»Hat es dir nicht gefallen?«

»Doch, natürlich …«

Es folgen ein paar Sekunden Schweigen, dann fügt er mit kaum hörbarer Stimme hinzu: »Ich liebe dich, Liba.«

»Danke, Antonin.«

Und das meine ich ehrlich.

Es ist schon spätnachts, aber mein Tag ist noch nicht zu Ende. Ich muss nach Hause gehen. Von einem winzigen Rest Energie aufrecht erhalten, schleppt sich mein Körper am Weiher entlang, eins zwei, eins zwei, eins zwei: *Fall nicht hin, schlaf nicht ein, denk nicht nach, du hast getan, was du tun musstest, fall nicht hin, schlaf nicht ein, denk nicht nach, du hast getan, was du tun musstest.*

Ich sage meine Litanei auf, ein Gebet oder eine Militärhymne, egal was, es hilft mir, einen Fuß vor den anderen zu setzen. Ich bin froh, dass das Dorf in tiefe Dunkelheit gehüllt ist. Die Laternen an der Hauptstraße und auf dem Platz funktionieren nicht. Irgendjemand hat sie vor fünf Tagen kaputt gemacht. Ich bin dankbar für die geschlossenen Fenster, die zugezogenen Vorhänge, die Schlösser vor den Türen und Fenstern, die Hunde, die schweigen, als wüssten sie alles.

Der Weiher wirft schwarze, harte Reflexe zurück. Ich gehe an Roses Haus vorbei, steige dann zu unserem hinauf, wo zwei Frauen auf mich warten. Das Gefühl, dass ich sie verraten habe und dass sie es wissen, bremst mich ebenso sehr wie die Müdigkeit, die Erschöpfung, der Schmerz, die Scham. Ich komme nie so spät nach Hause, ohne vorher Bescheid zu geben, in das Haus, in dem mein Peiniger wohnt, das Haus, vor dessen Betreten ich jetzt Angst habe. Ich denke wieder an diese so verführerische Idee zu fliehen. Ich habe mit Antonin über Paris gesprochen, er hat gesagt: »Warum nicht?« und hat mich um ein paar Tage gebeten, um alles zu organisieren. Nur ein paar Tage noch, dann verschwinden wir. Und Petrik, den Dichter, werden wir mitnehmen.

Nur im Fenster der Küche brennt noch Licht. Ich muss das kleine Gartentor aufstoßen. Taumelnd klammere ich mich an die Mauer und atme die feuchte Luft ein.

»Endlich! Du hast dir ja Zeit gelassen, bis du nach Hause gefunden hast.«

Im Zimmer warten eine Schüssel mit warmem Wasser, ein paar Tücher und Handtücher sowie Verbandszeug. Mama Magdina kann mich kaum ansehen, ihre Augen sind rot. Und ihre roten Augen tun mir unendlich gut. Ich möchte in ihre Arme fallen und ihr alles erzählen. Auch Mama Marie möchte ich alles erzählen. Ihr am liebsten bei einem Milchkaffee, sie mit ihrer angeschlagenen Tasse, ich vor einer Schale, die so groß ist, dass man sich darin die Füße waschen könnte, damit es so lange wie möglich dauert.

Sie ziehen mich aus. Zum wievielten Mal heute gleitet dieses Kleid an meinen Beinen herab oder wird über die Taille hinaufgeschoben?

»Verbrennt es, bitte.«

Beide nicken, es ist abgemacht.

Mein Lieblingskleid, gelb mit kleinen roten Blumen, das mir so gut stand, das ich so gerne getragen habe. Es wird in Rauch aufgehen.

Ich setze mich hin und schließe die Augen. Es ist, als ob der

Schmerz, der bisher durch die Notwendigkeit zu überleben betäubt war, sich nun unter den Fingern meiner Mutter und meiner Großmutter Bahn bricht. Ich überlasse mich ihm, die Tränen fließen von selbst, ich halte sie nicht zurück, die blauen Flecken werden sichtbar, schwellen an und nehmen unbekannte Farben an.

Mit meinem weißen Hemd, dessen Ausschnitt von Mama Marie mit einem feinen und glänzenden Seidengarn bestickt wurde, sehe ich aus wie eine Braut.

Und das bin ich ja beinahe: eine Verlobte. Aber wessen Verlobte?

Sie sitzen mit mir auf dem Bett, auf jeder Seite eine. Wir starren vor uns hin.

Ich bin so eng umfangen und so gelähmt, dass ich keinen Ton herausbringe. Unsere Atemzüge vermischen sich, unsere Gedanken auch.

Sie warten.

Eine heftige Gefühlsaufwallung. Empfinde ich Liebe oder Hass für diese zwei Frauen? Sie wissen, sie wussten, und sie haben mir nichts gesagt, sie haben mich nicht vor dem Schmerz der Welt gewarnt, vor der Last, die man tragen muss, vor der Last des Schweigens. Ich verstehe jetzt ihre undurchdringlichen und lastenden Blicke. Ich bin furchtbar wütend auf sie, sie hatten kein Recht zu schweigen, Schweigen erklärt nichts.

Ich würde gerne mit ihnen reden, ohne genau zu wissen, was und wie ich es sagen soll. So lasse ich mir alle Wörter durch den Kopf gehen, die ich kenne, ich suche die besten, die treffendsten, um meinen Tag zu erzählen. Wie erzählt man seiner Mutter und seiner Großmutter einen solchen Tag? Ohnmächtig verstumme ich schließlich, ich spüre, wie ich zu einer Schweigenden werde wie sie beide.

Mein Gott, was wissen sie, was ich noch nicht weiß?

Mein Kind wird den Namen seines Vaters tragen.

Der magische Satz, er ist ein Versprechen, das ich mir selbst gebe. Ich werde ihn mir so oft wie nur möglich wiederholen müssen, damit er Wirklichkeit wird.

In zwei, drei Wochen weiß ich, ob ich den ehrlichsten und am schlimmsten ausgenutzten Mann auf der Welt heiraten muss.

Ich weiß noch nicht einmal mit Sicherheit, ob ich schwanger bin, und schon jetzt liebe ich dieses Kind, mehr als alles auf der Welt. Ich bin bereit, Verbrechen für es zu begehen. Das bringt mich zum Lächeln, ein trauriges Lächeln.

Ich schäme mich, denn Antonin wird nie so geliebt werden, wie der russische Soldat, wenn auch so kurz, geliebt wurde, von dem ich nur den Vornamen kenne, Viktor. Viktor, ein hübscher Vorname, ich kenne keinen anderen Mann, der ihn trägt.

Eine andere Idee kommt mir in den Sinn oder vielmehr ein anderes Gefühl. Eine leise Stimme flüstert mir zu: *Entschuldige dich nicht, das liegt in der Familie.* Schrecklich, der Überlebensdrang. Während der Ofen knistert, in dem mein Kleid verbrennt, seufzen wir alle drei mit einem einzigen Atemzug auf.

Mit einem Mal geht die Tür auf. Im Lichtschein wird die Gestalt des Hinkenden sichtbar. Ich sehe ihn als Erste und stoße einen Schrei aus.

»Halt's Maul. Und das ist erledigt.«

Er wirft mir die zerrissene dunkelgrüne Mütze auf die Knie.

»Das ist ein Vorgeschmack auf das, was dich erwartet, wenn … wenn du redest, bring ich dich um«, und er schleudert mir auch den kleinen glänzenden roten Stern entgegen, der von der Mütze gerissen wurde.

Ich bin die Einzige, die den Sinn dieses Satzes versteht, aber das wenige, das meine Mütter davon verstehen, genügt, um sie in Angst und Schrecken zu versetzen.

Und trotzdem gibt es noch einen Hoffnungsschimmer, er hat den Soldaten nicht erwischt. Er hätte nicht auf die Befriedigung verzichtet, mir diese Information ins Gesicht zu schleudern.

Der Hinkende verlässt türenknallend den Raum.

»Er wird noch die Kleinen aufwecken, dieser Idiot. Das können wir jetzt nicht gebrauchen«, sagt Mama Marie.

»Dumm, brutal, gefährlich. Und lebendig«, bestätigt Mama Magdina.

Wir sehen weiter zu, wie die Flammen den blutbefleckten und schmutzigen Stoff verschlingen.

»Und wenn ich ins Feuer springen würde, würde mich das reinwaschen?« frage ich. Denn die reinigende Kraft des Feuers hat mich immer schon fasziniert.

»Nein, das Feuer löscht nichts aus«, antwortet mir Mama Magdina mit gesenktem Kopf.

Sie spricht. Nicht ich erzähle ihnen von meinem Tag, sondern meine Mutter erzählt von der Magdalena einer Sommernacht.

Sie sagt, sie hätte mir das mehr als tausend Mal erzählt, als ich ein Baby, dann ein kleines Mädchen war; ich habe keinerlei Erinnerung daran. Jetzt höre ich zu, ich lausche. Die Nacht ist zu kurz, um alle Worte unterzubringen, die endlich ausgesprochen werden.

Ich falle um vor Müdigkeit, aber ich will alles über den Mann wissen, der mein Vater ist. Magdalena weiß jedenfalls mit Bestimmtheit, wer es war. Er hieß Josef Feldmann.

Was werde ich sagen, falls ich tatsächlich schwanger bin?

Bevor ich mich dazu entschließen kann, diese Frage zu stellen, hören wir draußen lautes Stimmengewirr. Wir gehen alle vor das Haus.

Rose kommt angelaufen, sie ist so sehr außer Atem, dass sie kein verständliches Wort herausbringt. Nach vielen Schluchzern verstehen wir endlich, was sie uns sagen will: »Er ist tot, mein Gott, er ist tot!«

»Lass Gott beiseite!«, schreit der Hinkende im Hinausgehen. »Fällt euch verdammten Weibern nichts anderes ein? Gott existiert nicht, und außerdem weiß jeder, dass er am Kreuz gestorben ist. Was ist denn jetzt wieder los?«

Entnervt sucht er seine Sachen zusammen, schimpft, stürzt, steht auf und schimpft von Neuem.

Allmählich bekommt Rose wieder Luft und wischt mit dem Handrücken ihre Wangen trocken. »Ich bin zu den Kühen gegangen. Sehr früh, natürlich früher als gewöhnlich, um dem Soldaten ein Joghurt zu geben wie jeden Tag. Sonst wäre er ja verhungert, der arme Junge.«

Sie schnäuzt sich in ein Taschentuch, das Magdina ihr reichte. Verblüfft mustere ich Rose. Gestern hatte sie drei Joghurts im Laden gekauft, und nicht zwei wie gewöhnlich. Rose wird eine andere in meinen Augen, auch sie hat dem Soldaten zu essen gegeben. Ich bin gerührt, aber dann schießt mir ein schrecklicher Gedanke durch den Kopf: Hat sie auch mit ihm geschlafen?

»Eine ist wie die andere in dieser Familie von Bastarden, mischen sich in Dinge ein, die sie nichts angehen, verschwören sich mit dem Feind«, knurrt der Hinkende, während er sich das Hemd zuknöpft.

»Ich habe es ihm nicht gegeben.«

Rose verteidigt sich verlegen, so gut sie kann.

»Ich habe es ihm von Weitem zugeworfen. Immerhin ist er ein Feind.«

Unwillkürlich muss ich lächeln. Auch ich habe das Essen zuerst in einiger Entfernung von ihm abgestellt. Dann bin ich jeden Tag näher gekommen. Er blickte mich an; jedes Mal neigte er freundlich den Kopf, um »danke« zu sagen. Am ersten Tag tat er das noch mit militärischer Strammheit, indem er mit einem knappen Kopfnicken die Hacken gerade wie ein »I« zusammenschlug. Bei den folgenden Malen wirkte es immer sanfter und würdevoller; am letzten Tag, gestern, hatte er die Noblesse eines Prinzen. Er besaß eine Anmut, wie ich sie so nie zuvor an einem Menschen entdeckt hatte. Wenn er lächelte, erhellten zwei Grübchen sein Gesicht. Wie kann man sich hinter einem Lächeln mit solchen Grübchen eine Armee vorstellen?

In der Kurve taucht Roses Ehemann Franta auf, bleibt stehen und winkt uns heran. Wir rennen alle los, der Hinkende humpelt nörgelnd hinter uns her. Rose ruft über die Schulter: »Ihr werdet sehen, er ist tot!«

Immer noch rennend, dreht sie sich wieder um, um zu sehen, ob wir ihr folgten, und fragt: »Habt ihr gestern Feuer gemacht? Euer Ofen war noch warm vorhin.«

Rose verliert nie den Überblick; es ist bewundernswert, wie sie immer mit beiden Beinen auf der Erde steht. Sie ist wie eine Katze, die immer auf die Füße fällt.

»Alten Papierkram. Wir haben ihn lieber verbrannt, als ihn zum Müll zu bringen.«

Mama Marie beendet das Gespräch und treibt Rose an, schneller zu laufen.

Wir rennen immer schneller, auch ich beeile mich, obwohl ich völlig erschöpft bin. Nicht hingehen hieße gestehen.

An der Kreuzung drängt sich eine Menschenmenge um meinen Nussbaum. Am liebsten hätte ich laut geschrien: »Geht weg da!«

Sie werden ihn ersticken, meinen Baum! Er ist es nicht gewohnt, so umringt zu werden, er muss atmen, seine Äste und seine Blätter ausbreiten und seine Krone recken.

Die Leute sind ernst. Ich frage mich, ob sie erraten können, was gestern unter diesem Baum, in diesem Feld, in den überall sichtbaren Abdrücken passiert ist. Ich habe Angst, dass man die

Spuren auf dem Boden entdeckt, als ich versuchte, mich aus der Umklammerung des Hinkenden zu befreien, dass meine Schreie noch immer in der Luft nachhallen. Ist der Leichnam des Soldaten hier? Ich habe Angst.

Wir rennen nicht mehr, außer Atem werden wir langsamer. Ich weiß nicht, wohin ich schauen soll. Ich tue mein Möglichstes, um dem Baum auszuweichen. Im Straßengraben erkenne ich die leeren und zerdrückten Joghurtbecher, die nicht einmal versteckt sind. Es sind viel mehr, als Rose zugegeben hat. Einen Augenblick lang sehen wir uns beide direkt in die Augen. Was weiß die eine über die andere? Jedenfalls fixiert sie diese Joghurtbecher genauso wie ich.

Sie tritt zu mir und sagt ganz leise: »Ich wollte sie heute Morgen einsammeln, genauer gesagt gestern Abend. Und ihm sagen, dass man ihn töten will. Aber er war nicht mehr da, als ich vorbeikam. Allerdings sah es so aus, als wäre eine Rotte Wildschweine durch das Feld gepflügt. Sie sind sehr früh da in diesem Jahr, die Wildschweine.«

Sie beobachtet mich und packt mich am Unterarm.

Was für ein gemeines Biest. Es tut mir weh, zum Glück kann sie das nicht wissen.

Ich greife an. »Hast du ihm was zu essen gegeben, oder bist du um ihn rumgeschlichen? Um mit ihm zu schlafen?«

»Dummes Gör, du bist ein dummes Gör. Du bist zwanzig Jahre alt und hast keine Ahnung vom Leben. ›Sie‹ haben dir keinen Gefallen damit getan, dich so zu beschützen, das Leben ist eine Sauerei, weißt du!«

Roses Ton ist bitter. Ich habe diese Sauerei gerade kennengelernt, dieses versaute Leben, aber das werde ich ihr nicht verraten.

»Ich wäre fortgegangen, mit ihm fortgegangen! Egal wohin, nur weit weg von hier. Kapierst du? Nein, das kapierst du nicht, du dummes Huhn.«

Rose keucht jetzt, aber nicht, weil sie gerannt ist. Sie ist außer sich.

Wir bleiben stehen und mustern einander. Es ist das erste Mal, dass Rose mir so vertrauliche Dinge erzählt. Sie muss ganz schön durcheinander sein wegen des Toten, dem wir uns nähern. »Wie überrascht du aussiehst, mein Schätzchen. Ich habe nur einen Wunsch, nämlich von hier abzuhauen. Du hast wirklich gar nichts begriffen.«

Fortgehen, sie redet von Fortgehen wie Antonin gestern Nacht. Sie verrät mir, dass sie weit, weit, weit weg will, aber in die andere Richtung. Rose dürfte die Einzige sein, die in die Sowjetunion auswandern will, jawohl, aber mit einem russischen Soldaten mit dem Vornamen Viktor.

Schläft Rose mit Männern in der Hoffnung, dass wenigstens einer von ihnen sie weit weg von hier bringen wird?

Ich versuche, einen vernünftigen Gedanken zu fassen.

»Du tust den anderen weh, deinem Mann und deiner Tochter.«

»Das geht mir am Arsch vorbei, mein armer Mann; pff, seit der Geburt dieses Mädchens steckt er im Bett deiner Mutter … Und Olga gehört sowieso mehr Marie als mir.«

Sie zeigt mit dem Kinn auf ihre Tochter im Arm von Mama Marie. Mama Magdina ist nicht sehr weit weg von uns, ich wage zu hoffen, dass sie nichts von unserem Gespräch mitbekommen hat. Rose entfernt sich mit einem hämischen Lächeln und schüttelt den Kopf, wie nur sie es fertigbringt.

Sie taucht in der Menge unter, ich folge ihr, die Masse teilt sich bei meiner Ankunft.

Am Baum hängt der Körper eines Mannes.

An dem Leichnam ist ein Stück Papier befestigt, das niemand zu berühren wagt.

Die Leute sprechen meinen Namen aus.

Warum? Ich kann nicht mehr. Lasst mich in Frieden. Seit

gestern bin ich tausend Jahrhunderte gealtert, ich möchte wieder sterben.

Mir wird bewusst, dass die Leute in Wirklichkeit meinen Namen auf einem Stück Papier ablesen, das zum Einwickeln von Salamis oder anderem Fleisch dient und am Hemd des Toten festgemacht war.

Ich trete näher und lese:

Der Tag ist gekommen, da wir uns nur noch durch Schweigen offenbaren können.
Der schwache Trost, den der Tod allein spenden kann,
Der große Hüter, der das Geheimnis des Verrats treu bewahrt,
Die kristallinen Seelen wissen, die Welt ist kein Ort für reine Geschöpfe.

»Das ist schön«, sagt Pepa und schnäuzt sich in ein großes kariertes Stofftaschentuch.

Niemand reagiert. Nur Rose bricht in lautes Schluchzen aus, und alle Köpfe drehen sich zu ihr um. Ich hätte gerne geweint wie sie. Ich kann nicht. Der dicke Kloß in meiner Brust hindert die Luft am Entweichen. Mit einer Hand zerknittere ich das Papier mit dem Gedicht, der Zeigefinger der anderen Hand kratzt am Daumen, meine ewige Wunde öffnet sich, der erste Blutstropfen fließt …

Der Anblick der am Boden zerstörten Rose ist erstaunlich tröstlich. Sie weint für uns alle, ihre Schultern beben heftig, obwohl Franta versucht, sie festzuhalten.

Pepa fährt fort: »Ich sage nur, dass es besser ist als all die anderen Sachen, die er auf mein Salamieinwickelpapier geschrieben hat. Das hier verstehe ich wenigstens ein bisschen.«

»Du verstehst nie irgendwas, und jetzt verstehst du auch nicht mehr«, sagt die Kassiererin sanft zu ihm und nimmt ihn an der Hand.

»Ich kann ihn abnehmen, oder?«

Pepa meldet sich immer freiwillig.

Antonin sitzt unter dem Baum. Er hält seine niedergeschmetterte Mutter mit den rot geweinten Augen im Arm. Er starrt mich ein paar Sekunden lang an. Dann senkt er den Blick, dann den Kopf. Er ist ein geschlagener Mann, genauso tief verletzt wie ich vor einigen Stunden. Wir sind beide tot.

Ich habe Angst, wieder. Ich bin starr vor Entsetzen. Von welchem Verrat sprechen diese Verse? Bin ich an diesem Tod schuld? Ist meine Seele nicht mehr kristallin?

Ich begreife schnell. Kein Fortgehen für Antonin, für uns, mehr möglich. Kein Pfad im Wald zur Grenze. Paris entschwindet und wird für immer eine Stadt aus einem Roman bleiben.

Der russische Soldat ist offenbar vollkommen in Vergessenheit geraten. Ich aber sehe wieder vor mir, wie er halb nackt über das Feld rennt, und ich hoffe, dass er immer noch rennt; ja, ich hoffe, dass er mit dem einzigen Ziel, weit weg zu entkommen, der Eindringling auf der Flucht. Aber der Körper, der jetzt am Baum hängt, an meinem Nussbaum, hat ihn aus unserer Erinnerung getilgt.

Der Metzgerlehrling Petrik hat sich in dieser Nacht das Leben genommen, indem er sich an dem Nussbaum an der Kreuzung erhängte, auf der normalerweise nie etwas passierte.

Buch III

EVA

8

Ich heiße Eva und werde bald sechs Jahre alt.«

Mama lächelt und nickt. Ich habe die richtige Antwort gegeben.

Aber die Frage ist auch viel zu leicht gewesen. Natürlich weiß ich, wie ich heiße und wie alt ich bin. Um das zu lernen, muss ich doch nicht in die Schule gehen, oder?

Beide sind wir im Sonntagsstaat. Ich trage das schöne Kleid mit den langen Ärmeln mit Knöpfen. Allerdings ist es etwas zu eng und zu kurz, ich kann nicht die Arme anwinkeln, ohne dass die Ärmel hochrutschen und mich einschnüren, und wenn ich die Arme hebe, wandert das Kleid über die Knie hoch. Mama will, dass ich die Ärmel geschlossen lasse. Es wäre viel besser, wenn ich die Knöpfe aufmachen und die Ärmel hochkrempeln dürfte. Aber Mama meint, das würde nicht genügend angezogen aussehen. Papa hat gesagt, ich sei schon wieder gewachsen und würde bald größer sein als er. Dann muss ich das Kleid meiner kleinen Schwester geben; das ist schade, ich mag es sehr, mein Kleid. Auch meine Schwester mag ich sehr. Zweimal im Jahr sortieren wir meinen Schrank aus, dann bekommt sie jede Menge Sachen von mir. Dagegen darf ich nichts einwenden, denn alle meine Anziehsachen stammen von unserer Cousine Olga, die drei Jahre älter ist als ich.

Mama hat ihre langen Haare zu einem hübschen Knoten

geschlungen. Ich hätte gerne auch einmal solche Haare wie sie, aber ich glaube, daraus wird nichts. Meine sind zu hell, zu fein, sie werden einmal im Monat geschnitten, damit sie dicker werden, sagt man mir. Ich selber glaube, dass sie in Wahrheit geschnitten werden, damit man sie nicht sieht, denn je kürzer sie sind, umso mehr verschwinden sie und umso stärker fallen meine großen Augen auf. Man sagt mir, dass ich schöne Augen habe, und es wird wohl stimmen, denn das sagen alle. Ich selbst kann das nicht beurteilen, denn sobald ich mich ansehe, bewegen sich meine Augen ununterbrochen. Ich habe es mehrmals versucht, und man schafft es nie, sich in die Augen zu sehen, nein, man blickt in ein Auge, und wenn man beide gleichzeitig sehen will, dann muss man sie bewegen oder eben auch alles ringsherum anschauen, sonst funktioniert es nicht.

»Hörst du mich, Eva? Wie heißt du?«

Ah, ja, nein, diese Sache mit den Augen …

»Ich heiße Eva, und ich werde bald sechs Jahre alt.«

Ich lächele.

Jetzt sage ich es auch zu dieser Frau auf der anderen Tischseite. Diesmal ist es keine Probe mehr, sondern echt. Wie sind wir zu diesem Tisch gekommen? Mama sitzt neben mir, es ist, als müsste sie die Prüfung bestehen, damit ich in diese Schule aufgenommen werde, die große Schule, um schreiben und lesen zu lernen.

»Quatsch.«

Ach, ich liebe dieses Wort! Olga hat es mir beigebracht. Ich kann es nur im Kopf sagen, Mama sagt, es sei nicht höflich; aber da sie ja nicht in meinen Kopf sieht … Na ja, manchmal sieht sie auch in meinen Kopf, so wie jetzt. Sie weiß schon, bevor ich den Mund aufmache, was ich der Dame erzählen werde.

Ich kann schon lesen, ich habe es ganz alleine gelernt, und ich kann auch etwas schreiben. Es ist einfach, man muss nur der Zeile folgen. Ich würde gern die Schule wechseln – in der Vorschule wollen sie mich sowieso nicht mehr behalten, weil ich alles weiß. Außerdem will ich nicht mehr nach dem Mittagessen schlafen. Ich habe doch alle Bücher gelesen, die in der Bibliothek stehen, und manche sogar mehrfach, aber das hier ist einfach lächerlich. Mich zu fragen, wie ich heiße! Jeder weiß doch, wie er heißt.

Ich weiß nicht, ob ich in diese Schule oder in eine andere Schule als meine Vorschule gehen will, ich fühle mich wohl bei meiner Lehrerin. Die Frau hingegen, die mir jetzt an diesem Tisch gegenübersitzt, kenne ich nicht.

Also sage ich es nur in meinem Kopf: *Quatsch, Quatsch* und noch mal *Quatsch*.

Wir sind jetzt in der neuen Schule, die am Ende der Straße, gegenüber dem neuen Geschäft am Ende der Siedlung, erbaut worden ist. Von uns aus ist sie schnell zu erreichen, wenn man zwischen den langen grauen Gebäuden der Siedlung durchgeht, man darf nur nicht an dem Karussell oder an dem Sandkasten stehen bleiben, die sich in dem quadratischen Hof in der Mitte der Gebäude befinden. Wir selbst wohnen nicht in der Siedlung, sondern in der Straße direkt am Ortsausgang, in einem niedrigeren Gebäude, das nur vier Stockwerke hat. Die Häuser stehen dort nur auf einer Straßenseite, auf der anderen liegen die Felder. In diesem Jahr wächst gegenüber unserem Haus Mais; letztes Jahr war es Weizen. Ich erinnere mich gut an den Weizen, weil Oma Marie über dieses Feld sprach wie über das Meer. Sie hat das Meer nie gesehen, ich auch nicht, aber den Fotos nach zu schließen ist das Meer blau, so wie der Weiher unterhalb ihres Hauses, in dem wir im Sommer manchmal baden, aber größer. Unter uns gesagt, das Feld war goldgelb. Das habe ich ihr auch gesagt, und sie hat mir geantwortet, dass das Meer genauso goldgelb wie unser Weizenfeld wäre, wenn die Sonne darin baden würde. Fantasielose Menschen sehen das nie, denen kann man nicht helfen. Sie hat zu mir gesagt, sie sei sicher, dass ich viel Fantasie hätte und dass sie sich um mich keine Sorgen mache, weil ich kurz zuvor zu ihr gesagt hatte, dass man dann ja in dem Weizenfeld baden könnte. Es würde mir großen Spaß machen, in die goldenen Wellen zu tauchen, die die Ähren im Wind formen. Ich mag Weizenfelder, sie sind schön. Genau, wir hatten schon Angst um das Feld uns gegenüber, Papa fürchtete, man könnte dort neue Gebäude errichten, was ihm nicht gefallen würde. Selbst wenn es eine Schule für mich und meine kleine Schwester und meinen kleinen Bruder werden sollte. Schließlich erklärte er uns, dass er in einem solchen Fall alle Hebel in Bewegung gesetzt hätte, damit diese Schule woanders gebaut würde. Ich muss ihn noch fragen, wie man alle Hebel in Bewegung setzt, denn manchmal hätte ich es auch gern, dass bestimmte Sachen anders laufen.

»Zeichne mal ein Haus für mich«, sagt die Dame auf der anderen Tischseite und schiebt mir ein großes weißes Blatt und ein paar Buntstifte zu.

»Was für eines?«

»Irgendein Haus.«

»Aber nein, das Haus von Oma Marie und Oma Magdina ist ganz anders als das, in dem wir in der Stadt wohnen. Und wir haben ja nur eine Wohnung, das ist kein richtiges Haus; die andere Großmutter, die Mama von Papa, sagt uns das sehr oft. Nur dass Papa in der Stadt wohnen muss, und es ist nicht leicht, in der Stadt ein Haus für sich allein zu haben, denn in der Stadt leben viele Leute, und man muss sich sogar die Häuser teilen, die am Anfang nur für eine Familie waren, und heute wohnt man dort zu mehreren. So ist es bei meiner Freundin Ilona.«

Mama rutscht unruhig auf dem Stuhl hin und her. Entweder rede ich zu viel, oder die Sache mit der Zeichnung passt ihr nicht. Es ist immer das Gleiche. Aus einem dieser beiden Gründe kaut sie an ihrem Nagel an der linken Hand. Das weiß ich genau, ich beobachte sie nämlich. Dadurch habe ich herausbekommen, dass es die linke Hand ist, weil sie immer in denselben Finger in derselben Hand beißt. Wenn ich zeichne, regt sie sich auf. Inzwischen hat sie einen Ausweg gefunden, sie verlässt das Zimmer und basta. Ich habe meine Ruhe, wir haben unsere Ruhe. Hier kann sie nicht rausgehen, ihr Daumen wird wieder bluten.

Die Dame fährt fort: »In Ordnung, such dir das Haus aus, das du willst, das, was du magst, wo du dich wohlfühlst.«

»Na ja, bloß dass … äh … ich kenne kein einziges Haus, in dem ich mich rundum wohlfühle. Mir gefällt das Haus meiner Freundin Ilona von außen, aber ich weiß nicht, wie es innen ist. Ich darf nie das Haus meiner Freundin Ilona betreten, ihr Papa will das nicht. Bei den Omas ist es schön, aber bei ihnen ist auch der hinkende Großvater, und der macht mir Angst. Beim letzten Mal hat er meine Holzspielsachen verbrannt, er sagte, ihm sei kalt, aber das war unmöglich, denn es war sehr heiß, und dann habe ich die Spielsachen wie jedes Mal in dem großen Korb wiedergefunden, in dem Oma Magdina sie versteckt hat, damit er sie nicht in echt verbrennt. Er will damit Spaß machen, aber niemand findet das lustig. Er lacht ganz alleine, um zu zeigen, dass es lustig ist; Sie sollten mal meinen Gesichtsausdruck sehen, wenn er das sagt. In so einem Haus kann man sich nicht vollkommen wohlfühlen, verstehen Sie? Im Garten allerdings ist es etwas anderes! Kann ich einen Garten zeichnen?«

»Meine Tochter redet zu viel, es tut mir leid.«

Es tut Mama so entsetzlich leid, dass sie das gar nicht laut hätte sagen müssen – man sieht es schon an ihrem traurigen Blick. Denn ihre Augen kann ich leicht ansehen. Sie sind genauso blau wie meine, das liegt in der Familie; die Mädchen bei uns haben alle blaue Augen, sagt Oma Marie. Dabei stimmt es nicht einmal, denn meine kleine Schwester hat braune Augen wie Papa. Oma Marie hat gesagt, dass das nicht zählt, und Oma Magdina war einverstanden. Und wir haben gelacht.

Die Dame auf der anderen Tischseite lässt nicht locker.

»Das macht nichts, lassen Sie sie reden, im Augenblick stört das nicht. Aber ich brauche eine Zeichnung von einem Haus, so ist es nun mal.«

Sie ist hübsch, die Dame, vor allem wenn sie lächelt. Dann mag ich sie, sie gefällt mir. Frauen, die hübsch sind, sind mir lieber. Selbst wenn sie ein bisschen oder total alt sind wie meine Omas. Meine Mama Liba ist auch hübsch, und traurig. Und wenn sie ihr schwarzes Kleid mit der kleinen weißen Bordüre an den Ärmeln und am Rocksaum und am Halsausschnitt trägt, dann ist sie wirklich schön. Mit dem Haarknoten natürlich. Sie trägt es nicht oft genug, dieses Kleid. Anscheinend ist es ein Kleid für besondere Anlässe und nicht für den Alltag. Schade, dass nicht jeder Tag einen besonderen Anlass bieten kann, das wäre gut. Mama wäre hübscher und weniger traurig. Auch früh am Morgen ist sie sehr schön in ihrem schlecht geschlossenen Morgenmantel, man sieht ein bisschen ihre Brüste, und ihre Haare sind vollkommen aufgelöst, so üppig, lang und glänzend, das ist so schön, und sie riecht gut. Danach geht sie ins Bad, und der Zauber ist vorbei. Ich stehe gern früh auf, um Mama morgens zu riechen. Und das ist wirklich wunderbar, dass es jeden Tag einen Morgen gibt.

Meine Mama Liba, Libunka. Wenn der Name oder der Vorname schön ist, dann wird auf das Schöne noch ein Sahnehäubchen draufgesetzt, das ist mir aufgefallen. Ich nenne meine Mama Libunka, das ist der schönste aller Vornamen, finde ich.

Oma Magdina nennt sie immer Libuše, das klingt furchtbar förmlich, als würden sie sich nicht gut kennen. Tante Rose, Onkel Franta und meine Cousine Olga sagen Libka oder Libuna, das ist beinahe lustig. Oma Marie nennt sie Líba, und der hinkende Großvater ruft sie gar nicht. Er mag sie wohl nicht besonders; er sagt nur »du«, das ist ziemlich grob und typisch für ihn. Was ich einfach nicht herausbekomme, ist, wie Papa Mama nennt, als ob es für ihn keinen Vornamen, sondern nur Beinamen gäbe, die sie sich ganz leise untereinander zuflüstern.

Bei meinen Omas mache ich es genauso. Oma Magdalena ist Magdina oder Magdie, ganz sanft. Und Oma Marie? An Oma Marie kann man nichts ändern. An meinem Namen auch nicht, ich bin nicht Evicka, Evinka oder Evka, nein. Ich bin Eva. Das ist alles.

Allerdings habe ich auch mit dem Vornamen der anderen Großmutter nichts gemacht, weil ich sie nicht mag, aber das ist normal, sie mag mich auch nicht.

Sie lädt mich nie zu sich und zum anderen Großvater ein. Meine kleine Schwester und mein kleiner Bruder gehen oft hin, und es gefällt ihnen dort. Ich nicht. Schade, ihr Haus hat einen Garten nach vorne und einen größeren nach hinten. Es liegt in einem Dorf, das nicht sehr weit von unserer Stadt und vom Dorf der Omas entfernt ist. Anscheinend wohnten Papas Eltern davor im selben Dorf wie die Omas; sie sind umgezogen, bevor ich auf die Welt kam. Ich weiß nicht, warum, man hat mir nichts erzählt. Ich glaube, ich habe nicht danach gefragt, gute Idee, ich werde Mama nachher gleich danach fragen. Jeden Freitagabend liefert man mich bei den Omas und dem hinkenden Großvater ab, und meine Eltern, mein Bruder und meine Schwester fahren weiter zur anderen Großmutter. Jedes Wochenende ist es das Gleiche, außer bei den seltenen Anlässen, wo wir alle bei Papas Eltern eingeladen sind. An Weihnachten zum Beispiel.

»Na gut, ich werde ein Haus für Sie zeichnen. Aber warum werde ich nicht reden können?«

Nach einem Lächeln antwortet mir die hübsche Dame: »Wenn du in die große Schule kommst, in diese hier, dann musst du still sitzen und aufpassen. So lernt man nämlich das, worauf es ankommt.«

»Glaub ich nicht. Oma Marie hat zu mir gesagt, dass das Leben die beste Schule ist. Und sie weiß eine Menge!«

»Ich sehe schon, dass du gern diskutierst …«

Die hübsche Dame notiert etwas auf ihrem Papier.

»Ja, meine Tochter redet zu viel. Tut mir leid«

Schon wieder. Ich seufze auch, weil ich eine Farbe für das Haus wählen muss. Rot, das ist eine schöne Farbe. Das Haus der anderen Großmutter ist ganz dunkelgrau, selbst das Dach, und trotzdem wähle ich diese Farbe: Rot.

Mama kaut an ihrem Daumen, ich kaue an dem Stift, den ich im Augenblick in der richtigen Hand halte. Zum Malen muss ich wechseln. Eine seltsame Stille lastet auf uns, es ist, als würde Mama den Atem anhalten. Ich werfe einen Blick zu ihr hinüber, doch, sie atmet, aber ganz sachte, mit fest zusammengepressten Lippen, als wäre sie verärgert oder traurig. Jetzt gerade blickt sie zu der hübschen Dame und überhaupt nicht auf meine Zeichnung. Das ist normal, Mama kennt meine Zeichnungen, und zum Zeichnen muss ich den Stift in die falsche Hand nehmen, also ist es besser, wenn sie mich nicht ansieht, denn sonst wird sie ihren Daumen komplett aufessen.

Mir ist das egal; wenn ich male, kommt es nicht auf die Hand an, was zählt, ist die Farbe, und Rot ist eine sehr schöne Farbe. Es ist nicht lange her, dass ich an den Händen von Oma Marie das schönste Rot der Welt gesehen habe. Das war im Januar. Es reichte ihr bis zum linken Ellbogen, so kräftig rührte sie das Blut des Schweins um, das kurz davor im Hinterhof ihres Häuschens geschlachtet worden war. Am Vortag hatte es geschneit, der Boden war glatt. Papa hat das Schwein zusammen mit dem hinkenden Großvater, dem Metzger des Nachbardorfs, dem Bruder von Mama und Pepa, einem anderen Nachbarn, in die Mitte des Hofs geführt, wo sie einen riesigen hölzernen Trog vorbereitet haben. Neben dem Trog stellte Oma einen großen Topf auf einen kleinen Ofen, um das Wasser heißzumachen, mit dem das Schwein überbrüht werden sollte, sobald es tot war. Die Wasserblasen platzten und hoben den Deckel hoch, Dampf stieg auf. Sie rutschten alle auf dem frischen Schnee aus, auch das Schwein, trotz seiner vier Pfoten und all der Männer, und dann gab der Metzger zwei Schüsse mit einer speziellen Pistole ab, um das Schwein zu töten, und sie stürzten alle auf das Schwein, das sich endlos schüttelte und schüttelte. Ich durfte nicht zuschauen, aber ich habe alles gesehen. Schon als das Schwein aus dem Schweinestall herausgetrieben wurde, hatte es so laut gequiekt, dass ich wach geworden war. Ich war aufgestanden. Das Fenster des Zimmers, in dem ich bei den Omas schlafe, geht auf den Hinterhof hinaus. Und niemand hat mich gesehen, alle hatten nur Augen für das Schwein. Oma Marie kam mit einem Becken und einem sehr schmalen und sehr spitzigen Messer, sie stach damit in den Hals des Schweins und fing das Blut auf, das langsam herausrann. Sie ließ das Messer fallen und rührte das Blut mit ihrer Hand um, die Männer starrten sie an und drückten auf das Schwein, so wie man es im Sommer manchmal mit Luftmatratzen macht, damit die ganze Luft entweicht. Danach ging Oma Marie ins Haus, dabei rührte sie weiter das Blut um. Ich rannte in die Küche, um sie zu sehen und vor allem diese rote Farbe. Ihr Arm dampfte und rührte unablässig. Das Blut war dick und rot, rot, rot. Wir blieben eine ganze Weile lang so in der Küche, Oma Marie und ich. Sie blickte mich an und lächelte mir mit all ihren Falten zu.

Das Rot meines Buntstifts ist nicht das gleiche wie das Blut des Schweins, aber es ist trotzdem das kräftigste Rot unter allen Farbstiften, die die hübsche Dame mir angeboten hat. Jetzt höre ich zu, wie der Stift über das Papier gleitet. Das gefällt mir, denn so herrscht nicht überall totale Stille. Nicht dass ich die Stille nicht mögen würde, ganz im Gegenteil, mir ist die Stille lieber, nachts, vor allem wenn meine kleine Schwester und mein kleiner Bruder schlafen, aber im Klassenzimmer ist es nicht das Gleiche wie zu Hause. Hier ist die Stille laut. Das Klassenzimmer ist größer als das in meiner Vorschule und hat keine Spielsachen. Es gibt nichts außer der großen schwarzen Tafel mit einer Reihe weißer Kreiden, einen großen Schreibtisch und Tische für jeweils zwei Schüler. Ich würde gerne mit der Kreide einen Strich auf der schwarzen Tafel machen, um zu sehen, wie das aussieht. Heute herrscht ein großes Durcheinander, weil alles umgestellt wurde, damit wir unsere Zeichnungen machen und die Fragen beantworten können, um zu sehen, ob wir im September in diese Schule gehen können – das hat eine andere Frau Mama am Eingang gesagt. Der große Schreibtisch wurde nicht verrückt, er muss wohl zu schwer sein.

»Wir haben erst Februar, bis zum Schulanfang ist noch lang hin«, sagte Oma Marie. Wir sind jetzt zu viert in diesem Klassenzimmer und zeichnen, niemand spricht, und die Stille bebt.

Mein Haus ist sehr hübsch, das weiß ich. Ich bin zufrieden mit meiner Zeichnung, ich male jetzt noch den Rauch, der aus dem Schornstein steigt.

»Es gibt Blumen und auch Blätter an den Bäumen. Und eine helle Sonne mit blauen Wolken auf der anderen Seite des Himmels. Und mit dem Kamin ist alles für den Winter bereit. Wenn die Wolke die Sonne verdeckt, kann es sehr kalt werden. Man weiß nie. Der hinkende Großvater sagt, man muss vor allem das Holz für den Winter fertig machen, aber das ist hinter dem Haus, man sieht es nicht auf dem Bild. Das hier ist zwar nicht sein Haus, aber das ist in allen Häusern gleich, man stapelt das Holz hinter dem Haus auf. So ist es besser aufgeräumt und schwerer zu stehlen.«

Den Erwachsenen muss man alles erklären, denn sonst stellen sie dumme Fragen oder verbessern einen und sagen, dass »das nicht so ist«. Was wissen sie schon davon?

Die hübsche Dame lächelt. Ich lächle ihr auch zu. Sie gefällt mir immer besser.

»Machen Sie sich keine Sorgen wegen der Hand, wir unternehmen alles Nötige.«

Mama hat plötzlich aufgehört, ihren Daumen zu zerbeißen. Sie spricht ganz leise, als ob es sich um ein Geheimnis handelte.

»Ich habe gehört, dass diese Schule ganz modern sein soll.«

Man hatte sogar in der Zeitung über diese moderne Schule geschrieben. An einem der letzten Sonntage bei den Omas hat Mama den Artikel laut meinem Vater vorgelesen und gesagt, das träfe sich gut, dass man gerade in unserem Viertel eine neue Schule gebaut habe, die sehr modern sein solle und mit neuen Methoden und einer jungen Lehrerschaft und lauter anderen Sachen, ich erinnere mich nicht mehr genau. Mein Vater runzelte die Stirn, das macht er immer, wenn er nicht einverstanden ist, und er bemerkte, dass man in der Zeitung alles Mögliche schreiben könne; Tatsache ist, dass es vor allem praktisch ist, weil sie ganz in der Nähe unseres Hauses ist, und dass es gut wäre, wenn ich in dieser Schule aufgenommen würde, das ist alles. Mama hat gesagt, man kann ja hoffen, und Papa hat geantwortet, Hoffnungen sind Pailletten, die man sich in die Augen streut, um nichts zu sehen, es gäbe nichts mehr zu hoffen. Ich finde das ziemlich blöd, sich selbst etwas in die Augen zu streuen. Außerdem weiß ich, dass die Hoffnung etwas Gutes ist, denn das hat mir Oma Magdina gesagt. Sie hat mir gesagt, die Hoffnung sei wie eine kleine Luftblase, wie die in dem Karpfen, den wir an Weihnachten essen, die den Fisch schwimmen lässt, und wenn man eines Tages das Gefühl hat zu ertrinken und denkt, dass man sterben wird, dann ist diese kleine Luftblase da, als Reserve für den schwierigsten Moment, und weil man das weiß, kann man viel mehr machen und immer noch besser. Papa hat gesagt, dass der Weihnachtskarpfen trotz seiner Luftblase mausetot ist und verspeist wird. Mama Marie hat geantwortet, dass es in bestimmten Fällen wirklich keine Hoffnung mehr gibt, und damit sei nicht einmal der Karpfen gemeint … Danach ging das Gespräch in eine Grundsatzdiskussion über die Frage über, ob es gut sei zu hoffen oder nicht, ich verstand nicht alles, und das Ganze endete, als der hinkende Großvater mit seinem Stock auf den Boden stieß und sagte: »Es reicht!« Er redet nicht viel, aber manchmal hören alle auf ihn.

Mein Vater fügte nur noch hinzu: »Ich hoffe, damit ist das Thema erledigt«, und Oma Marie sagte: »Siehst du.« Sie lächelte mir zu und strich mir über die Wange. Das war alles.

Die hübsche Dame bestätigt: »Ja, eine sehr moderne Schule.«

»Man könnte vielleicht sogar in Betracht ziehen, dass ihre Hand …«

»Guten Tag, Genossinnen! Wie läuft es denn mit diesem kleinen Mädchen hier? Das ist aber ein schönes Haus. Hast du das gemalt?«

Der sehr große Herr im grauen Anzug mit einer sehr blauen Krawatte, der mir den Kopf striegelt, beugt sich über mich, um das Bild zu betrachten. Er riecht überhaupt nicht gut.

»Guten Tag, Genosse«, sage ich.

»Wie heißt du?«

Er spricht sehr laut.

»Ich heiße Eva und werde bald sechs Jahre alt.«

Schön langsam läuft es.

»Eva, ein sehr hübscher Vorname, du malst sehr gut. Aber … mit der linken Hand? Soso, soso.«

Er zieht das »o« ewig in die Länge, wie Ilona es mit dem Kaugummi macht, den ihr Vater ihr manchmal mitbringt. Einmal habe ich ihren weitergekaut, als sie ihn nicht mehr wollte. Er hat nicht gut geschmeckt, aber ich habe ihr geschworen, dass er super war, um ihr einen Gefallen zu tun.

»Soso, soso.« Er fährt fort: »Wissen Sie …«

Mama beißt auf ihrem Daumen herum. Die hübsche Dame sagt: »Wissen Sie, dass Leonardo da Vinci mit beiden Händen zeichnen und schreiben konnte?«

Das glaube ich nicht.

»Ist das wahr? Kann man das machen, wirklich? Und wer ist das, dieser Devintschi?«

Ich frage mich wirklich, wie er das gemacht hat. Man kann mir keine Märchen erzählen, auch wenn ich klein bin.

Und bevor der große Herr wieder zu Wort kommt, fährt die hübsche Dame fort, mir das Rätsel zu erklären »Ja, der Genosse da Vinci war ein sehr großer Maler und Wissenschaftler in Italien, in der Zeit, die man die Renaissance nennt. Das liegt mehrere Jahrhunderte zurück. Er konnte mit beiden Händen schreiben und dazu auch noch verkehrt herum. Man konnte das, was er geschrieben hatte, nur mit einem Spiegel lesen. Aber ich glaube, zum Zeichnen benutzte er ausschließlich die linke Hand. Er ist hochberühmt wegen seiner Bilder und seiner vielen Erfindungen. Niemand, wirklich niemand stellt seine Genialität und die Schönheit seiner Gemälde infrage.«

Dann blickt sie dem grauen Anzug unverblümt in die Augen und fügt hinzu: »Und außerdem sind wir eine moderne Schule, wie jeder weiß.«

Er zupft seufzend seine blaue Krawatte zurecht.

»Ja, sehr modern, natürlich, Genossin.«

Es ist klar, dass ihm meine Hand nicht gefällt. Er ist wie alle anderen. Fast alle rufen, wenn sie mich malen sehen, sofort aus: »Du hältst den Stift in der falschen Hand, meine Kleine! Du musst ihn wechseln.«

Und alle setzen immer eine so düstere Miene auf, als ob ich eines Tages daran sterben müsste. Einmal habe ich Mama gefragt, ob ich Linkshänderin bin, weil sie an ihrem linken Daumen kaut, und ich habe eine Ohrfeige von Papa bekommen. Er sagte, das sei idiotisch und schwachsinnig, und er frage sich, wo ich eine solche Idee aufschnappen konnte. Bei meinen zwei Omas stört das niemanden. Ich sticke mit der linken Hand, und niemand findet etwas daran auszusetzen; im Gegenteil, beide Omas behaupten, ich sei sehr begabt für das Sticken. Ich glaube, sie wollen mir so eine Freude bereiten, damit ich dabeibleibe. Da es bei ihnen keinen Fernseher gibt und ich jedes Wochenende bei ihnen verbringe, muss ich mich ja irgendwie beschäftigen am Abend, wenn ich aufhöre mit meiner Cousine Olga zu spielen. Olga hat mich darauf gebracht, sie stickt nicht so gut wie ich. Das ist sicher, das braucht mir niemand zu erklären.

Zu Hause beim Essen schimpft Papa mich wegen dieser Sache mit der linken Hand aus. Er lobt meine kleine Schwester, wenn sie stolz ihren Löffel in der rechten Hand schwingt, selbst wenn sie ihre Suppe oder ihr Püree überall verspritzt. Manchmal esse ich lieber gar nichts oder aber mit den Fingern. Ich bin mir sicher, dass Papa extra abends Suppe verlangt, nur um mich zu ärgern.

Die andere Großmutter macht der ganzen Familie Angst wegen meiner linken Hand. Sie denkt, dass das eine Strafe für uns ist, aber ich weiß nicht, wofür. Niemand von uns hat etwas verbrochen. Sie war diejenige, die mich am meisten bestraft hat. Einmal hat sie mir die linke Hand hinter dem Rücken festgebunden, damit ich nur die richtige Hand benutze, um die Suppe zu essen. Ich habe gebrüllt und mich am Boden gerollt. Wegen meiner Schreie hat sie mich losgebunden. Sie hat Kopfweh davon bekommen, das weiß ich, sie bekommt oft Kopfweh. Als sie die Schnur löste, habe ich um mich geschlagen vor lauter Angst, dass ich mir etwas an meinem Arm gebrochen haben könnte. Ich hatte schreckliche Schmerzen und verlor sogar das Bewusstsein, das hat man mir nachher erzählt. Im Krankenhaus hat man meinen Arm für fast einen Monat eingegipst. Alle hofften, dass ich in der Zeit, in der ich den Gips tragen musste, die Hand wechseln würde, aber so war es nicht. Ich habe keinen Stift angerührt. Und seitdem will ich die andere Großmutter nicht mehr sehen, weil sie behauptet hat, dass ich mir den Arm ganz alleine gebrochen habe, als ich hinfiel, aber ich weiß ganz genau, wann ich dieses Geräusch innen gehört habe. Man brachte mich fast einen Monat lang bei den Omas unter, sodass ich viel Zeit mit meiner Cousine Olga verbringen konnte. Wir hatten so viel Spaß miteinander. Wir sind zu dem Haus gegangen, in dem Papa früher gewohnt hat. Wir sind ihm nicht sehr nahe gekommen, denn dort wohnt jetzt eine Frau, die mit niemandem spricht. Wir haben sie von Weitem gesehen, also sind wir schnell davongerannt. Dieses Haus ist groß, aber nicht sehr hübsch, ich will es heute nicht zeichnen.

Aber wenn dieser Devintschi mit beiden Händen schreiben konnte und das auch noch verkehrt herum, dann gibt es keinen Grund, weshalb ich das nicht auch schaffen könnte und vielleicht sogar besser als er! Sobald wir daheim sind, versuche ich es.

Der graue Anzug mustert mein Haus und ein bisschen meine linke Hand. Er fragt mich: »Magst du die Farbe Rot?«

Ich würde gerne wissen, warum die Erwachsenen so oft Fragen stellen, auf die sie die Antwort schon kennen. Wirklich. Ich nicke trotzdem bejahend, und schon stellt er mir noch eine dumme Frage: »Kannst du einen Stern zeichnen?«

Ich nicke zweimal. Ich kann Sterne sogar sehr gut zeichnen, aber man kann sie nicht gleichzeitig mit der Sonne malen. Sie sind zu golden, und danach sieht man nichts. Na schön, ich werde es heute ausnahmsweise trotzdem tun. Ich seufze. Ich nehme die gelbe Farbe, das ist die beste für die Sterne; die Farbe Gold und glänzend gibt es nicht als Buntstift.

»Warum nimmst du nicht die rote Farbe für deinen Stern?«

Weil die Sterne golden sind, würde ich ihm gerne antworten. Er fängt langsam an, mir auf den Geist zu gehen. Aber vorher, als ich die Augen zum Himmel verdrehe, so wie es Oma Magdina macht, wenn sie mit jemandem oder etwas nicht einverstanden ist, begegnet mein Blick dem von Mama. Sie ist untröstlich.

Schon wieder. Also lege ich den gelben Stift hin und tausche ihn gegen den roten aus. Der graue Anzug legt seinen pummeligen Finger oben auf mein Papier, direkt in die Mitte zwischen die Wolke und die Sonne.

»Hier!«

In Ordnung, ich hab verstanden, er will den gleichen Stern wie den am Eingang der Schule, den großen – anscheinend leuchtet er abends, Ilona hat mir das gesagt, ihr Papa hat es gesehen, also muss es stimmen. Mein Stern wird anders aussehen, wie eine Blume, ich male ihn mit lauter Zweigen, langen und kurzen, er ist richtig, richtig rot. Ich strenge mich an, um nicht über die Konturen der Zweige hinaus zu malen.

Man betrachtet meinen Stern. Ich sehe genau, dass etwas nicht passt. Wie jedes Mal muss ich meine Zeichnung erklären.

»Eigentlich sind es zwei rote Sterne, einer über dem anderen. Als ob sie sich lieben würden, sie werden lauter kleine rote Sterne bekommen.«

Und ich setze diese Miene auf, die Papa verabscheut und die sagen will: »Kapierst du denn gar nichts?«

Lächeln auf allen Gesichtern.

Wie können die Erwachsenen nur einen solchen Blödsinn schlucken? Jeder weiß, dass die Sterne keine kleinen Sterne bekommen können, so wie die Tiere das tun. Nein, sie kreisen im Raum, vor allem nachts; na ja, es ist klar, dass sie auch tagsüber kreisen, bloß sieht man das nicht, weil die Sterne im Tageslicht natürlich unsichtbar sind, und sie kreisen so schnell, dass wir auf der Erde das nicht einmal mitbekommen, dabei entstehen Tausende kleine Splitter, die selbst wieder zu Sternen werden. So ist das. Das würde ich gerne eines Tages sehen. In Wahrheit sehe ich die Sterne nicht sehr oft, weil ich früh schlafen gehen muss. Wenn ich groß bin, bleibe ich nachts wach und sehe zu, wie die Sterne kreisen.

»Wirst du den *Funken* beitreten?«

»Ja.«

Und bevor ich noch etwas hinzufügen kann, sehe ich wieder Mama.

Sie ist bleich wegen der letzten Auseinandersetzung. Das war gestern. Wir wissen alle, dass man den *Funken* beitreten muss, wenn man in die Schule kommt. Die Jungen tragen das rote Halstuch, die Mädchen dazu noch die hellblaue Bluse und den dunkelblauen Rock, und so bereiten sie sich auf die Verteidigung des eigenen Landes vor. Ich weiß nicht, gegen wen oder für was man kämpft, normalerweise gibt es keinen Krieg. Nach den *Funken,* wenn man größer ist, kommen die *Pioniere,* danach die *Kommunistische Jugend.* Die Jungen tragen immer noch das rote Halstuch und die Mädchen dazu noch die hellblaue Bluse und den dunkelblauen Rock und verteidigen ihr Land. Im Frühling reinigen sie den Bach, zelten im Wald, singen Lieder, die Ältesten sammeln Altpapier, Glasflaschen und verrostetes Eisen und im Herbst auch Kartoffeln und Karotten auf den Feldern – und das alles ohne Bezahlung, sagt der hinkende Großvater und lacht, weil er meint, dass die ganze Jugend total hereingelegt würde.

Nach der *Kommunistischen Jugend* kommt die *Kommunistische Partei.* Abgesehen von den Omas und von Mama ist jeder, den ich kenne, in der Kommunistischen Partei. Aber, halt, auch der hinkende Großvater, ist nicht dabei: eben weil er hinkt und zu alt ist, kann er sein Land nicht verteidigen, außerdem will ohnehin niemand etwas von ihm wissen.

Ich weiß nicht, warum der graue Anzug mich nach dem Beitritt fragt. Man muss den *Funken* automatisch beitreten, das hat die andere Großmutter gesagt. Vielleicht hat sie es speziell für mich gesagt? Ich muss automatisch eintreten und nicht so viel reden. Gestern habe ich nämlich gesagt, dass ich gerne zu den *Funken* gehen will, wegen dem roten Halstuch, die blaue Bluse und der blaue Rock gefallen mir weniger. Meine Omas fanden das nicht gut, das habe ich genau gesehen. Danach habe ich gesagt, ich würde lieber nicht Pionier, sondern Stern werden, um in den Himmel zu kommen. Meine Omas haben gelächelt, aber Mama hat geweint. Daher antworte ich jetzt nur »ja« und schweige Mama zuliebe.

»Genossin Eva …?« Der große Herr in dem grauen Anzug und mit der blauen Krawatte dreht die Karteikarte der hübschen Dame um, um meinen vollständigen Namen zu sehen.

Die hübsche Dame deutet auf meinen Namen in der Liste der Kinder, die heute ein Haus zeichnen müssen. Er beugt den Kopf, um besser lesen zu können.

»Hm, Sie wissen ja, Genossin«, sagt er und blickt dabei Mama an, »in diesem Jahr ist der Andrang an aufnahmewilligen Schülern sehr groß, wir kommen zu den geburtenstarken Jahrgängen.« Als ob die Leute damals nichts anderes zu tun gehabt hätten, als Kinder zu machen.

Es ist wahr, offenbar wurden 1969 und 1970 viele Kinder geboren, und auch 1971. Oma Marie weiß das genau, sie interessiert sich sehr für Kinder. Sie findet es sehr gut, dass das Land sich auf diese Weise verteidigt, indem es Kinder zeugt. Es ist, als ob es sehr kalt gewesen wäre oder etwas in der Art: Die Leute sind zu Hause geblieben und haben Kinder gemacht. Aber wie sollen die Kinder ein Land verteidigen? Niemand hat Angst vor Kindern.

Aber jetzt sollten Sie endlich aufhören, Mama Angst einzujagen, sage ich im Geiste zu diesem Herrn, *Sie sollten mich in diese Schule aufnehmen.*

Mama wird rot und kaut wieder an ihren Fingernägeln. Ich ahne es schon, es wird wieder ein Problem wegen meines Namens geben.

»Also, das ist die Tochter der Genossen …«

Und die hübsche Dame nennt Papas und Mamas Namen.

»Soso, soso.«

»Ich bin zu früh auf die Welt gekommen.«

Ich sage das schnell, um weitere dumme Fragen zu unterbinden, die man uns ständig zu diesem Thema stellt.

Mama erklärt: »Ja, Eva ist vor der Hochzeit geboren, mein Mann war beim Militär, danach hat er sein Studium beendet, er konnte sich nicht vor der Geburt für die Hochzeit freinehmen. Er hatte einen sehr wichtigen Posten während all dieser unruhigen Jahre, wissen Sie. Eva wurde im Mai 1969 geboren. Wir haben das auch so angegeben, nichts verändert.«

»Ich verstehe.«

Mit einem Mal setzt der graue Anzug eine sehr ernste Miene auf, und er sieht Mama anders an. Papas Name wirkt jedes Mal. Eigentlich ist Mama eine schlechte Lügnerin. Dabei sagt sie ständig, dass Lügen das Schlimmste auf der Welt ist, ein wahres Gift. Aber diese Geschichte hier, die erzählt sie sehr überzeugend. Was Papas Namen angeht, so wollte anscheinend zuerst die andere Großmutter, seine Mutter, nicht, dass Papa und Mama heiraten, und sie bog die Geschichte dann für die Öffentlichkeit so zurecht. Oma Marie und Oma Magdina dagegen beteuern, dass mit meiner Geburt alles seine Ordnung hatte, dass der Name genau zu mir passt, dass also alles passt.

Es ist gar nicht lange her, letztes Jahr Weihnachten erst, da saßen wir alle in ihrem großen Haus beisammen, die Omas und der hinkende Großvater, Onkel Jozifek und Onkel Karlik waren auch gekommen. Ich erinnere mich nicht mehr, warum, ich glaube, wegen dieser Schule, weil alle von dem neuen Gebäude redeten, das dort gebaut worden war, wo Papa es dem Komitee des Viertels und dem Nationalkomitee im Bürgermeisteramt vorgeschlagen hatte, und nicht in dem Weizenfeld vor unserem Haus. Kurz vor dem Ende der Bauarbeiten mussten alle Eltern der Kinder, die in diese Schule gehen wollten, mit Hand anlegen zur Fertigstellung. Der Bau war furchtbar im Rückstand, und alle hatten Angst, dass das Gebäude nicht rechtzeitig fertig werden würde. Natürlich wurde diese Arbeit überhaupt nicht bezahlt, dennoch machten alle mit. Freiwillig. Papa sagte, niemand hätte es gewagt, bei der Fertigstellung der Schule für die Kinder nicht mitzuhelfen. Alle beglückwünschten ihn, und die andere Großmutter sagte, Papa sei der einzige Stolz der Familie. Danach blaffte sie uns Kinder an, wir sollten uns ein Beispiel an ihm nehmen und so zum Ruhm der Familie beitragen. Sie blickte mich an und sagte, mich beträfe das zwar nicht so sehr, aber ich sei trotzdem aufgefordert, mich anzustrengen. Und sie ermahnte Mama wieder, dass man die Dinge geschickt darstellen müsse. Oma Magdina wies darauf hin, dass die andere Großmutter nur die Früchte dessen erntete, was sie gesät hatte, also die Folgen ihres maßlosen Stolzes, um nicht zu sagen ihrer Dummheit und ihrer Kurzsichtigkeit oder ihrer zu kurzen Voraussicht, ich weiß nicht mehr, was, dann regten sich alle auf und fingen an zu schreien. Ich hätte ihnen gerne länger zugehört, weil man echt viel erfährt, wenn die Erwachsenen schreien und vergessen, dass man da ist. Aber Oma Marie setzte mich auf ihre Knie, küsste mich und flüsterte mir ins Ohr: »Du gehörst niemandem. Du bist frei. Das ist das Einzige, worauf es ankommt. Vergiss das nie.« Sie umarmte mich sehr fest, dann stand sie auf, um sich auf den Heimweg zu machen.

Sie trat hinaus in die Nacht, zu Fuß, ganz allein. Es schneite. Im Sommer braucht man mehr als eine Stunde, um von einem Dorf zum anderen zu gehen, im Dunkeln und im Winter dauert es länger. Alle wollten Oma Marie zurückhalten. Nur Magdina nicht, denn sie weiß, dass Marie sehr starrsinnig ist und sich nichts aus der Bescherung macht. Sie will nichts geschenkt bekommen und behauptet, sie habe schon alles. Ich wäre gerne mit Oma Marie gegangen. Sie schreit nie. Ich hätte auch gerne gesehen, ob Sterne am Himmel standen, aber es schneite zu stark, sodass ich nicht weit blicken konnte. Ich bin auch dageblieben, weil ich auf ein paar Geschenke hoffte. Ich habe zwei bekommen, ein großes und ein kleines. In dem kleinen Paket fand ich ein Stickmäppchen, eine Reihe Nadeln und Garnrollen und ein rechteckiges Stück von weißem Stoff. Sicher ein nettes Geschenk, aber nichts Besonderes. Ich ahnte, dass in dem anderen Paket, das viel größer und schwerer war, Bücher waren. Tatsächlich waren es zwei, wie ich beim Auspacken merkte. Auf einem Umschlag war eine wunderschöne Prinzessin abgebildet. Ich schwenkte das Buch über meinem Kopf und summte: »Ich bin eine Prinzessin, ich bin eine Prinzessin, ich bin eine Prinzessin!«

Ich war glücklich. Plötzlich erhob sich der hinkende Großvater aus seinem Sessel, den er nie verließ, ohne dass Oma Magdina ihn am Unterarm stützte und ihm half, stehen zu bleiben. Er machte einen großen Satz auf den Tisch zu, wo wir alle saßen, riss mir das Buch aus den Händen und schleuderte es ins Feuer des Ofens. Die gusseiserne Tür schlug mit einem Knall zu. Dann kehrte er in seinen Sessel zurück. Ich glaube dem Hinkenden, wenn er bei meiner Ankunft am Freitagabend sagt, dass er alle meine Spielsachen verbrannt hat, bis Oma Marie und Oma Magdina mir sagen, dass das nicht wahr ist.

Ich bin mir auch sicher, dass er Oma Magdina zum Narren hält, wenn er von ihr verlangt, ihm bei jeder noch so kleinen Bewegung zu helfen, aber das ist ihre Angelegenheit. Sie hat ja gesehen, wie er in der Küche um den Tisch sprang. Dennoch hilft sie ihm weiterhin. Ich verstehe das nicht.

Das letzte Weihnachtsfest war ein wenig traurig, weil Onkel Karlik, den jetzt alle Karel nennen, zum Militärdienst fortgehen muss, aber das ist schließlich normal, weil er achtzehn Jahre alt geworden ist. Der Hinkende sagt, dass er dort wenigstens ein richtiger Mann wird, sodass er endlich einen echten Sohn haben werde. Was er damit sagen will, verstehe ich nicht. Ich finde,

Onkel Karlik ist genau richtig, so wie er ist, sanft und lächelnd. Onkel Jozifek ist nicht zum Militärdienst eingezogen worden, vielleicht wegen seiner Gesundheit, er pfeift, sobald er schnell geht, und er kann nicht laufen.

Seit der Hinkende dieses Buch mit der Prinzessin drauf ins Feuer geworfen hat, lese ich noch mehr, denn Oma Marie hat gesagt, dass die Wörter große Macht haben. Der Beweis: Wenn schon ein kleines Buch und ein Liedchen den Hinkenden zum Aufstehen gebracht haben, dann muss es reichen, die richtigen Worte zu finden, um die Welt zu verändern.

Unvermittelt sage ich: »Ach, also jetzt weiß ich, warum ich in diese Schule gehen will.«

Mama ist ungeduldig, die anderen auch.

»Nun sag schon!«

»Na ja, um mit der anderen Hand, der richtigen, wenn Sie wollen, schreiben und zeichnen zu lernen, denn mit der linken kann ich es schon. Und um die richtigen Wörter zu lernen, das ist wichtig, Oma Marie sagt das.«

In der Zwischenzeit habe ich den doppelten roten Stern über dem Haus ausgemalt, und ich zeige das Bild dem grauen Anzug.

Mit todernster Miene schreibt der Herr mit seinem blauen, beinahe violetten Füllfederhalter auf meine Zeichnung: »Angenommen, 17. Februar 1975«. Er fügt noch ein ausuferndes Gekrakel als Unterschrift hinzu, dann geht er zu einem anderen Tisch, wo eine andere hübsche Dame ein anderes kleines Mädchen bat, ein Haus zu zeichnen.

Die hübsche Dame bemerkt ganz leise, als spräche sie mit sich selbst: »Ihre Tochter hat einen sehr ausgeprägten Überlebensinstinkt.«

Meine Mutter nickt. »Ja, das liegt in der Familie.«

9

Je m'appelle Eva et je viens bientôt d'avoir quinze ans.

Ich bin stolz auf diesen Satz Französisch.

»Du musst dich entscheiden«, sagt meine Lehrerin: »*Je m'appelle Eva et je viens d'avoir quinze ans*« oder: »*Je vais bientôt avoir quinze ans*«.

Gut.

»*Je m'appelle Eva et je viens d'avoir quinze ans.* Im Mai.«

»Bravo, Eva.«

Pfff ... Ich bin verzweifelt.

Eine Viertelstunde, eine Ewigkeit, um einen Satz zu bilden, welch ein ungeheurer Aufwand. Gut, dass meine Lehrerin so nett und optimistisch ist.

Eigentlich kann auch ich optimistisch sein. Letzten April, vor ein paar Monaten, kurz bevor ich im Mai 1984 fünfzehn wurde, hatte ich das Gefühl, die Welt läge zu meinen Füßen. Oder zumindest das Dorf meiner Omas.

Aber fünfzehn Jahre, das ist ein hartes Alter. Ich hätte nicht gedacht, dass der Unterschied zwischen dem, was man erhofft, und dem, was man erlebt, so groß würde. Eine ganze Welt liegt in dieser schwarzen und riesigen Kluft zwischen den Träumen und der Realität. Und offenbar ist das der ganzen Welt egal. Waren sie nie fünfzehn, all diese Erwachsenen?

Wer fünfzehn Jahre sagt, der meint Personenstandsbuch, Institutionen, Beweis unserer öffentlichen Existenz. Übergang zur Eigenverantwortung, so hat es man uns in der Schule beigebracht. Man erhält ein rotes Büchlein, auf dessen Vorderseite ein roter Stern prangt, man zeigt es dem Genossen Polizisten, wenn er fragt, wer wir sind.

Wer bist du? Du antwortest nicht auf diese Frage, du schweigst: Dafür sind doch die Papiere da, um mitzuteilen, wer man ist.

Ich war ziemlich froh, dass ich bald mein Personenstandsbuch bekommen würde, dann würde ich offiziell ich selbst sein. Die Schule kümmerte sich um alles. Sie organisierte die offizielle Übergabe der Papiere im Gemeindesaal oder im Bürgermeisteramt, im Herbst oder im Frühling. Für mich kam der Frühjahrstermin genau richtig.

Das Schwierigste schien mir zu sein, gute Fotos für den Ausweis zu bekommen. Man brauchte vier davon, schwarz-weiß, mit genau festgelegten Maßen. Es dauerte ewig, sie beim Fotografen in der Stadt machen zu lassen, und sie waren furchtbar teuer, weil man ständig von vorne anfangen musste: Immer störten eine Haarsträhne oder ein Schatten. Olga frisierte mich stets aufs Neue, ohne dass es besser wurde, aber unsere Lachausbrüche entschädigten uns reichlich für die Mühen. Man musste auch Wohnsitznachweise und jede Menge sonstige Papiere beibringen sowie eine bescheidene Summe für die Ausstellung des Buchs.

Als es dann um die Geburtsurkunde ging, gefiel mir diese Geschichte mit dem roten Büchlein überhaupt nicht mehr. Aber ich brauchte dieses Dokument, es war unverzichtbar

Die Zeile mit der Bezeichnung *Name des Vaters* blieb leer. Bei mir blieb dieses Feld weiß.

Ein Stich der Erinnerung: Ich bin nicht wie die anderen.

Es ist mir egal, dass ich den Mädchennamen meiner Mutter, meiner Großmutter und meiner Urgroßmutter trage. Darauf bin ich sogar stolz. Aber draußen in der Welt, da wiegt ein weißes Feld in der Geburtsurkunde schwer. Das weiße Feld blieb nicht unbemerkt. Die Genossin Klassenlehrerin, eine alte Jungfer, die auf ich weiß nicht welchem Prinzip herumritt, ließ es sich nicht nehmen, vor der ganzen Klasse darauf herumzuhacken.

»Eva, unsere Eva … du brauchst immer eine Sonderbehandlung, stimmt's?«

»Aber Genossin, ich will nichts anderes, als so sein wie alle anderen.«

Sie fuhr fort: »Das musst du in Ordnung bringen, Eva.«

»Ich kann nichts dafür, Genossin Lehrerin, das ist vor meiner Zeit passiert, wissen Sie, vor meiner Geburt«, antwortete ich zuckersüß.

»Du freches Gör! Dein Heft!«

»Mit Vergnügen.«

Ich kochte innerlich, und das wusste sie.

Meine Mutter würde wieder einmal in die Schule zitiert werden, um Erklärungen abzugeben, sie wäre wieder einmal untröstlich und würde abends an ihrem Daumen nagen.

Im Grunde weiß ich gar nicht, ob es mir so sehr gefallen hätte, ins Schema der Normalität zu passen. Mit der Normalität traktiert man uns seit frühester Kindheit. Keine Abweichung, keine Fantasie, nicht aus der Reihe tanzen, weder bemerkenswert sein noch bemerkt werden, farblos und unauffällig sein. Aus der Normalisierung hat man eine richtige Ideologie gemacht. Und so getan, als wüsste man genau, was normal ist. Im Großen und Ganzen bedeutet es, dass alle das Gleiche denken, wollen, sagen und leben. Zumindest dem Anschein nach. Ja, man muss sich zurücknehmen, dann kann man paradoxerweise anfangen, heimlich man selbst zu sein, ein geheimes Leben führen.

Ich passe nicht in diese vorgegebene Form, ich habe einen Geburtsmakel, eine leere Zeile seit Generationen. Das heißt ich selbst sein, dass ich ein weißes Feld als Abstammung habe, dass ich nicht normal bin. Ich glaube, dass mir das zusagt, der Lehrerin und dem Rest der Welt zum Trotz.

Zu guter Letzt erhielt ich mein Personenstandsbuch.

Wir waren alle in dem düsteren Gemeindesaal versammelt. Die Stimmen verloren sich in den hohen Decken, und die Sitze waren so unbequem, dass man nur einen Wunsch hatte, nämlich stehen zu bleiben. Oder schnell zu fliehen, und zwar weit weg.

Der einzige helle Punkt an diesem Nachmittag waren die Fahnen. Hinter der Bühne hatte man, um die unverputzte Rückwand zu verdecken, einen großen, grauen Stoff gespannt, an dem je nach Anlass und Thema der Veranstaltung Spruchbänder zu Ehren des Landes und des Volks befestigt wurden. An diesem Tag beglückte man uns mit beiden Fahnen, der Nationalflagge und der roten mit Hammer und Sichel. Sie waren jedoch in sich zusammengefallen, da sie nicht ordentlich angebracht worden waren. So hatten sie sich zu einem ziemlich sinnlichen Gebilde ineinander verschlungen. Es tat gut zu sehen, dass selbst die bedeutungsschwersten Dinge sich ihrer Bedeutung entledigen und eine unverhoffte Schönheit an den Tag legen konnten.

Ein Lehrer rief uns einen nach dem anderen mit einem gebrüllten »Genosse Bürger/Genossin Bürgerin X …« auf die Bühne. Der stereotype, kalte Aufruf passte nicht im Geringsten zum verschwörerischen Getuschel der unabsichtlich befreiten Fahnen. Ich war so sehr in ihre Betrachtung vertieft, dass er meinen Namen zweimal schreien musste.

Wie eine Herde von Schafen, die mit dem heißen Eisen gebrandmarkt werden sollte, stiegen wir der Reihe nach auf das Podium. Dort überreichte uns der Genosse Bürgermeister das Buch, wobei er uns so fest die Hand schüttelte, als wollte er sie ausreißen. Ein Klaps auf die Schulter und der Nächste bitte.

»Schon wieder aus der Reihe tanzen, stimmt's?«, zischte die Klassenlehrerin mir ins Ohr, während sie mir kräftig die Hand schüttelte.

Ihr finsterer Blick begleitete mich noch immer, als ich von der Bühne stieg, nachdem ich feierlich zur Genossin Bürgerin und zur glücklichen Besitzerin meines hochoffiziellen Personenstandsbuches befördert worden war.

Mechanisch blätterte ich in dem Büchlein. Das Foto befand sich auf der zweiten Seite, ich trug ein dümmliches Lächeln zur Schau, dünne blonde Haare, die kürzesten in meiner Klasse, fast schon ein Bürstenschnitt. Man sah nur meine Augen.

Ich erbrach mich, noch bevor ich meinen Platz erreichte.

»Du bescheuerte, zimperliche, unzurechnungsfähige Eigenbrötlerin«: Am Abend schleuderte mein Vater mir zu Hause seine Wut so heftig ins Gesicht, dass ich dachte, am liebsten hätte er, dass seine Worte Steine wären.

Er ist böse auf mich, weil ich die Aufmerksamkeit auf mich ziehe, als wollte er nichts mit meiner weißen Abstammungszeile zu tun haben. Ich weiß immer noch nicht, warum, aber er hat Mama trotzdem geheiratet.

Den Personalausweis habe ich dann abgelehnt. Lieber reise ich nicht ins Ausland, als dass ich mir noch einmal die Prozedur antue, von den Funktionären des Bürgermeisteramts und der Polizei die erforderlichen Papiere aufzutreiben, als noch einmal das Objekt von demütigenden Bemerkungen und Befragungen zu werden. Und außerdem, wohin sollte ich schon reisen? Nach Moskau? Meiner bescheidenen Kenntnis nach war der Rest der Welt uns versperrt. Ohne Personalausweis ist es also ehrlicher, Verreisen gibt es nicht.

Außerdem ist mein Vater nicht bereit, seinen Namen in das weiße Feld zu setzen, er erklärt nichts, er entschuldigt sich nicht.

Auch meine Mutter knabbert nur an ihrem Daumennagel und sagt nichts, abgesehen von der ständig wiederholten Aussage, dass es ihr leidtue. Ich rede auch nicht mit ihnen.

Wir begegnen uns, wir sehen uns an und nehmen uns nicht wahr, wir kennen uns nicht. Manchmal kommt es mir so vor, als seien sie über meinen Anblick überrascht, als fragten sie sich, woher ich komme. Ich glaube, dass ich ihnen Angst mache.

Wie an dem Tag, als ich mich weigerte, den Pionieren beizutreten. Ich war dermaßen enttäuscht von den *Funken,* dass ich nicht einsah, wieso ich dauerhaft Mitglied dieser Organisation sein sollte. Ich wollte weder revolutionäre Lieder singen noch in den revolutionären Sommerlagern, in denen man das Überleben in der Natur trainierte, revolutionäre Gedichte aufsagen. Ich wollte keine verordneten Bücher lesen und vor anderen einen Vortrag darüber halten, weil ihnen nichts von dem Zauber der Romane zu Hause innewohnte. Das rote Halstuch schnürte mich ein, und die blaue Bluse und der blaue Rock gefielen mir nicht. Ohne es zu wollen, war ich die Erste an unserer Schule, die den Mitgliedsausweis der Pioniere ablehnte. Man suchte in den Vorschriften, ob ich das Recht hatte, nicht beizutreten. Die andere Großmutter väterlicherseits war vollkommen außer sich, lamentierte, ich würde mich um jede Möglichkeit einer schönen Berufslaufbahn bringen, fragte jeden und niemanden zugleich, was aus mir und aus der Familie werden solle bei all meinen Extravaganzen. Danach war die Ablehnung des Passes beinahe ein Witz. Von außen gesehen konnte man glauben, meine Familie hätte mich für meine Weigerung, den Pionieren beizutreten, bestraft, was die andere Großmutter tröstete.

Ohne Personalausweis keine Ferien mit meinen Eltern, meinem Bruder und meiner Schwester in Deutschland, an der Ostsee.

Die Ostsee sehen? Keinerlei Bedauern, nicht einmal im August.

Hätte ich gerne das Meer gesehen? Ich werde es wahrscheinlich nie sehen – ich meine, in echt. Was für eine Vorstellung, in einem Land ohne Meer geboren zu sein.

Die Straßenkarte Europas liegt vollständig auseinandergefaltet in der Küche der Omas. Mein Finger folgt dem Umriss des Kontinents, taucht ins Blaue, eine ferne, unbekannte Grenze. Eine seltsame Idee, sich das Meer als Grenze vorzustellen.

Man geht auf festem Grund, und plötzlich steigt das Wasser bis zu den Knöcheln, die Waden werden nass, die Knie, die Oberschenkel, und wie kalt es dann auf der Höhe des Geschlechts ist. Man stellt sich auf die Zehenspitzen, um den Moment hinauszuzögern, an dem das Wasser den ganzen Unterbauch bedeckt, und dann ist der Nabel unter Wasser, man hebt die Arme und versucht, mit ziemlich lächerlichen Bewegungen das Gleichgewicht zu halten; die Füße gehen vorwärts, tasten den Grund ab, der abfällt und uns der Tiefe entgegenführt. Jetzt müssen wir die Ellbogen ins Wasser tauchen, die Brüste, den Hals, das Kinn; das Wasser schmeckt salzig. Ah! Das schmeckt bestimmt nicht sehr gut. Das Salzwasser muss in der Nase und in den Augen beißen, oder? Man atmet nicht mehr, wird verschlungen, verschluckt, überflutet … Die Grenze zum Meer ist gefräßig, bulimisch, bodenlos, grenzenlos. Kann eine Grenze grenzenlos sein und dabei selbst die Begrenzung sein?

Der Finger spaziert noch einmal auf der Karte herum, und ich versuche mir wieder das Wasser mit dem salzigen Geschmack vorzustellen; es ist schwierig.

Ich habe das ganze Päckchen Salz, das ich im Schrank gefunden habe, in den größten Topf der Omas geschüttet. Der große Holzkochlöffel kreist und hilft dem Salz, langsam zu schmelzen. Zu salzig oder nicht genug? Woher soll man das wissen? Schmecken alle Meere und Ozeane gleich? Oma Magdina hat mir erzählt, dass die Milch der Kühe anders schmeckte je nachdem, wo sie gegrast hatten. Seitdem die Kühe wie Autos in riesigen, schlecht instand gehaltenen Gebäuden geparkt sind, hat die Milch keine Ähnlichkeit mehr mit Milch, abgesehen von der Farbe, die ist immer weiß. Es ist also absolut möglich, dass die verschiedenen Meere mehr oder weniger salzig sind, mehr oder weniger pfeffrig, würzig …

Es macht mir Spaß, mir vorzustellen, dass es Meere mit unterschiedlichem Geschmack gibt.

Tief einatmen, so viel Luft wie möglich anhalten, eins, zwei, drei: Ich tauche den Kopf in den Topf.

Ich zähle bis zehn, um es voll auszukosten: eins, zwei … so etwas würde ich schließlich nicht jeden Tag machen, es wäre viel Salz dafür notwendig … und wir hätten nicht genug Geld dafür … fünf, sechs, sieben … Wasser überall, in der Nase, im Mund, in den Ohren; ich öffne die Augen, es beißt, und wie! … neun, zehn … schnell ziehe ich den Kopf heraus, ich spucke Wasser, tastend suche ich nach dem Handtuch, das ich neben mich gelegt habe, um mein Gesicht abzutrocknen.

Oma Marie ist ins Zimmer getreten.

»Was machst du da?«

»Ich mache das Meer, um es zu sehen, um es zu schmecken.«

Ich nuschle in das Handtuch hinein, Wasser tropft von meinen kurzen Haaren, rinnt auf meinen Nacken, meinen Rücken, durchtränkt das T-Shirt vorne wie hinten.

»Und?«

»Es ist salzig. Ich bin mir nicht sicher, ob ich genug Salz hineingetan habe. Möglicherweise habe ich zu viel genommen. Es ist kompliziert.«

»Ja, man weiß es nicht.«

Oma Marie kniet sich neben mich und taucht ebenfalls ihren

Kopf in den Topf. Sie bleibt viel länger darin, als ich brauche, um bis zehn zu zählen.

Ich trockne ihr Gesicht mit dem Handtuch ab, sie leckt ihre Lippen und nickt.

»Es ist ein perfektes Meer«, bestätigt sie.

»Ach wirklich? Bist du sicher? Ich habe mich auch angestrengt.«

Sie lächelt verschmitzt.

»Absolut.«

Sie sagt es mit einer solchen Bestimmtheit.

»Woher weißt du das?«

Sie legt ihren Finger auf einen Punkt am Rand des Blaus.

Ich lese »Istrien«.

»Ja, Istrien. Dort habe ich das Meer geschmeckt. Und wer das Meer einmal geschmeckt hat, der vergisst es nie wieder, glaub mir.«

Jetzt bin ich wirklich sprachlos.

»Du hast das Meer gesehen, Oma Marie? In echt? Wann? Wie ist es? Mit wem? Warst du lange dort? Erzähl!«

Ich halte ihre Hand, ich verschlinge sie mit den Augen. Ihre normalerweise unter dem Kopftuch verborgenen Haare sind vom Salzwasser feucht; das verleiht ihr ein unbekanntes und neues, junges Aussehen. Ich sage ihr das, und sie lacht mit einem ebenso jungen Lachen.

»Vor sehr langer Zeit, vor Magdalenas Geburt, habe ich einen herrlichen Monat am Meer verbracht. Ich frage mich im Übrigen, ob es diese Zeit wirklich gegeben hat, damals hielten wir alles für möglich. Wir reisten, wir glaubten, die Welt sei von all ihren Übeln geheilt, es war nach dem Ersten Weltkrieg. Wir konnten uns nichts Schlimmeres vorstellen. Wir irrten uns. Uns waren gerade mal ein paar Jahre Erholung vergönnt.«

Meine Urgroßmutter erzählt mir die Geschichte mit leiser Stimme, nur für meine Ohren bestimmt.

Wir sind am Strand; hinter uns das Land, die Berge, die Ebenen, die Häuser, vor uns das Meer, die Unendlichkeit. Wenn ich die Augen schließe, bin ich dort, mit dieser jungen blonden Frau in Begleitung eines Arztes, für den sie gearbeitet hat.

Mit großer Genauigkeit beschreibt sie mir die Gerüche und die leuchtenden Blumen; ich koste die erlesenen Gerichte, ich trinke die seltenen Weine, der Atem des Meeres lullt mich ein. Es ist ein wahres Märchen, und ich glaube, dass es wahr ist; ich glaube ihr, meiner Oma Marie, sie würde mich nicht anlügen, nicht heute, nicht mit diesen Augen, die sie hat, die Augen einer unsterblichen jungen Frau.

Sie erzählt und sie ist ein vollkommen anderer Mensch. Sie, die immer nur auf der Stuhlkante sitzt und die Sitzfläche kaum berührt, sie sitzt jetzt breit ausladend neben mir auf dem Küchenboden und lehnt sich entspannt, mit ausgestreckten Beinen an den Schrank. Sie neigt den Kopf zurück, als wollte sie die Sonne genießen.

»Jedes Kind, das mit meiner Hilfe zur Welt gekommen ist, ist eine Welle des Meeres. Die Flüssigkeiten, die die Frauen bei der Geburt verlieren, sind salzig, weißt du, das Meer und die Mutter sind so eng miteinander verbunden. Ja, jede Geburt erinnert mich an das Meer, an das Licht des Südens, den Geruch der Liebe. Jede von euch, meinen Töchtern, trägt einen Funken Sonne in sich. Ich frage mich, warum ich euch das nie zuvor gesagt habe. Man denkt, dass das, was einem selbst selbstverständlich erscheint, es auch für die anderen ist, dass es nutzlos ist, darüber zu sprechen. Siehst du, meine Kleine, man weiß nichts. Man hört auf, unschuldig und unwissend zu sein, wenn einem klar wird, dass man nichts weiß. Und dann ist es schon zu spät.«

Oma Maries Stimme ist sanft und ruhig, erfüllt von dieser Sonne, die ich zwar nicht sehen werde, die aber meine Haut umfängt und wärmt. Sie streichelt mich, wenn ich mich ablenken lasse, wird sie mich einschläfern, und genau das will sie, diese neue Stimme von Oma Marie: mich ins Land der leichten Träume führen, mich entführen. Ich folge ihr verzaubert, blind und taub für den Rest der Welt. Die Worte sinken irgendwo in einem Winkel meines Gedächtnisses nieder, ich hoffe, dass sie sich gut dort festsetzen.

Mit Oma das Meer geschmeckt zu haben ist so viel wert wie alle Ozeane der Welt. Ich muss nirgendwo mehr hinfahren, um sie zu sehen. Wenn ich versuchen würde, dorthin zu fahren, dann käme das einem Verrat an diesem kostbaren Nachmittag am Strand gleich.

Wir beginnen die auf dem Boden ausgebreitete Karte zu studieren.

Diese Grenze zwischen der festen Erde und der flüssigen Konturenlosigkeit, das ist nicht einfach. Der Kampf ist allgegenwärtig und auf der Karte lesbar. Manchmal ist die Grenze gewunden, an manchen Stellen verläuft sie fast schnurgerade, man kann unmöglich sagen, wer gewinnt. Ist es die Erde, die Widerstand leistet, oder das Wasser, das zurückweicht und vordringt und zurückweicht und knabbert und wieder die Oberhand gewinnt? Manche Küstenlinien bilden einen solchen Zickzackkurs, dass man je nach den Formen der Einschnitte des Blaus in die Erde an eine endlose Unterhaltung denken könnte, an einen freundschaftlichen oder heftigen Zank. Und wir, ich und Oma Marie, wir sitzen mitten in dieser Karte, so fern von allen Grenzen; wir sind auf einer Insel, mit dem Kopf in einem Topf mit Salzwasser, eine Fata Morgana. Die feste Erde existiert nicht mehr, nur das Meer und wir beide sind noch übrig …

Meine Eltern, mein kleiner Bruder und meine kleine Schwester sind begeistert von ihren zwei Wochen an der Ostsee zurückgekommen, von ihrem Campingurlaub inmitten von Tausenden von Zelten und Tausenden von Familien wie der meinen. Sie haben dort echte Deutsche getroffen, aus unserem Land ausgewanderte, die dort leben, im Ausland daheim sind, sagt meine kleine Schwester.

Sie hat recht, es muss anders sein, als wenn sie einem hier begegnen. Bei uns sind sie Ausländer, und sie sind immer noch Ausländer für uns, wenn wir bei ihnen sind, aber anders, weil sie dann zu Hause sind. In letzter Zeit sieht man immer mehr deutsche Autos; sie haben sich wohl bei uns auf das Land verirrt, sonst wüsste ich nicht, was sie hier wollen könnten. Die Deutschen fahren von einem Ende bis zum anderen durch das Dorf, und wenn sie am Ende der Straße ankommen, dann kehren sie um und ziehen wieder ab. Oma Magdina sagt, dass oberhalb des Dorfs noch nicht alle Schilder nach 1968 wieder aufgestellt worden sind. Den Leuten aus der Gegend fehlen sie nicht, den Deutschen bestimmt.

Ich habe die Ferien bei meinen Großmüttern verbracht. Und bei ihr. Bei *Madame,* meiner Französischlehrerin. Ich liebe es zu sagen: *Madame le professeur de français.* Das ist eine Zauberformel. Ich verreise schon, wenn ich nur diese Sprache höre. Ich brauche keinen Pass.

Und außerdem ist es ein Geheimnis.

Heute habe ich Madame ganz für mich allein. Olga, die im letzten Ausbildungsjahr an der Schwesternschule ist, hat Wochenenddienst im Krankenhaus.

Wir haben Madame erst vor Kurzem kennengelernt.

Wir schnüffelten so lange um das frühere Haus meines Vaters herum, bis die geheimnisvolle Nachbarin uns schließlich nicht nur sah, sondern auch ansprach. Beim ersten Mal wollte Olga davonlaufen, ich nicht.

Diese Frau faszinierte mich, sie wohnte immerhin in jenem

ziemlich ungewöhnlichen Haus, in dem mein Großvater aufgewachsen war. Doch als ich schließlich vor ihr stand, wusste ich nicht, was ich sagen sollte. Zum Glück wusste sie es.

»Kommt doch herein. Ihr schleicht jetzt lange genug um mein Haus herum. Ihr seid die Einzigen, die keinen Hehl aus ihrer Neugier machen.«

»Danke«, sagten Olga und ich wie aus einem Mund und traten über die Türschwelle.

In dem sehr dunklen Gang gab es nur zwei Türen. Eine links, die andere gegenüber, rechts. Letztere hatte keinen Türgriff und war grau vor Staub; dahinter lag Papas früheres Leben.

Das Licht drang zaghaft durch die linke Tür in den Gang. Die Dame forderte uns auf einzutreten. Wir betraten eine andere Welt, fabelhaft und unbeschreiblich, ich hatte keine Ahnung, dass so etwas existieren konnte.

Die zwei Zimmer, die die Dame bewohnte, quollen so sehr von Büchern über, dass wir erst Bücherstapel von zwei Stühlen herunternehmen und auf den Boden unter dem Fenster aufbauen mussten, damit wir uns hinsetzen konnten. Mit all den Büchern, die hier aufbewahrt waren, hätte man mehrere Stadtbibliotheken bestücken können.

»Haben Sie die alle gelesen?«, fragte Olga vewundert.

»Manche sogar mehrmals.«

Und das war nicht gelogen, denn diese Bücher trugen viele Gebrauchsspuren: Die Einbände waren an den Rändern erschlafft, die Seiten hatten Eselsohren, manche öffneten sich ganz von allein an immer wieder gelesenen Stellen.

Die Vorhänge dämpften das Licht, leichter Staub schwebte im Zimmer. Der Staub der Bücher unterschied sich von gewöhnlichem Staub, er war sanfter, feiner auch; ja, ich dachte mir, dass der Staub in dieser Bibliothek ein schönes Leben haben musste. Er war überall, aber nicht im Übermaß. Sondern genau in dem

Maß, das nötig war, um den Helden all dieser Bücher Gesellschaft zu leisten. Ich fühlte mich sofort sehr wohl bei dieser Dame, trotzdem fragte ich: »Warum haben Sie uns eintreten lassen, Madame?«

Sie lächelte. »Warum nicht? Ich bekomme nie Besuch.«

»Wirklich nie?«

Olga stieß mir den Ellbogen in die Rippen; ich begriff nicht, warum, es war doch eine gute Frage, wie mir schien.

Die Dame lächelte weiter, antwortete jedoch nicht. Jedenfalls nicht direkt.

»Ihr könnt über mich oder meine Wohnung erzählen, was ihr wollt, niemand wird euch glauben. Was ihr hier seht, hat keine Bedeutung, weil jeder sich schon längst eine Meinung gebildet hat und zu wissen glaubt, was hier vor sich geht.«

Mutig geworden fuhr ich fort: »Leben Sie ganz alleine? Ist das nicht traurig? Langweilen Sie sich nicht?«

»Wie sollte ich in dieser wunderbaren Gesellschaft alleine sein?«

Sie machte eine sehr schöne Geste, die alle Bücher zugleich einschloss.

»Davon abgesehen ist es wahr, dass ich seit Petriks Verschwinden zu niemandem von hier Kontakt habe. Er fehlt mir sehr. Er liebte die Poesie.«

»Die Poesie?«

Es schien schwer vorstellbar, dass jemand im Dorf sich für Poesie interessieren konnte.

»Ja, wir haben einen echten Dichter verloren mit ihm. Aber er litt sehr.«

»War er krank?« Als Krankenschwester interessiert Olga sich sehr für Krankheiten.

»Nicht direkt. Seine Seele war empfindsam, er war scharfsichtig und unglücklich. Die Poesie half ihm zu leben.«

Ich blieb skeptisch. »Die Poesie?«

»Poesie bedeutet, elegant zu leiden, das macht unser Leiden nicht nur erträglicher, sondern schön«, sagte die Dame voller Wärme und Gefühl.

»Ist er tot?«

»Ja. Die Last des Lebens wurde ihm zu schwer. Petrik hatte nicht mehr die Kraft, seine kristalline Seele, die den Sternen zugewandt war, zu bewahren, sie zerbrach, als sie in die Wirklichkeit stürzte. 1968 war ein besonders hartes Jahr für die Dichter.«

Nun stellte ich eine Frage: »Wer war dieser Petrik?«

»Dein Onkel, Eva, der kleine Bruder deines Papas.«

Olga brach in Gelächter aus wie eine Irre, vor lauter Nervosität. Ich war sprachlos. Papa hatte einen Bruder? Noch dazu einen Dichter, absurd!

Ich schloss die Augen und versuchte mir den kleinen Bruder von Papa vorzustellen, einen anderen Antonin. Jung? Schön? Empfindsam? Dichter? Wie sah ein Dichter aus? Vor allem nicht wie mein Vater! Ich war wie vor den Kopf geschlagen. Nie war ein solcher Junge auf einem Familienfoto aufgetaucht. Nie hatte man ihn in einem Gespräch erwähnt. Nichts, nichts, nichts. Waren Papas Eltern deswegen umgezogen? Konnte man jemanden so einfach aus seinem Leben auslöschen? Auch aus dem Leben der anderen? Wenn die Dame uns nicht von ihm erzählt hätte, dann wäre er vollkommen tot, und am Tag ihres eigenen Todes wäre er endgültig und unwiderruflich tot. Zum ersten Mal spürte ich körperlich das Gewicht der Erinnerung. Heftige Schauer überliefen mich vom Kopf bis zu den Füßen.

Schließlich erklärte die Dame, dass sie nicht viel über uns und unsere Familie wisse. Dabei war dieses »nicht viel« weit mehr, als ich selbst wusste. Ich war begierig, ich wollte alles erfahren.

»Hatte er Ähnlichkeit mit Papa? Haben Sie ein Foto? Wie war er?«

»Sie waren sehr verschieden. Was ihnen gemeinsam war, das war ihre Liebe zu Liba. Petrik liebte sie wie ein Ritter zu Zeiten der großen französischen Troubadoure, es war eine bedingungslose, grenzenlose Liebe. Und er liebte die französische Sprache. Er kam zu mir, um sie zu lernen.«

Nacheinander erfassten mich Staunen, dann Wut, schließlich Verständnislosigkeit.

Die Zeit schritt voran, wir mussten gehen.

Die Dame war Professorin für Französisch, aber sie hatte ihre Stelle an der Universität von Prag aufgeben müssen, um in der Nachbarstadt als Volksschullehrerin zu arbeiten, wie sie uns anvertraute. Da packte ich die Gelegenheit beim Schopf. »Wir kommen auch zum Französischlernen, ich liebe Französisch, ja wirklich, ich liebe Französisch! Dürfen wir? Bitte sagen Sie Ja.«

Die Worte sprudelten aus mir heraus.

»Du hast doch nie jemanden Französisch reden gehört?«, warf Olga überrascht ein.

»Doch, doch, natürlich. Bei einer Freundin, da lief ein Film auf Französisch, du warst nicht dabei, du weißt nicht alles.«

Diesmal versetzte ich Olga einen Rippenstoß. Sie war drei Jahre älter als ich und begriff trotzdem nicht, dass es für mich lebenswichtig war, die Nachbarin meines Vaters wiederzusehen. Und zwar sehr, sehr schnell.

Olga und ich kommen jetzt ohne Wissen unserer Familie zu Madame Gabriela zum Französischlernen.

10

»Wollen wir wiederholen, Eva? Eva?«

Die Stimme von Madame Gabriela bringt mich in die Wirklichkeit zurück. Trotz der großen Sommerhitze setzen wir unsere Stunden im Haus fort, um nicht entdeckt zu werden. Seit zwei Jahren lernen wir nun Französisch.

»Ja, ja, natürlich …«

Meine Gedanken schweifen umher. Inmitten all dieser Bücher fühle ich mich, ich weiß nicht, wie ich es sagen soll … Jedenfalls sind diese heimlichen Stunden wie ein frischer Wind. Olga und ich sind uns dank dieser Kurse nähergekommen, auch wenn sie mittlerweile ihre Ausbildung als Krankenschwester beendet hat und in Vollzeit im Krankenhaus arbeitet. Seitdem habe ich an manchen Samstagen und Sonntagen alleine Unterricht. Allzu lange kann ich nie wegbleiben, sonst wundern die Omas sich, wo ich bleibe, meine Hilfe fehlt ihnen dann im Haushalt, im Garten, ich sticke nicht, ich mache meine Hausaufgaben nicht. Ich arbeite nicht.

Denn darum dreht sich alles: Ich arbeite nicht. Ob bei den Omas oder zu Hause, man muss arbeiten, für sich, für die anderen, damit das Leben weiter- und vorangeht. Ich bin sicher, dass das Leben auch ohne meine Arbeit bestens vorankommen würde. Dem Leben ist meine Arbeit vollkommen egal, und außerdem, was ist das Leben eigentlich?

Ich hoffe nur, dass das Leben sich nicht auf Arbeit beschränkt.

Das Leben kann auch ein Nachmittag am Strand sein, eine ferne Erinnerung; nie bin ich mit Oma Marie ans Meeresufer um den großen Topf zurückgekehrt. Schade.

Manchmal beobachte ich sie und suche nach der schönen, geheimnisvollen jungen Frau, die Arm in Arm mit einem Herrn am Strand spazieren geht, mit einem Strohhut auf dem Kopf, die Sonne brennt, wir sind im Süden, das warme Meer plätschert sanft, in der Ferne errät man die Inseln, verstreut wie die Perlen einer Halskette, die eine frivole Göttin vergessen hat.

Die Inseln, wie ist es, auf einer Insel zu leben?

Darüber habe ich meine eigene Vorstellung. Meine eigene Insel, eine ganz spezielle Insel, ein Raum ohne Arbeit, der einzige auf der Welt, den ich kenne, eine Insel, auf der es keinen Zwang gibt, ganz und gar für sich, das sind die zwei Zimmer von Madame Gabriela.

Ich weiß nicht, wie sie es anstellt, nie das Wort »Arbeit« auszusprechen.

Nachmittags serviert sie uns Tee in einem Porzellanservice, die Teekanne passt zu den verzierten Tassen und Untertassen. Sie verteilt die Teller mit den kleinen Löffeln und den schweren Messern auf dem Tisch. Sie sind aus Silber, glaube ich. So schönes Besteck sieht man sonst nur im Museum oder in historischen Filmen. Wenn ich es berühre, komme ich mir wie etwas Besonderes vor. Es liegt anders in der Hand als das Aluminiumbesteck der Mensa im Gymnasium oder zu Hause. Bei Madame Gabriela sitze ich nicht mit hängenden Schultern am Tisch. Hier halte ich mich gerade, und niemand muss mich tausend Mal dazu auffordern, mich wieder aufzurichten. Und hier nehme ich den Löffel mit der Hand, die ich will. Ich blicke Madame Gabriela in die Augen, wenn ich mit ihr spreche, und sie macht es genauso, wenn sie mit mir spricht, weil wir wirklich miteinander sprechen, wir unterhalten uns.

Madame Gabriela gibt nie eine Anweisung, schreit nicht, wartet geduldig, dass ich meine Sätze vorbereite, korrigiert meine Fehler, ohne sich über mich lustig zu machen. Ich wiederhole, sie korrigiert wieder, antwortet, gibt mir einen Text zu lesen, noch mal zu lesen, dann liest sie ihn, ich lese noch mal, wir übersetzen ihn, in die eine oder andere Richtung, und sehen uns dabei an.

Nein, ich arbeite nicht bei Madame Gabriela, auch wenn ich am Ende jeder Unterrichtstunde erschöpft bin. Über diese Erfahrung kann ich mit niemandem reden. Manchmal denken Olga und ich, dass wir jemandem etwas wegnehmen. Tee trinken und Französisch lernen macht uns auf seltsame Weise schuldbewusst. Von Zeit zu Zeit schnürt sich mir die Kehle zu, ich weiß nicht, warum. Schwer zu sagen, ob es an Madames Blick liegt, am Französischen, an der Gegenwart der vielen Bücher, am Teeservice, an den Marmeladen.

Die Marmeladen werden nicht direkt in Gläsern auf dem Tisch serviert, sondern in hübschen Schälchen, die Madame Gabriela mit zierlichen Löffelchen bestückt hat. Das alles macht jede Lektion zu einem Fest. Ihre Marmeladen sind fast genauso gut wie die der Omas. Das Brot auch. Sie toastet es und streicht Butter darauf. Die Butter schmilzt auf dem warmen Brot, macht es knusprig und weich zugleich.

Meine Finger wandern mechanisch über den Rücken eines Buchs und zeichnen rätselhafte Formen in den Staub, der sich in den Poren des samtweichen Umschlags abgelagert hat.

»Du bist heute nicht bei der Sache. Eva?«

»Entschuldigung, ich bin abgelenkt.«

»En français, tu peux le dire en français?«

Ich schüttle verneinend den Kopf, kein Französisch heute. Es ist ein langsamer, schlimmer noch, fauler Nachmittag. »Ich möchte gerne nur Tee trinken und Marmeladenbrötchen essen, das ist alles. Geht das?«

»*Bien sûr*«, sagt sie auf Französisch.

Ihre Feinfühligkeit berührt mich, ihr Schweigen ist bereits ein Gespräch.

Der Tee ist ausgetrunken, die Brötchen sind aufgegessen, die Löffelchen in den Marmeladenschälchen liegen kreuz und quer herum, der Nachmittagstee ist vorbei.

»Wenn du willst, sehen wir uns deinen Rucksack an, Eva.«

»In Ordnung.« Ich seufze ohne Überzeugung.

Vor zwei Wochen sind meine Eltern wieder nach Deutschland ans Meer gefahren. Das ist eine Familientradition geworden. Oma Marie zufolge ist dieses Meer kalt und braun. Ich trauere ihm also nicht besonders nach, und sie sind froh, ohne mich zu verreisen. Mein Vater findet, dass meine hartnäckige Ablehnung des Passes wenigstens einmal etwas Gutes hat.

Damit auch wir uns in Bewegung setzen, wenigstens im Geiste, hat Madame Gabriela vorgeschlagen, das Vokabular des Reisens zu lernen. Also haben Olga und ich letzte Woche bei Oma heimlich einen Rucksack voller Sachen gepackt, die wir für eine Expedition mit unbekanntem Ziel benötigen würden. Ich habe mehrere Pullover in den Rucksack gesteckt, etwas Unterwäsche und zwei Paar Socken, eine neue Zahnbürste, eine Tube Zahnpasta, einen Kamm. Der ist für Olga, sie braucht ihn für ihr dickes, kräftiges braunes Haar. Ich trage das Haar immer kurz. Als ernste Vertreterin des Gesundheitswesens hat Olga wiederum eine Erste-Hilfe-Schachtel in den Rucksack gesteckt. Jetzt, in der Unterrichtsstunde, steht er am Boden, unter dem Tisch, und ich habe es nicht eilig, ihn zu öffnen. Olga ist heute nicht mit zum Unterricht gekommen.

»Was ist mit dir los, Eva? Ich sehe doch, dass du nicht so energiegeladen wie sonst bist.«

»Meine Eltern kommen heute Nachmittag vom Meer zurück, das finde ich nicht erfreulich.«

»Aber das ist nicht alles, stimmt's?«

Madame Gabriela ist nicht auf den Kopf gefallen. Ich zögere fortzufahren, es geht um Olga.

»Sie haben recht. Ich weiß nicht, was mit Olga los ist. Sie ist seltsam in letzter Zeit, sie erzählt mir überhaupt nichts mehr. Ich habe Angst, dass ich etwas Falsches getan habe.«

Madame Gabriela lächelt freundlich.

»Du bist siebzehn Jahre alt, Eva. Du wirst nicht dein ganzes Leben mit Olga verbringen.«

Ach tatsächlich, vielen Dank, wer hätte das gedacht. Darauf wäre ich wohl auch von allein gekommen. Diese überflüssige Belehrung beleidigt mich.

»Ich glaube, dass Olga verliebt ist«, fährt sie fort.

»Na und? Das kann sie mir doch erzählen, oder? Ich werde nicht auf ihren Freund eifersüchtig sein.«

»Nicht jede Liebe kann man erzählen. Es ist ihre Sache zu entscheiden, was sie dir erzählen will und was nicht.«

»Trotzdem, sie ist nicht mehr dieselbe.« Ich bin mir sicher, dass ich recht habe. Olga ist distanziert, reizbar, arbeitet zu viel, lacht weniger, sieht abgespannt aus. Sie hat abgenommen. Falls es sich wirklich um Liebe handelt, kann es keine glückliche, schöne sein. »Eine verliebte Olga habe ich mir anders vorgestellt.«

»Und wie hast du sie dir vorgestellt?«

»Fröhlich, mir rosigen Wangen, sich in den Hüften wiegend, mit glänzenden Augen, überschwänglich.«

Ich wiege mich in den Hüften. Madame Gabriela und ich brechen in Gelächter aus.

»Eine solche Liebe wäre natürlich wundervoll gewesen, das ist sicher. Dafür gibt es Romane, im Leben läuft es anders ab.«

»O nein, nicht Sie auch noch. Halten Sie mir bitte keinen Vortrag über das Leben. Ich höre nichts anderes in der Schule, zu Hause als, dass das Leben hart ist, dass ich dies oder jenes tun und den Rücken krumm machen soll, mich anpassen, den Mund halten, und für wen ich mich eigentlich halte!«

Sie lächelt wieder.

»Du möchtest ein Leben ohne Kompromisse führen? Ich weiß nicht einmal, ob ich dir das wünschen soll, es gibt nichts Schwierigeres als das.« Sonderbarerweise lacht sie zu diesen Worten noch herzlicher.

Ich fühle mich, als stünde ich neben meinem Leben, als wäre es nicht das meine, sondern eines, das andere für mich ausgesucht haben. Deswegen regen die Erwachsenen mich auch alle so auf, außer meinen Omas, die sind natürlich etwas anderes. Und auch Madame Gabriela ist etwas anderes, auch wenn ich zum ersten Mal bei ihr so etwas wie einen Hauch Spott spüre.

Das Buch, auf dem ich mit meinem Finger zeichne, ist ein Roman über das Leben des Dichters François Villon. Wir hatten in der Schule über ihn gesprochen.

»Und er? Hat er sein Leben ohne Kompromisse gelebt?«

»Das kann ich dir nicht beantworten, jedenfalls hatte er auch mit Fallstricken zu kämpfen. Seine Kunst hat ihn vor dem Vergessen bewahrt; ohne sein Genie wäre er wohl ein banaler Verbrecher wie viele andere gewesen.«

»Muss man genial sein, um ein kompromissloses Leben zu führen?«

»Nein, nicht unbedingt. Aber Genialität verpflichtet zu einem Leben ohne Kompromisse.«

Das ist vielleicht endlich der richtige Moment, um über das Thema zu sprechen, das mich wirklich interessiert und das Madame Gabriela seit zwei Jahren mit genau dieser besagten Genialität vermeidet: meine Familie.

»Und Petrik? War er auch ein Dichter? Lebte er ohne Kompromisse?«

»Er starb ohne Kompromisse.«

Schweigen. Ich fange von Neuem an.

»Und inwiefern ähnelte er Papa?«

»Abgesehen von der Liebe zu deiner Mutter in überhaupt nichts. Weißt du das nicht?«

»Was?«

»Sie konnten sich nicht ähneln, sie waren keine echten Brüder, sie waren beide adoptiert worden.«

»Adoptiert? Was soll das heißen, adoptiert? Mein Vater wurde adoptiert?«

Ich brauche ein paar Sekunden, um diese Neuigkeit zu verdauen. Dann: »Die andere Großmutter ist also nicht meine Großmutter; ach, das ist echt toll.«

Ich breche in ein irres Lachen aus. Madame Gabriela lacht ebenfalls.

»Es besteht nicht die geringste Gefahr, dass sie zu deiner Familie gehört. Trotzdem ist diese Frau kein schlechter Mensch. Sie hat Antonin adoptiert, damit er studieren kann. Bei dem Namen, den er trug, und angesichts seiner Herkunft hätte man ihn nie an einer Universität zugelassen.«

Das Lachen ist mir vergangen. Was sie mir sagt, ist zu ungeheuerlich.

»Warum? Warum?«

Madame Gabriela rückt näher an mich heran. »Es gibt Namen, die viele Türen verschließen, man musste etwas dagegen unternehmen. Viele Familien, Industrielle, Bürger, Intellektuelle haben '48 und dann '68 oder '69, vor der Schließung der Grenzen, das Land verlassen oder wurden vertrieben. Aber etliche dieser Familien haben sich trotzdem zum Bleiben entschlossen, weil sie dieses Land liebten, weil sie nirgendwo anders leben konnten, also aus einer Menge verschiedener Gründe. Ihre Zukunft und die ihrer Kinder aber, selbst die der noch ungeborenen, war besiegelt, versperrt, wenn du so willst. Es war eine Art Fluch bis in die siebte Generation, wie in der Geschichte von den verfluchten Königen. Aber man kann die Zukunft eines Kindes nicht ruinieren, weil seine Eltern den falschen Namen tragen, oder? Antonins Adoptivfamilie ist Ende der Fünfzigerjahre hierhergezogen, sie kamen aus Prag. Er wurde als Baby adoptiert, er erinnert sich nicht an seine Eltern. An nichts, glaube ich, ich bin mir sicher.«

Man hätte eine Fliege fliegen, eine Stecknadel fallen, einen Gedanken durch meinen Kopf gehen hören können, wenn es einen gegeben hätte. Was will sie mir sagen, Madame Gabriela?

»Du willst ein Leben ohne Kompromisse führen, ich zeige dir, dass das nicht einfach ist. Antonin durfte nichts über seine Familie erfahren, man musste ihn schützen, man muss ihn noch immer schützen, auch heute noch.«

Sie nimmt meine Hand in die ihre, die glühend heiß ist. Es ist das erste Mal, dass sie mich berührt. Aber was genau will sie mir sagen? Die Trägheit des Nachmittags ist längst verschwunden. Ich warte auf die Fortsetzung.

Aber sie will nicht weiterreden.

»Du bist intelligent, du begreifst schnell, für heute reicht es.«

»Nein, nein! Was soll das heißen, ›es reicht‹? Bitte, wissen Sie noch mehr?«

Ich lasse nicht locker. Ich quetsche sie aus, ich beharre, ich bedränge sie, ich flehe sie an, und schließlich spricht sie den Namen meiner Mutter aus.

Was ist mit ihr, meiner Mutter?

Madame Gabriela murmelt Satzfetzen von einer Augustnacht, der Nacht aller Ängste, einer Nacht der Tränen, einer Nacht der Lügen, einer Nacht der verlorenen Hoffnungen, der Nacht aller erdenklichen Gerüchte, Gerüchte über Vergewaltigungen und über Liebesschreie, über verirrte russische Soldaten, die von ihrer eigenen Armee geopfert wurden, der Nacht von Petriks Tod und der Nacht meiner Zeugung. Aber durch wen?

Madame Gabriela schlief nicht in jener Nacht, so wenig wie in den Nächten davor und den Nächten danach; die russischen Truppen, die das Land '68 besetzten, hatten ihr den Schlaf geraubt. Im Dunkeln wurde sie unwillentlich Zeugin einer ganz besonderen Nacht.

Atemlos renne ich nach Hause. Ich fühle mich wie ein Dampfkochtopf, der jeden Augenblick explodieren kann. Ich muss mich entscheiden, welche Frage ich als erste stellen soll, die wichtigste, die, die den Rest des Knäuels entwirren wird.

Will ich wirklich alles wissen? Ja, ja, tausend Mal ja!

Ich renne, ringe nach Luft, renne trotzdem weiter. Vor dem Haus stehen zwei Autos, das Auto meiner Eltern, die von ihrem Urlaub am Meer zurückgekehrt sind, und das von Antonins Eltern. Aber kann man noch sagen, dass sie seine Eltern sind? Alles ist unklar. Auch Olga ist aus der Stadt gekommen, ich habe vor Kurzem den Bus kommen hören. Alle sind da, im Häuschen der Omas.

Ich atme tief durch vor dem Haus, zwei Sekunden, dann durchquere ich es. So viele Leute hätten nie in der Stube Platz gefunden, sie haben sich hinter dem Haus im Garten versammelt. Allseits große Umarmungen, Freudenschreie, Geschenke werden ausgepackt, sie führen ihre Sonnenbräune vor, lachen, schwatzen, alle sind so fröhlich, so glücklich, eine harmonische Familie.

Doch für mich sind sie eine Gruppe von Fremden; es ist, als sähe ich sie zum ersten Mal in meinem Leben.

Sie haben mich nicht auf der Türschwelle gesehen.

Ich brülle: »Also, wer ist es? Wer bringt die Marmeladen zu Madame Gabriela?«

Sie sind alle verstummt.

»Wer bringt die Marmeladen zu Antonins Mutter?«

Es ist die richtige Frage gewesen.

Am Ende der nachmittäglichen Teestunde war in den hübschen Schälchen nur noch ein Rest Marmelade, die fast genauso gut war wie die der Omas. Betäubt von Madame Gabrielas Geständnis versuchte ich, den Kopf aus dem Wasser zu heben, an etwas anderes zu denken, wenigstens ein paar Sekunden lang … ach, wie schön doch diese Schälchen waren, ich klammerte mich an ihre Zerbrechlichkeit. Wie wohl die Marmeladen der Omas schmecken würden, die in ihren rustikalen und schmucklosen Einmachgläsern im Keller standen, wenn sie so serviert werden würden, auf einem Tisch mit Tischdecke, deren Spitzen noch feiner waren als unsere Stickereien? Plötzlich erkannte ich, dass die Verpackung eine Menge ausmachte.

Madame Gabriela konnte die Marmeladen nicht in Einmachgläsern servieren, natürlich nicht. Aber weniger aus ästhetischen Gründen, sondern um die Identität derjenigen, die sie ihr schenkte, nicht preiszugeben, denn es waren unsere Einmachgläser.

Wer ist es?

Kaum ist die Frage nach den Marmeladen im Garten bei den Omas gestellt, da platzt die Geheimnisblase, die Riegel zerbrechen. Ein hemmungsloser Streit bricht aus. Jeder schreit noch lauter als sein Nachbar, nur der Hinkende sagt nichts, sondern lacht nur höhnisch.

Als kleines Mädchen habe ich gern bei Streitereien zugehört, um etwas Neues zu erfahren, was sonst ungesagt geblieben wäre Jetzt aber bricht wegen einer Frage die Welt zusammen, und das ist zu viel für mich. Die Stimmen prallen aufeinander, der Tonfall sagt alles über die Vorwürfe, die jeder dem anderen macht. Der Hass explodiert, das Weinen der Kinder rührt niemanden mehr, die Atmosphäre ist gesättigt von Jahrzehnten des selbst auferlegten, zerstörerischen, erstickenden Schweigens.

Atmen – weggehen.

Plötzlich hatten die zwei Worte die gleiche Bedeutung.

Olga holt mich hinter dem Haus ein, nachdem ich entsetzt über das, was meine Frage ausgelöst hatte, weggelaufen war.

»Was soll das? Du richtest das totale Chaos an, und dann haust du ab? Was ist in dich gefahren?«

»Das ist zu viel, das wollte ich nicht, das nicht.«

Bin ich aufrichtig? Ich wollte unbedingt die Wahrheit erfahren, nicht wahr? Ich, die große Worte über die Vorzüge des kompromisslosen Lebens im Munde führt, halte nicht einmal eine Auseinandersetzung aus?

Während ich Olga vom Nachmittagstee bei unserer Französischlehrerin erzähle, versuche ich zu begreifen, warum Madame Gabriela meinem Drängen nachgegeben und plötzlich zu reden angefangen hat.

Immerhin hatte sie es zuvor zwei Jahre lang geschafft, meinen Fragen auszuweichen.

Liegt es an dem winzigen Lufthauch, der gerade durch die Berliner Mauer dringt?

Man hört Gerüchte über die Ostdeutschen, die über die Tschechoslowakei ihr Land, das sozialistische Deutschland, verlassen, um sich über Österreich nach Westdeutschland abzusetzen. Kompliziert, aber möglich und machbar. Immer häufiger. Wird der Ostwind die westliche Freiheitsströmung auch in mein Land tragen? Seitdem in der Sowjetunion der Kahlkopf mit dem Fleck auf dem Schädel an die Macht gekommen war, spürten wir diesen frischen Wind an Orten, wo die Mauern für immer unüberwindbar schienen.

Man weiß nicht, ob dieser Gorbatschow, der für einen sowjetischen Führer ungewöhnlich jung und freundlich ist, ein historischer Retter oder ein weiterer Totengräber unserer Hoffnungen ist. Was die Grenzen betrifft, so sind sie für uns bisher dicht geblieben, offen nur zu den kommunistischen Ländern. Jeder hier kennt die Geschichten über Reisen nach Jugoslawien. Man braucht Sondergenehmigungen, um den Süden zu besuchen, der sich dem Westen annähert.

Ich erinnere mich, dass Ilonas Vater mehrere Jahre hintereinander diese Genehmigung beantragte, bis er sie schließlich erhielt. Sie sind nie von dieser Reise zurückgekehrt, tot oder emigriert.

Ja, zwei Jahre begeisternder Französischunterricht; ruhige, harmonische Stunden, und plötzlich hat Madame Gabriela die Schleusen geöffnet, um alles auszupacken. Ich habe alles getan, um unsere Stunden geheim zu halten … Und während all dieser Zeit brachte die eine oder die andere Oma heimlich unsere Marmeladen zu Madame Gabriela. Wenn es nicht meine Mutter war. Oder alle drei abwechselnd?

Unglaublich, wie dumm ich bin!

Wie hatte ich auch nur einen Moment glauben können, dass in einem Dorf das Kommen und Gehen zweier Mädchen wie Olga und ich unbemerkt bleiben konnten? Alle haben das Spiel mitgespielt, niemand hat etwas gesagt. Man hat uns freundlich in unserer Blindheit gelassen.

Ist es wirklich so einfach?

So viele Leben, die auf Lügen und unausgesprochenen Wahrheiten basieren. Und das Ganze verpackt in die schönen Reden der Erwachsenen und der Politiker über die Wahrheit. Und meine Mutter mit ihrer Untröstlichkeit. Was tut ihr so furchtbar leid? Dass sie mich angelogen hat?

Für welches Verbrechen bezahlt sie? Ein Verbrechen, das sie erfunden oder begangen hat? Nein, im Ernst, bittet sie um Vergebung für ihre Lügen, indem sie erklärt, dass es nicht richtig war, zu lügen? Trotzdem, sie sah aufrichtig aus, als sie sagte, es tue ihr leid und sie fühle sich so hilflos, während sie auf ihren Daumen biss.

Und wenn sie aufhören würde, darauf herumzubeißen, jetzt, wo der Abszess geplatzt ist?

Wieder packt mich die Wut, bloß dass ich jetzt nur Olga anschreie. Sie bleibt ungerührt, scheint woanders zu sein, ich achte nicht darauf.

Ich nehme den Faden meiner wirren Gedanken wieder auf. Antonin? Wer ist dieser Mann? Getäuscht oder beschützt? Beides. Auch kaputt. Orientierungslos. Wie ich. Wir ähneln uns, das haben wir nicht begriffen. Plötzlich erkenne ich, dass Antonin kein leichtes Leben hatte.

Er wusste, dass er adoptiert war, aber er kannte die Identität seiner Mutter nicht. Sie war da, jeden Tag an seiner Seite, Madame Gabriela.

Er kann seinen zwei Müttern nicht böse sein, zwei Frauen, die sich, jede auf ihre Weise, für ihn aufgeopfert haben in der Hoffnung, dass er so leben könnte, wie er es sich wünschte. Aber was für ein Leben war nach alldem möglich? Hatte er sich dieses Leben gewünscht? Madame Gabriela behauptete, er habe '68 fortgehen wollen. Er hat es nicht getan.

Nach Petriks Tod war Antonin erloschen. Er war in die Partei eingetreten. Versteckte er sich darin? Zerbrochen, verborgen.

Ob Libuše Antonin alles gestehen würde, was am Abend und in der Nacht meiner Zeugung geschehen ist?

Er denkt sich vielleicht, dass er bei Petrik hätte sein sollen und nicht bei Libuše. Und ich, ich muss ihn an den Tod seines Bruders erinnern. Ist das der Grund, weshalb die Zeile »Name des Vaters« bei mir leer geblieben ist?

Ich hätte gerne diesen anderen Antonin gekannt, den von

früher, aus der Zeit, als die Vorhänge noch nicht gefallen, die Landkarten noch nicht neu gezeichnet, die Grenzen nicht geschlossen und die Lebenswege noch nicht durcheinandergebracht waren. Und diese Libuše.

Madame Gabriela hatte sie gesehen, diese nicht wiederzuerkennende, zerrissene, verprügelte Libuše. Sie hatte erraten, dass etwas Schreckliches geschehen sein musste; Libuše vor Antonins Fenster war eine vergewaltigte Frau, die kam, um sich reinzuwaschen, um ihr Recht zu leben zu verteidigen, und der einzige Ausweg, den sie fand, um zu überleben, war Antonins Unschuld.

Madame Gabriela sah es im Schatten des Hauses, aber sie schwieg. Die Frau in ihr brachte die Mutter zum Schweigen, gezwungen und getrieben zugleich von dem Geheimnis um Antonins Adoption. Petrik kam zu ihr in diesen Schatten, mit einem Verband an der Hand. Er murmelte, dass die Wunde belanglos sei, nur ein Schnitt in der Haut, nur ein paar Tropfen Blut. Eine andere Wunde zerriss ihm das Herz. Nachdem die Kassiererin seine Verletzung versorgt hatte, wollte er mit seinen neuen Gedichten in der Tasche zu Liba gehen … Er war zu spät gekommen. Er sah zweimal das Ringen von Körpern unter dem Nussbaum, das erste Mal aus Liebe, das zweite Mal voller Hass. Dann blickte er mit Madame Gabriela durch Antonins Fenster.

Sie wahrte ihr Schweigen bis zu dem Tag, an dem sie sich mir anvertraute.

Aufgewühlt wende ich mich Olga zu, die ein wenig abwesend ist.

»Weißt du, ich habe sie gefragt, ob sie Liba, meiner Mutter, böse ist.«

»Was hat sie gesagt?«, fragt Olga immerhin.

»Madame Gabriela hat zu mir gesagt: ›Wenn ich dich ansehe, dann weiß ich es nicht. Das alles übersteigt so sehr unseren Horizont.‹ Begreifst du das, dass das alles unseren Horizont übersteigt?«

Das Schlimmste ist, dass ich ihr in diesem Moment für ihre Offenheit dankbar war, sie befreite mich. Das alles war nicht meine Schuld. Später, auch jetzt noch sollte ich mich irgendwie schuldig fühlen. Aber warum?

Olga zuckt mit den Schultern.

»Na und?«

»Wie ›na und‹? Bist du nicht einmal überrascht? Wusstest du davon oder was?«

Noch ein Verrat?

»Ich wusste gar nichts, aber es ist mir egal. Habe ich etwa Zeit, an dich zu denken?«

Sie ist seltsam traurig.

»Warum, Olga? Weil du verliebt bist? Sieht so deine Liebe aus? Wegen eines Kerls bin ich dir egal?«

»Verliebt? Quatsch! Was weißt du schon von der Liebe? Von meinem Leben?«

Nichts. Sie hat recht. Aber wessen Schuld ist das?

»Jetzt erzähl doch!«

»Da gibt es nichts zu erzählen. Alles ist aus. Es ist aus.«

Sie ist wirklich erloschen. Mit der Miene einer Tragödin weicht sie meinem Blick aus.

»Hör auf mit diesem Gefasel, was ist denn los?«

Sie sagt leise: »Ich war schwanger.«

»Wie bitte? Du warst was?«

»Ich kann keine Kinder mehr bekommen, die Sache ist schlecht gelaufen.«

»Was erzählst du denn da?«

»Die Abtreibung, ich spreche von meiner Abtreibung, du bist doch ein großes Mädchen, oder, du weißt, was das bedeutet?«

»Was? Warum? Warum?«

Jetzt schreit sie: »Was heißt das, ›warum‹? Wie kannst du mich fragen, ›warum‹? Ausgerechnet du!«

»Ich …«

»Eva, verstehst du nicht? Es reicht mit den Bastarden in dieser Familie.«

Jetzt ist es ausgesprochen. Sie hat es gesagt.

»Sei nicht böse, Eva, sei nicht böse. Es ist nicht wegen dir, wirklich, wirklich, glaub mir. Es ist wegen ihm. Er ist ein Feigling, er wird sich nie von seiner Frau scheiden lassen, er ist feige, der große Herr, dieser angesehene Herr Doktor. Er hat sogar meine Abtreibung verpatzt, dieser Idiot«, sprudelt es aus Olga heraus.

Ich unterbreche sie. »Du bist der Feigling. Du hättest es behalten müssen. Wir hätten uns darum gekümmert. Wir haben keine Angst, und wir schämen uns nicht, wir lieben uns, egal was passiert.«

Ich ersticke. Mit ihrer Abtreibung hat Olga mich getötet, meine Mutter, meine Großmutter. Sich selbst. Sie hat sich gerade selbst umgebracht.

»Sieh sie dir doch an, diese schöne Familie, ein wahres Feuerwerk! Mit einer einzigen Frage hast du alles in die Luft gejagt. Mit einer Frage nach Marmeladen. Was hält diese Familie zusammen, sag?«

»Und ich, was machst du mit mir?«

Sie muss mir das Recht zu leben zugestehen, verdammt!

»Eingebildete Kuh. Du glaubst, ich hatte Zeit genug, um an dich zu denken? Oder an wen auch immer aus dieser Familie von Bastarden? An mich habe ich gedacht, nur an mich, kapierst du?«

Aus ihrem Mund tun solche Worte noch mehr weh. Ich sehe wohl Olgas Verzweiflung, und ich versuche mir auszumalen, was für eine harte Zeit sie durchgemacht hat. Abtreibungen sind nicht wirklich verboten, aber um die Genehmigung zu erhalten, muss man vor eine Kommission treten und sich vor einer Art Jury rechtfertigen, die aus Genossen besteht, die keine Ähnlichkeit mit Ärzten haben, sondern mit allmächtigen Inquisitoren und Voyeuren. Außerdem muss man ihnen sein Leben erzählen, sie anflehen, bereuen. Was bereuen? Dass man eine Frau ist?

Um das zu vermeiden, hat Olga heimlich im Krankenhaus abgetrieben. Sie ist an der richtigen Stelle dafür, und ihr ärztlicher Liebhaber auch. Der Gipfel ist, dass sie jetzt in seiner Schuld steht, dabei hat er doch ihr Leben in jeder Hinsicht verpfuscht.

Ich bin schrecklich wütend auf sie, weil sie sich so hat reinlegen lassen. Es schnürt mir die Kehle zu, Gift steigt in mir auf, ich muss zubeißen.

»Du bist nur eine Nutte, wie deine Mutter Rose. Mit einem verheirateten Mann schlafen!«

»Das ist ja lachhaft. Jetzt spielst du das naive Gänschen. Woher nimmst du plötzlich deine bürgerliche Moral? Und wo wir schon von der Mutter reden, deine ist viel schlimmer. Ich weiß wenigstens, wer mein Vater ist.«

Bereit, uns die Augen auszukratzen, werfen wir uns gegenseitig abscheuliche Dinge den Kopf, die der Realität täuschend ähnlich sind.

»Ich pfeife auf deinen Vater«, schreie ich eifersüchtig.

Olga lacht gemein. »Ich auch, stell dir vor, ich pfeif auf ihn. Auch er ist ein Feigling, mein kleiner Papa Franta. Weißt du, wie lange er schon mit Magdalena schläft? Seit meiner Geburt, im Namen der Liebe; aber die Liebe ist ja sowieso ein schlechter Witz!«

Ich höre nicht zu, ich bin zu sehr mit mir selbst beschäftigt.

»Und überhaupt, was interessiert es dich denn zu wissen, wer mein Vater ist? Es ist Antonin, Antonin hat mich aufgezogen und mir alles beigebracht.«

Und außerdem »gewinne« ich mit Antonin Madame Gabriela.

»Hör auf mit deinem Blödsinn.«

Ich springe auf sie los, darauf ist sie nicht gefasst gewesen, sie taumelt, wir fallen auf die Erde, wir kugeln den Abhang hinunter bis zum Weiher, ich schlage sie, sie tut das Gleiche mit mir, unsere Schmerzen vermischen sich, wir lassen unserer Wut freien Lauf. Sie ist bald erschöpft. Am Ende halten wir uns völlig außer Atem in den Armen. Olga streichelt meinen Nacken. Allmählich kehrt wieder Ruhe ein. In mir, in uns, überall …

Sie flüstert mir ins Ohr: »Wem ähnelst du?«

»Keine Ahnung, niemandem. Doch, meiner Mutter, meiner Großmutter, weniger meiner Urgroßmutter.«

Ich schürfe am Grunde meiner Seele, um etwas zu sagen.

»Du bist dumm. Du musst nur du selbst sein. Dann ist es gut.«

»Ja, aber wie macht man das?«

Ich sehe sie an und höre Oma Maries an mein Ohr geflüsterte Worte: »Das Einzige, worauf es ankommt, ist die Freiheit.« Etwas ist in mir passiert, etwas hat klick gemacht, ich höre auf zu schluchzen.

»Ich bin der Bastard, nicht du. Egal, ob ich eines Tages verheiratet bin oder nicht, ich werde meinen Namen selbst wählen. Unseren. Das ist alles.«

Ich tauche aus einem Atemstillstand auf, der siebzehn Jahre gedauert hat.

Olga lacht. »Die Türen sind verschlossen, die Grenzen überschritten, wie du willst. Erfinden wir unsere eigene Geschichte. Ich jedenfalls will wählen können. Aber dich liebe ich, du Dummerchen.«

Sie umarmt mich fest. Sie beeindruckt mich, ich finde meine Olga von früher wieder.

»Weißt du, Eva, dass Magdalena deutsch spricht, wenn sie bei den Kühen ist?«

Ich stelle mir Oma Magdina vor, wie sie auf der Wiese auf Deutsch mit tschechischen Kühen diskutiert, ein paar Kilometer von der österreichischen Grenze entfernt. Ich pruste lauthals los.

Zwischen zwei Glucksern sage ich: »Wie kommt es, dass sie deutsch spricht?«

Olga zuckt mit den Schultern.
»Ich weiß nicht genau, anscheinend ist sie in Wien geboren.«
Nichts kann mich mehr überraschen, der nächste Lachkrampf schüttelt uns.

Olgas Kratzer auf der Wange müssen versorgt werden, meine Schläge haben sie nicht verfehlt. Sogar ihr Mundwinkel ist ein bisschen aufgerissen. Wir gehen zu Madame Gabriela, in deren Wohnung mein Rucksack mit der Ersten-Hilfe-Schachtel liegt. Eigentlich haben wir ihn doch nur zum Spaß gepackt.

Madame Gabriela erwartet uns schon an der Tür.

»Ihr schreit so laut, dass man Tote damit aufwecken könnte.«

»Haben Sie Angst? Dabei wissen doch alle außer uns längst Bescheid. Einmal wenigstens sollten die Dinge laut ausgesprochen werden.«

Ich gehe schnell an ihr vorbei, um den Rucksack zu holen. Ich wühle darin herum, um das Erste-Hilfe-Päckchen zu finden. Doch was ich daraus hervorziehe, ist eine andere Schachtel, die keine Medizin enthält.

Sie gehört meiner Mutter. Als kleines Mädchen ließ ich meine Finger über das Blumenmuster des Deckels wandern. Meine Mutter hat sie nie geöffnet. Zum Beweis hatte ich ein Stückchen Papier in den winzigen hölzernen Spalt unter dem Deckel geschoben.

Als ich sie heute öffne, fällt es angegilbt zu Boden. Ein beinahe religiöses Schweigen senkt sich herab. Olga und Madame Gabriela ziehen sich an den Tisch zurück, sie kümmern sich um die Wunde, beobachten mich vielleicht verstohlen, lassen mich jedenfalls allein, in Ruhe.

Wie ist diese Schachtel in meinen Rucksack gekommen? Hat meine Mutter sie zu Madame Gabriela gebracht, die sie gegen das Erste-Hilfe-Päckchen aus der Apotheke ausgetauscht hat? War das eine indirekte Art, mir einen Gegenstand zu schenken, an dem sie so sehr hing?

Vorsichtig, als könnte ein böser Geist daraus entweichen, inspiziere ich den Inhalt des Kästchens. Es ist leicht – keine Chance, auf einen Goldbarren zu stoßen –, und innen drin ist gar nichts von Bedeutung, so scheint es.

Ein altes, handgenähtes Lederetui mit Seidengarnen und einem vollständigen Satz Nadeln. Es ist hübsch, das schon, aber abgesehen davon … Darin befinden sich nur ein zerknittertes, viermal gefaltetes Stückchen Einwickelpapier, ein verblichener Briefumschlag, den eine schöne Handschrift aus vergangenen Zeiten ziert, und schließlich ein kleiner, glänzender roter Stern, wie man sie an Soldatenmützen anbringt. Das also ist der Schatz meiner Mutter. Aber eigentlich hätte ich ihn doch mit ihr zusammen entdecken sollen. So ähnelt die Schachtel eher einem kleinen bemalten Holzsarg, der mit den Gegenständen und deren Geschichten gefüllt ist. Was hätte Libuše mir dazu erzählt?

Wir hätten diese Reise zu den Gedanken und Erinnerungen meiner Mutter zusammen unternehmen sollen, in ein Sofa vergraben, aneinandergekuschelt, oder auf der Bank im Garten. Sie hätte mir über diese Dingen erzählt. Ein leichter Hauch von Melancholie streift mich.

Ich falte als Erstes das Einwickelpapier auseinander, ein flüchtiger Geruch von verdorbener Salami steigt mir in die Nase. Nur mit Mühe kann ich ein paar Worte entziffern: *die Liebe, am tiefen Himmel der Sterne.* Ich errate die zierliche und zarte Schrift. Nur die Unterschrift unten auf der Seite, *Petrik,* ist gut lesbar, eine Stimme aus dem Grab.

Das Einwickelpapier der Metzgerei ist nicht ideal für einen Liebesbrief.

Das Papier des Briefumschlags ist von deutlich besserer Qualität. Der Duft ebenfalls. Kein Vergleich mit der Metzgerei, er ist raffiniert, sehr angenehm. Eine schöne Handschrift, wie man sie heute nicht mehr sieht, altmodisch. Die Tinte, ein außergewöhnliches Blau-Violett, ist noch lesbar.

Der Brief ist nicht an Libuše gerichtet, sondern an Magdalena. Wie das? Er wurde nie geöffnet.

Innen liegt eine Karte mit ein paar rätselhaften Sätzen:

Magdalena,

ich heiße Madeleine. Mein Bruder Josef nannte Dich Mada. Er starb vor einigen Jahren bei einem Autounfall.

Als ich Dich zum letzten Mal sah, verließ meine ganze Familie auf Karren die Tschechoslowakei. Du hast ein neugeborenes Mädchen auf dem Arm getragen, und ich kenne nicht einmal seinen Namen.

Ich wollte Dir sagen, dass Josef Dich geliebt hat, Magdalena. Er liebte es, Deinen Namen auszusprechen, Mada. So konnte er Dich und mich nicht verwechseln. Ich habe Jahre gebraucht, um das zu akzeptieren. Ich war eifersüchtig. Du hättest den gleichen Vornamen wie ich getragen, Du Magdalena, ich Magdalena Feldmann. Ich glaubte, Du würdest ihn mir wegnehmen. Die Liebe der anderen … sie ist unerreichbar für uns, verboten.

Die Adresse auf dem Umschlag ist meine, Du bist jederzeit willkommen. Auch Deine Tochter.

Wer ist Josef?

Und die Absenderin …

Wer ist diese Absenderin? Dieses Fräulein Madeleine Feldmann? Und diese Adresse in Paris?

Paris existiert also wirklich?

Das Geschrei meiner Familien hallt in meinen Ohren, der wolkenlose Horizont breitet sich vor mir aus, ich weiß nichts mehr mit Bestimmtheit, mein Bauch verkrampft sich, aber in diesem Augenblick bin ich bereit, alles, was ich kenne, hinter mir zu lassen. Und vor mir? Vor mir, darüber weiß ich nichts, ich habe Angst und fühle mich wie berauscht.

Dann gehe ich fort.

Als einziges Gepäck ein Rucksack, der für eine fiktive Reise gepackt wurde, der Schatz meiner Mutter und ein paar Worte Französisch: Ich muss nachsehen, ob Paris wirklich existiert.

Nachwort

Europa ging mit der Sehnsucht nach Freiheit schwanger und gebar sie schließlich am 9. November 1989 im Zusammenbruch einer Mauer.

Als sehr junges Mädchen war ich tief berührt von Janáčeks Oper *Jenůfa,* einer Geschichte über das mährische Land, die von einer Frau, Gabriela Preissová, niedergeschrieben worden war.

Ich wollte auch über mein Land schreiben, über seine Geschichte, ich wollte die Frauen als Hoffnungsträgerinnen, als Hüterinnen von Geschichten zu Wort kommen lassen.

Ich bin Tschechin von Geburt und für alle Zeiten, ich kam in einer kleinen Stadt in der Provinz Mähren zur Welt.

Ich bin Wahlfranzösin fürs Leben, ich habe Frankreich 1991 entdeckt und mich einige Jahre später, nach endlosem Hin und Her zwischen Paris und Prag, endgültig dort niedergelassen.

Im Mai 2013 durchquerte ich mit einer Freundin die Tschechische Republik von Ost nach West. Sie bat mich, ihr von meinem Land zu erzählen, von den Menschen, von seiner Geschichte … Letzten Endes bot sich mir dadurch die Möglichkeit, den Roman zu konkretisieren, der bereits langsam in mir heranreifte.

Die Geschichte nahm Gestalt an, während ich sie in der Sprache meiner Wahlheimat erzählte. Die französische Sprache – eine Herausforderung gewiss, aber was für eine neue Freiheit.